雪中血

南京1937

THE STORM FLOWER

NANJING 1937

（英）大卫·戴维斯 著
沈越 陈海 译
（委内瑞拉）罗奈尔得·帕罗德斯 绘

江苏凤凰文艺出版社

谨以此书献给我的母亲
真正的威妮弗雷德夫人

序

大卫·戴维斯找我为这本书写序言绕了一个大圈子，人托人转了三次。但当我们终于见面时才发现，近曾谋面。陪同大卫的居然是经常来纪念馆演奏小提琴曲的志愿者——沈越，而这次她的身份是此书的译者。年初在南京五台山先锋书店，我和大卫一起参加了一位共同好友的新书发布仪式。当时大卫似乎说起他在写一本和南京大屠杀有关的书，没想到从春天到秋天，这本书的书稿就放到了我的案头。

在生活中，我们常常看到，一个人面对痛苦的记忆，总是习惯性去躲避，甚至努力让自己遗忘。初中时，除了语文，我最喜欢的科目是历史，但是有一段历史一直学得不好，因为我不愿意去面对，心里只希望老师早点下课，让我能回到现实生活里。这就是中国近代史中闭关锁国、遭人欺凌的那一段。

想不到的是，多年以后，我到侵华日军南京大屠杀遇难同胞纪念馆做了馆长，去面对、去研究、去传播伤痕累累的中国近代史中最惨痛的一页。2015年10月底，到纪念馆工作后，为了做好工作，我去恶补了这一段我曾经不忍靠近的历史。初到新地，诸事繁忙，只好夜读历史。我自觉不是一个内心柔弱的人，但是开始的2个月，一群端着雪亮刺刀的日军在追逐人群的画面还是常在梦里惊现。

所以，面对大卫的书稿，我油生敬意。一个英国人，面对这段历史，或许如同许多亚洲人看非洲、美洲的一个历史事件，对他而言只是一个偶尔远观的历史。2012年，大卫来参观纪念馆，大量反映日军罪行的照片、实物和幸存者的证词触动了他的心，于是，大卫开始研究南京大屠杀的那段历史。他发现，相对于英国人在二战中面对的欧洲敌人，中国的一切都太遥远了，这段历史对于英国乃至西方社会来说知之甚少。他决定写一本关于南京大屠杀的小说，大卫说："一本小说不会改变世界的观点，但是一个来自西方的声音会使更多的人知晓南京大屠杀事件。"

时至今日，日本对于战争的自省远远不够。当下的日本，右翼猖獗，百姓噤声，否认历史者招摇过市，反省历史者被斥为国奸，黑白颠倒，正气不扬。正如大卫所说，对于装睡者，再大的声音也喊不醒。虽然再多的历史铁证、再多的和平倡议似乎都是对牛弹琴，但是我相信，这些声音为捍卫历史的正义增添力量，为维护世界的和平铺路垫石。这些声音会时刻提示中国人，唯有自强、方得和平；这些声音，会时刻提示世人，警醒冥顽不化的右翼，唤醒沉默不语的良心。

借此感谢江苏省社会科学院历史所王卫星老师受我之邀，拨冗对小说的历史背景提了很好的意见。对于小说本身，我是个外行，需要读者给大卫意见。反正我是一口气读完了，那个美国年轻人哈利·瓦格纳和舞者妃飞的形象已经印刻在我脑海里。虽然作为一个历史工作者，我知道在那段血雨腥风的日子，小说中这两个人并不存在，但是我知道，当年安全区存在，拉贝、马吉、魏特琳、程瑞芳……都存在。

即便现世阳光普照，勿忘曾经的黑暗沉沉。

侵华日军南京大屠杀遇难同胞纪念馆馆长　张建军
2017年9月18日

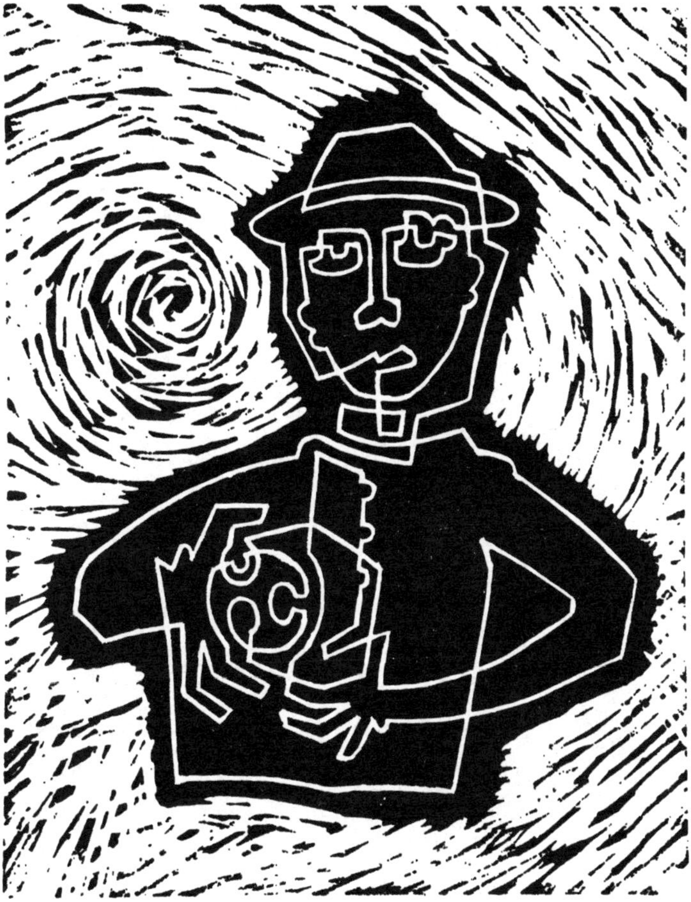

目录

引　子　上海1937　001

第一部　南京　039
第一章　幕启　041
第二章　埼玉县的武士　059
第三章　防空洞　073
第四章　青龙之战　087
第五章　江匪　101
第六章　慰安所　121
第七章　战还是走？　141
第八章　大战前夕　163
第九章　风和雨　179

第二部　大屠杀　195
第一章　醒来　197
第二章　江心洲　213
第三章　地狱里的圣诞节　231
第四章　赎罪　251

尾　声　黄山1938　279

地图图例

1. 废弃小屋　2. 机场　3. 市政厅

4. 夫子庙　5. 鼓楼　6. 中山门

7. 工厂区　8. 德国领馆　9. 大华酒店

10. 炮艇码头　11. 国际俱乐部　12. 莫愁湖

13. 使馆区　14. 明故宫　15. 国防部

16. 教会医院　17. 幕府山　18. 国立大学

19. 海军学院　20. 新街口　21. 中央门

22. 高云岭　23. 仪凤门　24. 后宰门村

25. 总统府　26. 浦口码头　27. 紫金山

28. 江心洲　29. 沪宁铁路　30. 安全区中心

31. 中华门　32. 石头城　33. 灵谷寺

34. 津浦铁路　35. 城墙村　36. 挹江门

37. 汉西门　38. 山西路转盘　39. 西汉河

40. 下关码头　41. 玄武湖　42. 扬子江

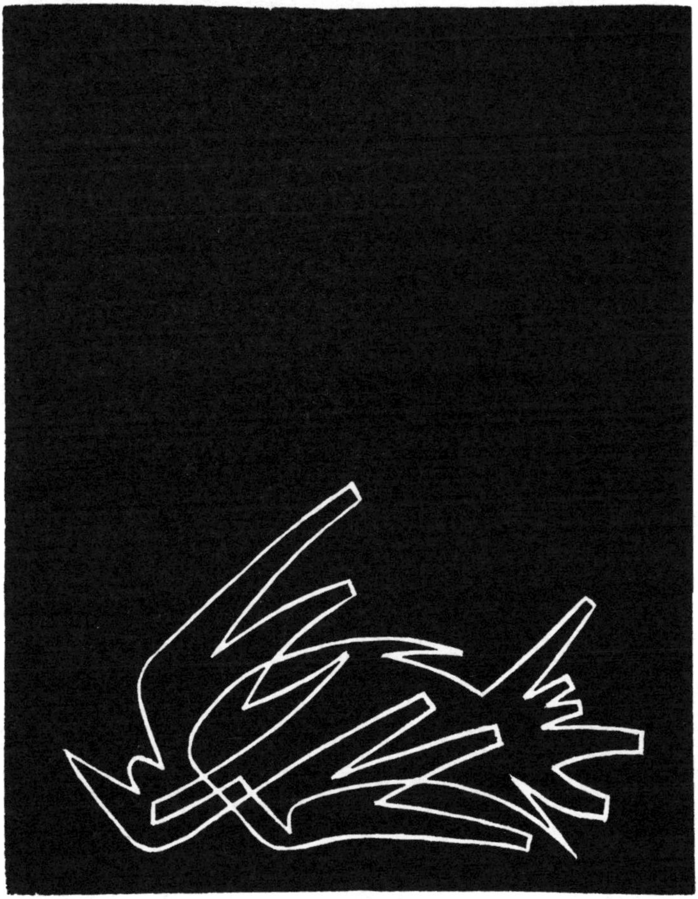

引子 上海1937

黑色机器

在上海外滩的北端矗立着许多作为外国资本主义象征的摩天大楼，罗斯柴尔德大楼是其中的一座。电梯停在第二十层，这座大楼还有个第二十一层，但很少有人上去。走廊里冷冷清清的，一端是上了锁的楼梯井，另一端是一间单人办公室。玻璃门上有一行烫金大字："曼哈顿海事保险公司"，房间里的百叶窗紧闭。

在紧锁着的办公室内，一位身材高大的年轻人正站在景观窗后，从街面上看过来，窗玻璃犹如光滑的大理石板。年轻人正用高倍望远镜透过窗玻璃瞭望黄浦江面上繁忙来往的舢板、小船和货船。北边靠近江弯处，油船旭日号正被驳船拖带靠上浦东一侧的码头，码头上飘着日本的旭日旗。在苏州河口钢梁桥外，意大利邮轮阿奇里号又吐出一批来自欧洲的难民，他们将前往虹口的犹太人区。大江中游，一队炮舰靠舷锚泊着……英国皇家海军的希尔瓦特号、克里柯特号和拉迪柏德号，美国的大型老汽轮军舰马尼拉号、塞班号和瓜达尔卡号，中国轮船东海号和南海号，日本第11炮舰分队隅田川号、嘉名号和长谷号。

角落的架子上，那台自动收发报机开始发出咔嗒声，在纸带上敲打出摩斯电码密信。年轻人将望远镜放在桌上，撕下纸带，把它卷在旁边黑色机器的卷轴上，并揿下按钮，电动字母键猛敲了几秒钟，吐出一张字迹清晰的纸来……

日本帝国外务省文件——绝密

中国行动第一阶段启动

北平受到步炮兵部队攻击

准备接收外务省正式声明

正式声明如下

"此行动纯属防御，旨在保护日本帝国人员生命安全日本绝无侵略意图,不寻求扩大其对中国的领土要求。"

电文结束

他扯下那张纸,抄起外套和帽子,走出房间,将门上了三道锁,然后沿着走廊向锁着的消防出口大步走去,开门进入楼梯间,下到第二十层去乘电梯。

*

上海的外滩此时人山人海。草帽,遮阳伞,太阳镜。身穿西式套装或传统一点穿"中山装"的男人,穿五颜六色的棉布连衣裙或丝绸旗袍的女人,固执地不理睬这桑拿天依然穿着皮草的俄国人,还有浑身被汗水湿透穿着背心和蓝布宽裆裤的工人。道路上挤满自行车、黄包车、出租车、公交车、有轨电车、货车和豪华轿车,它们都在争道抢行,喇叭声、喊叫声响成一片。一辆插英国国旗、架一挺维氏机枪的劳斯莱斯防弹轿车威严地驶过。

人潮如流,那年轻人穿行其间,寻隙而进,向南走过两个街区,再转弯来到南京东路上。但没走多远,他发现人流的行进速度似乎慢了下来。前面不远处,两个工人用一根竹竿抬着一大捆东西,挡住了人行道。年轻人发现自己陷在一帮穿西装的人之中——奇怪,这才上午十点啊!他瞥了一眼那个似乎一直走在他身旁的男人,那人戴帽子的样子让他觉得有点怪。再看看别处……见鬼,又有一个人在斜眼看他!这些人怎么啦?以前没见过外国人吗?拜托,这可是上海!

一辆细长车头的奶油色别克八型轿车减速驶向路边,来到他们身旁,车后门打开,车内一个戴着帽子的男人做了个手势。年轻人的肾上腺素急速上升,猛然转身向右,打算穿过人群,窜进街道两旁哪条狭窄弯曲的弄堂里获得安全……但那个家伙抢先挡住了他的去路,一支毛瑟自动手枪正对着他的皮带扣。

"上车……"

福州路185号有着毫无特色的高墙，分布着几扇特别窄小的窗子，看起来像座堡垒。别克车穿过戒备森严的大门，进入铺着鹅卵石的院子，在一道打开的钢质双扇门前停下。那年轻人现在戴着手铐，被手枪枪管抵着后背推下车，顺着冰冷的水泥楼梯走到一个地下室，在那里他被铐在一张血迹斑斑的金属椅子上。一张破旧的桌子（他确信看见上面有牙齿印）上有一盏台灯，一包南海牌香烟，一个鞋油罐做成的烟灰缸。

那群穿西装的人走了出去，另外两个家伙接替了他们。他们粗壮结实，浑身肌肉疙瘩，塌鼻梁，光头，赤裸着上身，由于溽热而大汗淋漓。两人盯着他们的囚犯，眼神里露出某种……他觉得像是某种渴求，这不禁让他心头一颤。

"哪位能给根烟抽吗？"年轻人说。

他们咯咯窃笑。

"这个外国人会说中文。"

"是啊，这显然没什么不可能吧？！"他回敬道，尽管和他们玩幽默无异于对牛弹琴。

没人给他香烟。

楼梯上又传来一阵脚步声。一个男人走了进来，他身上的蓝色衬衫汗渍不重，头发梳得油亮，他在桌后坐下，脸上挤出一丝笑容，本应显得和蔼友善，却让人觉得恶心。

"早上好，"新来的人有礼貌地开口说道，"很抱歉给你带来了不便，我们只需要你回答几个问题，时间不会太长的。"

"我是美国公民，我要求见领事。"年轻人说。

"当然。能让我们先确认你的身份吗？你叫什么名字？"

"我的名字是阿奇博尔德·西姆斯。我是美国公民，我要见领事。"

桌后那面露微笑的家伙拿起一支烟，拿出一个花哨的芝宝打火机，动作夸张地咔嗒一声打火点燃香烟，然后透过烟雾看着美国人,眼睛眯得更细,笑容几乎让人生厌。

"听着,我再问你一次。我警告你,如果再不说实话,你将成为'中国的客人'——无期的。和那时的住宿条件相比,这里就像沙逊酒店。"

"亚洲最好的酒店?会有那么糟糕,嗯?"

"你叫什么名字?"

"我的名字是阿奇博尔德·西姆斯,我是美……"

"好吧。你在中国做什么?西……姆斯先生!"

"我是曼哈顿保险公司的理赔员……现在可以让谁给美国领事馆打个电话了吧?"

"你在撒谎!"

那个不那么胖,但鼻梁更塌肌肉更鼓的家伙攥起拳头,走近了一步。

"哦,你好,菩萨大王。很高兴……"

一颗巨大的金星在年轻人的脑中爆裂,金光接着褪成一片红色,那一记耳光令人心悸,声音在房间里回荡,与他耳中的嗡嗡声混成一片。

"该死!遭报应了。"他做了个鬼脸,摇了摇头,把口中的血吐到地面潮湿的石板上,"你们懂不懂道理?!"

桌后的男人咯咯一笑。

"我们这位朋友看来是位美国英雄呢!但我们会让他和我们想到一起去的。那句话怎么说来着?嘴甜好办事。是吧,美国人?"

"和气,和气生财!"年轻人回答着,"这句怎么样,菩萨?"

塌鼻梁又向前一步,但蓝衬衫挥手让他退下,又从桌子后面拿出一个白瓷瓶,白瓷瓶身上饰有明青花花纹,还有两个小瓷杯。

"你看,美国人,中国人是好客的民族。我们知道你们外国人喜欢喝酒。"

"嗯，时间有点早，但是……"

"我们也喜欢喝酒，喝酒使人放松，让人更好相处，没有隔阂……在中国有个说法'酒后吐真言'，意思是喝了酒会说真话。"

"吐出来的也可能是牙齿，得看情况呢……"美国年轻人嘟囔道。

蓝衬衫倒满酒，举起酒杯。

"这是白云酒，由植物蒸馏而成，几乎是纯酒精！我肯定你会说有106度，希望你喜欢。来，喝！欢迎你来到上海！干杯！"

蓝衬衫举起了酒杯。

那个胖一点肌肉少一点的狱卒端起酒杯，捏住这年轻囚犯的鼻孔，把他的头向后扳，让他的嘴巴张开，将白酒灌进他的喉咙。

"喜欢吗？"蓝衬衫咧嘴笑道。

"很香，"年轻人咳着说，"有点凶……"

"很好！现在老奚也想敬你一杯，干杯！"

酒杯再次斟满，那个姓奚的莽汉上来敬酒，他对年轻人的鼻子软骨毫不手软，一杯酒直接灌了下去……

两人轮番强行往他喉咙里灌酒，年轻人已数不清被灌了几杯。很快，他感觉意识模糊，整个房间转了起来，越转越快。他瘫软在椅子上，看到鼻中流着血，早晨吃的鸡蛋火腿也吐了出来，成稀糊一样顺着领带流到腿上……他傻笑着，莫名其妙觉得很开心。

"哈哈哈，看来外国人酒量还是不怎么样啊！"审问的那人嘲笑道，"很好，我们来看看这回是不是吐真言了。你叫什么名字？"

"额的名……"他的鼻子肿胀，话语含混不清。

"是的，美国人。告诉我们你叫什么，来中国干什么，我们就可以都去休息了。"

"额的……名系……阿……阿……"

他们等着,露出期盼的笑容。

"……阿弥陀佛,菩萨……你……你他妈是谁?你个胖子……"

下一刻在年轻人脑中爆炸的星星白得耀眼,但很快归于一片黑暗。

年轻人失去了知觉……

罗雪

罗雪过着连上海女孩都只能在梦中才有的生活。

她想什么时候起床就什么时候起床，想什么时候出去就什么时候出去，一辆配司机的拉贡达轿车和一个武装保镖载着她满城转。她喜欢香槟午餐，一吃就是一个下午，要在最豪华的饭店里，贵得越离谱越好。只要她乐意，会花上一天时间给她的手指甲镶上钻石。最高档的时装店会为她举行专场时装秀，让模特儿展示最新潮的巴黎时装。她的幼子无时无刻都有保姆或是奶奶、外婆照顾，留给她完全的自由——像镀金笼中的鸟儿一样的自由。

每当独处时，罗雪都感到深深的厌倦与孤独……有时夜里她会哭着睡去，诅咒那给自己带来如此优越生活的不幸。她在一个错误的时间出生在南通航海罗家的一支中。所以，当她成年之日也正是那个男孩当婚之时，那个注定继承黄帮三合会老大之位的男孩——她的二表兄罗二哥（帮会的兄弟都称他为罗大哥）。她的父母迫切地、满心感激地将罗雪许配给了他。

按照要求，他们在25岁生日将至之前完了婚，也按照要求，他们的儿子在婚后一年出生。有了这件喜事，罗雪便卸除了这辈子应完成的全部社会责任。从此以后她便可以爱做什么就做什么……只不过指的是在严密地监管下花钱，以及在夜间独守空房。

但她的生活里没有爱情，罗雪和她的表哥之间没有任何感情，包办婚姻往往都这样。人们指望你学着去爱你的另一半，往好里说这是异想天开。不过，历经数千年，中国人已养成了无私无我、忍耐宽容的品质，这使那个指望几乎不算空想。但是罗雪那丈夫又矮又胖、大肚腩、光脑袋、罗圈腿，身上还有丑陋的纹身，说话粗俗、行为鲁莽，她在他身上找不到一丝可爱之处。她很高兴他晚上总在忙他那些见不得人的罪恶生意，在他控制的那些赌窟里赌博，在他拥有的地下酒吧里和那些女招待还有时髦女郎寻欢作乐。罗雪可以开心地躲开他的毛手毛脚、他那令人生厌的咒骂和口臭。

然而，她依然渴望爱情。

有一天，罗雪和她的两个上海闺蜜躺在美容院的浴缸里享受薰衣草黄茶浴，这两个闺蜜也是年轻有钱人的妻子（虽然和罗大哥无法比）。就是这一天罗雪接受了那个将改变她命运的提议。

"嗨，你们两个啊，"菲比尖声说道，一边得意地欣赏着自己整套闪闪发光的指甲，那些刚做的指甲还没有完全干，"知道怎么辨认一个夜总会是好还是不好吗？"

"你在开玩笑吗？"罗雪说。

"我不知道，"丹妮说，"怎么辨认？"

"看门口停了多少辆宾利！哈哈哈！"菲比很为自己的机智而陶醉。

罗雪和丹妮对视了一眼。

"不过我说啊，"丹妮说，"你们知道那家新开的酒吧吗？在和平东路上的那家，好像叫作百万富翁俱乐部……简直'臭名远扬'呢！都这么说来着。那儿有牌桌，现场有摇摆乐队伴奏的舞蹈表演，我想他们很可能还有黑人乐手！外国人都去那儿玩的，他们说那儿满屋子都是又高又帅的法国、意大利男人。"

"当真？那我们必须要去！怎么样，罗雪？你这乖乖女，成天蹲家里干吗呢？一起去吧！"

罗雪有点犹豫，思索着……

"担心你的保镖，是吗？小可怜哦！听着，我有一个主意。"丹妮说，"你们到我家搞个'闺蜜之夜'聚会。开一瓶香槟，打扮起来，然后偷偷溜进那辆杜森伯格里。杨冰会开车，没人知道谁坐在车里面的,我们拉上窗帘!我们在路上还能再干上一瓶!"

"好耶!去吧去吧,罗雪,你这个小可怜。该玩点出格的事儿啦,你非去不可!"

最后通牒

随着一桶脏水兜头泼下，那美国年轻人苏醒了过来。

他依然被铐在金属椅子上，浑身瘫软，脸伏在桌上一摊凝血和呕吐物里，这下那堆东西又浸到了水中。

两个穿警察制服的人打开那手铐，把他拉了起来。他脚步不稳，脑袋嗡嗡作响，半因醉酒半因脑震荡，他感觉难受极了，比他这辈子经历过最严重的宿醉还要糟糕两倍。他们用枪押着他走出地下室来到明亮的阳光下，阳光直刺他的眼睛，使他愈加痛苦。在院子的角落处有个简陋的卫生间，他们把他推到那里，里面又臭又脏，但是有自来水。他就着微温的细水流洗了脸和手，还刷掉了干在衣服上的呕吐物。

他被押进后面一个入口，一路就如同在游街示众，那边有几个穿警察制服的男人坐在风扇下抽烟，风扇慢悠悠地转着，这些人都板着脸，一副凶神恶煞的样子。他们进入一台有伸缩铁门的电梯，其中一人按了去顶层的按钮。

电梯门再次打开，门外就是一个办公室，看起来不像在上海而更像在芝加哥。灰白色的墙上有康定斯基的画，红木地板闪亮，一张长方形黑漆办公桌几乎和房间一样宽，上面除了一本黑色皮革记事簿和一盏万向台灯外，什么也没有。室内还有一张双色长沙发，厚重的黑漆几何体结构配红色皮椅垫。

窗前站着一个人，他背对着室内，专注地看着外面。就一个中国人而言，这人个儿挺高，宽肩膀、细腰。

"好了。"那人说，身子并没有转过来，两个警察走了之后，他接着用中文说道，"坐下。"

囚犯遵命坐下。

这人从容地从窗口转过身，在那张皮办公椅上坐下。他看上去五十岁左右，神色严肃，干练精明，拱形眉，头发自额前梳向后面，鬓角很长，像两只翅膀盖在耳朵上。他穿着蓝哔叽制服，但不是警察制服。那蓝色很深，接近黑色，没有衔级标识，衣服的剪裁——腰部收束，肩臀宽展，黑色皮腰带皮饰带——有点儿意大利法西斯的风格。

"哈罗德·鲁道夫·瓦格纳，"这中国人朗读着，像只暹罗猫一样眯缝着眼睛看着他的囚徒，"美国海军陆战队上尉。"

瓦格纳一言不发。

"用保险经纪人的虚假身份在我国为美国从事间谍活动。"

瓦格纳依然面无表情。

"这是非常严重的犯罪，你有什么可说的？"

"对不起先生，很抱歉，我无可奉告。"

"上尉，我来问问你，这几个名字听来有何感受？广州的R·M·卡伯利上尉、厦门的G·S·邓普斯特中尉、宁波的J·C·雷伯恩一级准尉、南通的T·J·莱特军士长、海南的B·F·莱姆军士长……还要继续吗？"

他停了下来，让自己的话充分发挥作用。

"你们的政府在我国领土上秘密实施'海岸监视'行动，使用海军陆战队军官监视所有的军事调动，你以为我们对此一无所知？假如我告诉你，你所有的部下都受到了监视，我一句话就可以让他们即刻消失，你觉得怎么样？雷伯恩、莱姆、莱特和其他几名士官将会因间谍罪在日落前被处死。卡伯利、邓普斯特，还有你，将会去蹲监狱——服无期徒刑。"

"先生，我要求同美国领事馆通话。"

那人摇了摇头，凝视着瓦格纳。

"那毫无意义，你的政府帮不了你。你们的生命还不够珍贵，美国人是不会为你们找中国政府麻烦的。至少现在不会，日本正打算接管亚洲呢！很可惜，魏格那（他的英文发音），你得靠你自己。不仅如此,你战友们的命运也在你手中。"

瓦格纳叹了口气,低下了头。他想自己或许已经知道了自己问题的答案,但他还是问了那个问题。

"那么我起码可以问一下我在和谁谈话吧?"

坐在桌子后的男人双手合十,眼睛盯着瓦格纳,深深吸了口气,然后答道:"我的名字叫杜伟。"

杜伟,果不其然。中国政府安全部门的头,神秘莫测,难以捉摸,令人生畏,他是唯一一个可以带枪面见委员长的人。但他为什么会在这里?在上海?他为什么没有在首都南京保护委员长和政府里其他的人?

"我们也在监视日本人,魏格那,"杜伟好像看穿了他的心思,"我们知道他们不会满足于仅仅吞并满洲里,也知道他们不会在北平收手。下一个会是上海,不拿下整个中国他们不会停下的。

这样你明白我的难处了吧,上尉?你的国家在我国的领土上设了一个间谍网,收集着我们需要的情报——迫切需要的情报。日本人在策划着什么?他们的军队在哪里?他们的舰艇又在哪里?你们掌握着这些信息,但你们不让我们知道。这是不可接受的,我相信你一定能理解。你和你的间谍同事们不必一定要死或者蹲监狱,你们也可以帮我们一把的。"

瓦格纳悄悄松了一口气。听上去杜伟以为美国人获取的情报全都来自海岸观察者的"网络",这么说他也许并不知道黑色代码和那些机器……

"你要我背叛我的国家……先生?"

"恐怕是这样。"

"为什么选中我?我可以知道吗?"

杜伟的嘴角抽动了一下,似乎想挤出一个微笑。

"两个原因:一、只有你在这里;二、你觉得我能和你随便哪个弟兄进行这样的谈话吗?"

瓦格纳脑海中冒出小组中其他人的形象——大脑简单，肌肉发达，理着板寸头，典型的美国小伙。他们的中文程度最多只够叫辆黄包车，点一瓶啤酒，和漂亮的女孩说"你好"。

"你是个聪明人，魏格那上尉。你对自己祖国的忠诚毋庸置疑，昨晚你就展现了你的勇气。不过，我有些令人鼓舞的消息告诉你……"

瓦格纳抬起头，心里很怀疑，但又希望抓住任何机会从这肮脏的泥坑里脱身。

"就在我们谈话的这会儿，我们两国政府正在商谈一项军事交换协议。你们的领导人罗斯福知道，日本对太平洋地区的侵略不是会不会动手而是何时动手的问题，所以你和其他那些人才到了这里的。一旦我们在具体条款上满足了你们那孤立主义的政府，我们双方就会正式共享军事情报，你们坚持两面派行为的时间长不了的。"

他打开一个里面装满美国好彩牌香烟的银烟盒，示意瓦格纳拿一根，然后用一只进口金打火机替他们两人都点了火。

"听着，魏格那，我能理解你有点进退两难。不过，请听我说一说中国的情况。当今之道，务实为要。如果你帮了我们，其实是在帮助贵国的朋友抵抗我们共同的敌人。你的行为只会有益于我们两国的关系，这绝不可耻，这很高尚。如果你的上级了解了当前的形势，他们会感谢你的。"

"我很怀疑。"瓦格纳苦涩地想。

"怎么样，可以开始了吗？"杜伟目不转睛地看着他，"你手头有对我们有用的情报吗？"

这是个象征性姿态，是个考验。他们当然已经看过了，在他被灌晕过去的那会儿他们就搜了他的口袋。他们不会在北平收手的，杜伟刚刚说过。

"好吧。"瓦格纳说，"日本人即将进攻北平。"

"凭什么?"

"他们说是中国人挑起的,这是他们扩张控制范围的借口,先生。"

"非常有趣。看呐,上尉,这没什么痛苦吧?!不像之前那样吧!这么说我们达成共识了,对吧?你获得的所有情报首先要让我知道,毫无隐瞒。我会等着,也会看着的。握个手吧……"

瓦格纳勉强地按他说的做了。那只手骨节突出,强壮有力,冰冷干燥,像冬眠的蛇。

他到底在干什么?

为什么是他?

罗大哥

上海法租界一条林荫大道上,一辆丰田豪华轿车等在一栋富丽堂皇的豪宅外,发动机轻轻地颤动着。二十英尺宽的大铁门缓缓打开,轿车驶上碎石车道,从几个板着脸的武装警卫面前驶过。随着一阵嘎吱嘎吱的声响,它在宽阔的大理石台阶前停了下来。一个穿黑色西装系着领带、长着一张拳击手面孔的男人从折叠加座上跳起,打开了后车门,一位身材矮胖、头发灰白的男子下了车,另一个拳击手长相的男子从另一侧下了车。

他们一人在前,两人紧随,进入豪华的大厅,从屋顶巨大的水晶吊灯下走过,朝旋转楼梯走去。周围阳台上有更多的武装警卫,毫无表情地注视着他们。他们来到顶楼,走过一段精致光滑的实木过道,被领入一个华丽的房间。屋内是一个长得活像一只毒癞蛤蟆的男人,他穿着昂贵的丝绸睡袍,倚靠在一张奢华的沙发上,旁边的咖啡桌上摆着一瓶漂亮的插花,沙发两边各站着一名绷着脸的武装警卫。

拜访者走进来,弯腰鞠躬,沙发里的男人懒懒地用眼神瞥了一眼那张单人客座。那个灰白头发的矮胖男人坐下,拳击手们面无表情地站在他身后,双拳紧握交叉贴在西服纽扣上。

沙发里的男人一言不发,不加掩饰直勾勾地打量着他的访客,在一段长长的沉默后,他用浓重的地方口音问道:"我能为你做点什么,大佐?"

那个被称呼为大佐的方脸男人,脸上挂着干巴巴的笑容,眼睛眯成一条细缝,掩饰起自己对面前这粗鲁野蛮人的蔑视。他客气地等了一下,组织好语言,然后用结结巴巴的中文夹着日语的客套话回答:"呃……怎么说呢……罗先生……请让我谢谢,日本皇军感激你……做的一切……为……为了……健康……和平……在上海。"

对面沙发上的男人面无表情,两眼盯着他,就像青蛙看着一只它将要吐舌去捕捉的虫子,听着他艰难地用中文说了些场面话,心里暗自好笑。

"呃……怎么说呢……是……我们认为你……呃……减轻了穷人和无家可归者的痛苦……我们相信你也……呃……帮助,嗯……降低了犯罪率……"

这个中国佬的眼睛一眨不眨地盯着他,日本大佐尽管内心厌恶,却不得不一直微笑着忍受。

"呃……怎么说呢……是……由于我们的军队……给华北带去了和平……呃……怎么说呢……呃……所以我们愿与你合作。我们希望你的帮助让更多的人……怎么说呢……快乐……呃……和满足……呃……怎么说呢……进一步降低犯罪率!"

沙发上的男子正是黄帮老大罗大哥,他的眼睛冷冷地微微一瞪。

"但我的印象里是日本军队在满洲有自己的供货人,完全能够满足自己和所控制者的需求。"他说。

"呃……对的……怎么说呢……我应该说,以前是对的。但是,一个新的市场打开了……怎么说呢……最近……北平决定接受关东军的保护。"

这时罗大哥的眼睛有了生气。

"北平?"

他向后一靠,用难懂的中文暗语低声和身后的一个手下说了些什么,那人点了点头,转身离开房间。

"不错,"日本人说,"一个有两百多万居民的城市。我们的目的是给尽可能多的人带去和平与安宁,越多越好,越快越好。"

罗大哥缓缓地点了点头,尽力保持严肃的表情。

"你们需要多少?"

"十吨。"

"明白了。"

罗大哥瞟了一眼大佐身后那两个面无表情、拳击选手般的人。他们带了枪,毫无疑问,但他们并不想找麻烦,至少不是今天,不在这里。这是日本军队,不是什么敌对帮派,他说话得小心。

"非常有意思,"他说,"不过,还有个市场力量的问题。"

通过黄帮开帮祖师爷,他的曾祖父罗毅起至今建立起来的关系网,罗大哥控制了中国东南部的水上航运,也就是码头、河流和运河这些交通大动脉。这也使他得以控制了许多其他事务,其中包括在上海与某些金融大佬进行鸦片交易这棵摇钱树,日本人对于这一切当然很清楚。

"那是自然的,我们将按批发价外加百分之十的补贴付款……"

"哦!"罗大哥控制不住贪心,哼了一声。

"不过我们要求立即交货。"

罗大哥在心里计算着……凑巧,此刻老上海码头上正有十四吨鸦片在装船,将经杭州运往盛产钨矿的江西省一个军阀那里。日本的间谍肯定掌握了这个情报。

"不好意思,大佐。"罗大哥愤愤地嘟囔道,"那会把我的供应链完全打乱的。"

"那好,百分之十五。恐怕这是我们最后的出价了。"

罗大哥瞥了一眼大佐身后那两个绷着脸的家伙,这次两人竟有胆量回看了他一眼。罗大哥心里暗暗骂了一句:"操他妈!"

"尽管我很敬佩你们强大的军队,"罗大哥信口开河,"但从金融角度上来看,这笔交易少于百分之二十是做不成的。"

此刻,大佐的眼神中已没了日本式的客气。尽管他的眼睛眯成一条缝,隐藏了瞳孔,脸上依然挂着柴郡猫般的笑容。罗大哥的表情则如同一个在糖果店行窃的小贼,手卡在糖果罐里被当场抓住,却硬装出一副清白无辜的样子。

大佐身后的一个"拳击手"俯身靠近他的肩膀,用日文急促地低语了几句,他听后点了点头。

"你真会讲价,罗先生。"他最终说道,"那好,就百分之二十,十吨货,最纯的,立刻交货。"

"会的。"罗大哥咕哝道。

生意成交。大佐起身,只随便弯了下腰,那野蛮人不会注意到其中的差别。他的两个保镖也照样做了。

罗大哥注意到他们的无礼,但毫不在意,也未起身,只是在三个日本人转身离开前略点了点头。他们一走罗大哥便转身对他的一位心腹说道:"给老城区的市警察局打电话,让包局长立刻过来一趟。告诉他计划有变,我们需要谈谈。"

"他不会高兴的,老大,您知道他忙着搞政治呢!"

"政治,天呐!"罗大哥轻蔑地说,"包胖子忙他妈的啥政治?警察、黄帮、蓝衣社还是红军?更不用说他妈的替他塞满钱包的政府了!他和所有那些王八蛋一样,只效忠于金钱。我们只要他们的钱,谢天谢地!去他妈的包局长和他的政治。如果他不高兴,黄浦江里的鱼可就高兴了,那胖子够鱼吃一个月的。跟他说快他妈的给我过来,立刻!"

"是,大哥……"

抉择

哈里·瓦格纳向窗外看了第一千次。那辆别克车在外滩边罗斯柴尔德大楼入口外转来转去，还有一伙人守在服务通道入口处。

室内烟雾缭绕，他在桌旁踱来踱去，紧张地注视着电传打字机，担忧那一刻的到来……

随着一阵机关枪射击般的咔嗒声，打孔带卷动起来。瓦格纳心跳加速，双手颤抖，将纸带撕下，放进卷轴。黑色机器的键盘一阵爆响，进纸器中吐出一张纸来：

日本帝国外务省文件——最高机密

美津奴号巡洋舰和海军陆战队登陆部队驶离佐世保

目的地上海

准备接收正式声明

正式声明如下

"行动目的在于维护上海的和平与秩序，保护日本在华利益

绝对不应被误解为进攻行为。"

电文结束

他把情报摆在桌上，在椅子上坐下，手里摆弄着香烟，不时啃啃手指上的倒刺。该死，现在怎么办？给中国人做密探，我的天哪！我的任务怎么办？

还是做个英雄？让弟兄们和自己一样命悬一线？他双手捋过脑袋，感觉手心的汗水沾了几根头发。他看了看，自己在掉头发，他一直没有睡觉，今早在镜子里看到自己的脸，好像老了十岁！

该死的！不管怎么说，他也得走这一趟。

他拿起那张纸，折叠起来放进口袋，一把抓过外套和帽子，

抑制住胃的痉挛，朝门外走去。

瓦格纳从外滩向南走，别克车开始行驶。瓦格纳一直向南，穿过南京路，他回头瞥了一眼，有两个家伙沿着人行道跟着他——他已经认得那几顶帽子了。与此同时，那辆车掉了个头跟着他，以步行速度在车流中穿行。

他继续向南走，穿过珠江路。现在身后那群打手大约放松了一点——他正直接前往秘密警察总部。过了汉口路，下个路口是福州路，向右转还有不到一个街区就是杜伟的审讯中心。他向那儿径直走去，快到大门口时他放慢了脚步，扭头看了一眼身后跟着的家伙和那辆别克车，他们此时被堵在一队黄包车后面，但并不着急，他们跟的人可是个橄榄球高手。

打橄榄球……哈里·瓦格纳，芝加哥大学兄弟会成员，大四时效力马鲁队，打边锋。他可不是一个体重二百二十磅的傻大个儿，他速度快，球技高，是个得分好手。在他摔断手腕前，芝加哥熊队的球探曾向他抛出过橄榄枝。就因为挨了一次揍、受到一点威胁，不论那经历有多可怕，便向外国势力低头，乖乖交出国家机密，他会是那样的人吗？

没错！但这还对其他人的生命有威胁……

如果他不反抗束手就范，弟兄们会怎么想？如果换成他们，他们会怎么做？他在新兵训练营、在军官学校都学了些什么？永远忠诚！忠于国家，忠于使命。

美国领事馆新楼距秘密警察总部仅三个街区，沿福州路到江西路的拐角处即是。领事馆原址在苏州河北岸，几年前日本人占领了那一地区，领事馆馆舍变成了日本驻沪总部办公室，自那时起美国领事馆便搬到了此处。三百米，跑过这段距离他需要多长时间？一分钟以内，不过在人行道上可不行，路上熙熙攘攘一如既往，路边的自行车道最通畅。前面有两个繁忙的交叉路口，别克车无法快速通过。瓦格纳距最近的跟踪者已有五十米，还不用说他的腿足有他们的两倍长。

他走到秘密警察总部的门房前,放慢脚步,肩膀向左转,似乎就要进去了,这时他停下,俯身仿佛要系鞋带,身体摆成了短跑的起跑姿势,猛然发力冲进自行车流,双臂双腿心脏一起剧烈运动,如同一列横贯大陆的火车……

※

韦恩·S·牛顿少校是彼得原理的实例,他被提拔到自己无法胜任的职位上之后便一事无成。他曾是一位优秀的前线指挥官,1917年他在战壕里因逞一时之勇而受伤。当与他喝酒叙旧时,他是一个非常好的人。但问题是,有些人天生只适合执行血肉飞溅的行动,而不是坐在桌前处理文件,牛顿就是这样一个人。作为美国海军陆战队第四分队执勤官,需要面对的官僚主义、朝九晚五的作息制度让他非常不适应,甚至改变了他的性格。办公室的压力使他变得脾气暴躁,不近人情——至少在太阳尚未划过船帆桁架落下,他又可以喝酒之前。

在这个闷热的六月早晨,当大汗淋漓、气喘吁吁、衣冠不整的哈里·瓦格纳出现在他的办公室时,牛顿少校并没有感到兴奋,恰恰相反,他预感到会有一罐"臭蛆虫",一个会让他的生活加倍繁杂加倍痛苦的罐子马上就要被打开了。

"你到底在说些什么,瓦格纳?"

"真的抱歉,长官,但必须把我们的人撤出来,马上就撤!"

"撤出来?瓦格纳,你喝醉了吗?难道你不知道这个行动是海军情报局当前的一号优先任务?这个行动对于国家安全至关重要,现在比以往任何时候都更重要。你看一看这些狗屁东西……"他指着桌子上那堆乱糟糟的军情报告,上面还有瓦格纳刚带来的打印件,"你不明白吗,瓦格纳?总统是对的!日本人就是敌人,我们在这儿就是身处最前线了。把我们的人撤出来?你疯了吗?"

瓦格纳叙述了他被杜伟逮捕和审问的事，还有他要处决或者监禁海岸监视行动人员的威胁。

"杜什么？这家伙是谁？"牛顿咆哮道。

"是这个政府国安局的头，长官。他是委员长的眼睛和耳朵。"

"委员长，是吧？可委员长是我们的好哥们。而且他需要我们远远超过我们需要他。"

"这不错，长官。但是中国人知道我们的活动，而且要求与我们共享情报。"

"他们知道黑色代码，还有那些机器吗？"牛顿压低声音问道，脸色都白了。

"我认为还不知道，长官。"

"感谢上帝！"

牛顿一掌击在桌子上。

"瓦格纳，这你得动下脑筋了。这个人是委员长的左右手，他们是我们的盟友。我们在他们的地盘上，他们需要这些情报……他妈的日本人是我们共同的敌人。也许这终于能摇醒中国人采取行动了，你得给这个人他需要的信息——适当的信息。"

"适当，长官？"

"当然啦！有选择的，类似这样的东西……"牛顿挥手指指那份打印件，"会有什么害处？反正只要有一条中国渔船见到了小日本那些军舰，消息便会传遍整个东海。

但一定得保证有去有来。得是公平交易，不要搞成他妈的什么新闻服务。"

瓦格纳困惑地看着他。

"上帝啊，瓦格纳，我就是开个玩笑，别当真！"牛顿一边大笑一边大声说着，嘲讽地撇撇嘴，懒洋洋地往后靠到椅背上。

"但是长官，如果不经批准就与人共享情报，那不是违反了命令吗？"

"命令？瓦格纳，什么命令？拿给我看看？"

"啊，对不起长官，没有书面命令。就按你的命令办吧，长官。"

"这就对了嘛，瓦格纳。因为我自己就非常不喜欢书面命令。知道为什么吗？因为那有可能落入别人手中。所以我现在命令你，和那个家伙好好玩玩，用点头脑。"

瓦格纳一动不动，浑身冒汗。

"可以给我点什么书面的东西吗，长官？我是说，以防以后有什么误解，我肯定不希望有人说我们没有经过批准就把情报交给中国人。"

牛顿看着他，一副对军事法庭还有降级嗤之以鼻的样子。

"你知道吗，瓦格纳，对你们这些大学生我真没有太多耐心，你们这些人就喜欢他妈的那些狗屁繁文缛节……"

少校不耐烦地乱翻着桌上的文件，从这混乱的纸堆里找出一份有"机密"标记的文件。

"拿着，瓦格纳，这个怎么样？'美中军事交流协议（ACME）在谈判中'，他们说的是这个意思吧？"

"不错，听起来就是这个意思，长官。"

"那好。听着，上尉，我不能给你任何书面的东西。第一，会有安全风险；第二，现在并没有签署任何文件。但你知道你必须做什么，所以现在赶紧给我去干吧！这就是给你的命令了。哦，对了，瓦格纳，记住……如果你搞砸了，我和这里的其他任何人都不认得你，你是一个不存在的人。美国政府不对任何在外国司法管辖区内从事非法活动的同胞负责，如此等等。明白我的意思吗？你还在这里等什么呢？"

百万富翁俱乐部

这真是水深火热的一周啊!

被秘密警察逮了去,在号子里被修理得很惨,受到杜伟的羞辱,九死一生地逃走……而现在被自己的上司又丢回"鲨鱼池"里。

更别提一支日本侵略军已启程打来这一次要细节。

但是,这是上海,现在是周六晚上!

瓦格纳以前以为只有纽约是个不夜城,现在他知道这不是事实。如同曼哈顿一样,上海在白天是一座繁忙勤奋的"大蜂房",晚上摇身一变,便成了一个由饭店、舞厅、赌场、地下酒吧组成的星系,涌动的能量似乎在午夜达到峰值,并一直燃烧至黎明之后很久。

周六晚的上海又该是什么样子?

去给自己找点乐子吧!好好吃,开怀饮,寻欢作乐……因为明天我们就要死了。

为什么不呢?

他坐上一辆黄包车,来到法租界边上的那家百万富翁俱乐部——本月最受欢迎的酒吧。他挤进两边站满中国打手的大门,眼前高级舞女云集,她们都身穿迷人的旗袍、丝袜和高跟鞋。她们真的漂亮极了……尽管都不是吃素的,有点像食人鱼。不过这会儿刚入夜,一般说来她们的魅力会随着一杯杯威士忌喝下而一点点增加的。

他在酒吧里闲逛,喝着今晚的第二杯酒,纠结着要不要去扑克桌来一把,正在这时门口起了一阵骚动,三位迷人的上海姑娘走了进来。瓦格纳饶有兴致地跟着她们来到舞池,他的目光立刻被身材娇小的那位吸引住了。她曲线玲珑,母鹿般的大眼睛,脸上有淡淡的雀斑，那微笑像个女学生。他那达尔文式的本能不假思索告诉他不要迟疑，应该立刻行动。

乐队换了支快节奏的狐步舞曲，正合适。他掐灭烟头，冷静地向她身边踱去。

一个年轻的英国男人头戴卷曲的黑色假发，身穿燕尾服，脸上涂了鞋油，唇上抹了白色油彩，一副黑人歌手的架势，他开始对着一支黄铜麦克风唱歌。

我不想跳舞，别请我……

瓦格纳站到罗雪的面前，鞠了一个九十度的躬，接着看着她的眼睛，捧起她的手吻了一下。

他或许不是这里最英俊的男人——这屋里确实挤满了年轻帅气的欧洲人——但他是最高大、最强壮的，而且也很风趣。罗雪嫣然一笑，顿时容光焕发，眼波晶亮。

随后她偎进了他的怀中，他闻到她头发散发出来的香气，她玲珑的身体曲线软软地触着他的胸部，她的肩膀几乎就在他的唇边，那肩头精美细腻赛过明瓷。

我不想跳舞，我为什么要跳？

我不想跳舞，我怎么能跳？

我不想跳舞，衷心感谢。

我知道音乐带来浪漫，

如果我抱你在怀，亲爱的，我不想跳舞。

他带着她滑过舞池，她似乎飘了起来，脚几乎不触碰地面。他夹克下面结实的胸脯暖暖的，让她不禁阵阵战栗。

跳第一支舞曲时他们几乎没有交谈，但后来她问道："你为什么邀请我？"

瓦格纳抬起头，故作正经地打量着她的脸庞。

"我想我总是顶不住雀斑的魅力吧。"

她羞怯地笑了笑，像个小女生。"我不喜欢那些点子……

哎,其实是我丈夫不喜欢。"

"真的吗?你有丈夫?他真有福气!"

"他可不这么想。"

"真遗憾。"

音乐换成了慢狐步,这是跳贴面舞的信号。但他们才刚刚认识,对彼此几乎一无所知。这会儿她本可以礼貌地说声"谢谢",然后离开。

但她没有。

瓦格纳把她搂得更紧一些。

我觉得我们曾站着像这样交谈过,

我们也曾向彼此这样地微笑,

但我记不得是在哪里,在什么时候……

*

"我不是在找一个男朋友,我找的是一个朋友。"她一开始就这样说,"我们可以见面,可以交谈,但是我们不可以做爱人。我们可以牵手、拥抱……我们做好朋友,好吗?"

"好的。"瓦格纳说。

他们谁都没拿这话当回事儿,连一会儿都没有。她正是他所寻找的,他是她唯一的渴求。而这不是轻易能遇到的,这一点他们彼此也很清楚。

之后,他们常在永康路见面,也去静安公园或豫园,外国人喜欢带中国女朋友来这些相对隐秘的地方喝鸡尾酒或是漫步。罗雪想出种种巧妙的办法避开她的保镖——大表弟小罗。她利用菲比和丹妮作掩护,借用她们的车和司机,戴上大帽子、面纱和墨镜。每个周六瓦格纳都带着她从远离街道的侧门溜进静安宾馆。

一开始,瓦格纳无忧无虑,幸福无比,若往好处想,他真是个幸运的家伙。她已婚,有一个孩子,在这块土地上没有离婚一说。所以他们之间不会有尴尬的纠缠,不会真爱上。

但事情总不按设想的进行。他们从没想到在彼此怀中的感觉会那么美好。毫无顾忌、如痴如醉、勇往直前、火热炽烈的恋情,犹如笼中鸟重返蓝天那样的狂喜。

这本不该发生……但这是他们的宿命。

这一切就发生在那个闷热的夏天,每一次相见都比上一次更好。他们会就着夜幕的掩护偷偷溜去静安寺的香港点心餐厅吃饭——叉烧肉、芹菜牛奶鱼、辣牛肉烧豆,还有她最喜欢的榴莲酥——此味只应天上有,他们用青岛啤酒还有黄酒互敬然后回到宾馆,爱情在整晚拼命燃烧。

对于罗雪来说,这短短的几周时间似乎是她迄今为止生命中唯一真正有意义的部分。

有一天她说:"哈里,能认识你真是太好了,我想和你在一起,我们在一起的时候我真的很开心,但我很害怕。"

"害怕?害怕什么?害怕我打扰你,弄得你丈夫找你的麻烦?"

"怕我们真的相爱……"

已经太迟了。

双重间谍

日本政府

要求中国政府立即停止无端挑衅行为

"你怎么看,瓦格纳?中国人会试着和这些家伙友好相处吗?"

"不会,长官。杜伟说委员长私下已拒绝与日本人谈判,并已下令中国军队在上海周围布防……"

✼

"你给我带来了什么消息,魏格那?"

"这是刚收到的,先生……"

美国海岸观察计划——机密

日军第二、第四和第十后备师移往中国南方进行部署

"知道了。就是这样,是时候了。"

✼

日本帝国外务省文件——最高机密

国家社会党领袖洪亚平开启与日本帝国的和平谈判

"这个姓洪的究竟是个什么家伙,瓦格纳?"

"他是一位政治家,长官,真正的政治家。"

"你到底想说什么啊,大学者?"

"呃,长官,他今天是国民党人,明天又可以变成赤党。只要能让他获得权利,随便什么台子他都会跳上去。所以现在他称自己为'国家社会主义者',就是为了掩饰所有的行为。"

"什么?一个他妈的中国纳粹吗?"

"请听我说完,长官,这不过是个标签,仅此而已。既然德国与日本关系愈来愈好,姓洪的只是想搭一搭纳粹的便车,好建立一个傀儡政府,长官。"

"用一个亲日亲纳粹的政权来取代我们的委员长吗？见他的鬼去吧！我们这儿需要他妈更多的美国军事力量，现在就要！给达内尔海军上将发个电报……"

✽

美国海岸观察计划——机密

美国亚洲舰队前往上海

"美国人这会儿为什么要管这档子闲事了，魏格那？"

"我想这是我们经常做的事，先生。"

日本帝国外务省文件

最高机密

日军人员在帝国和平空军基地附近被中国军事警察杀害

海军特遣队在上海登陆

中国军队在上海火车站附近进攻日军阵地

战舰金刚号和雾岛号及航母赤城号驶向上海

撒离

咔嗒的机枪声夹杂着不时轰鸣的炮声响彻全城,瓦格纳赶到领事馆找牛顿少校时发现他正将桌上的文件扫进垃圾桶送去焚烧。

"就这样了,瓦格纳。这件屁事儿我们得丢下了,这儿闹得太凶,我们得撤了。"

"撤?长官,我们要去哪儿?"

"我们乘达内尔上将的船去珍珠港,你和那杜老爹接着玩,我相信就在我们说话这会儿他已经在去南京的路上了。"

"南京?"

"对,瓦格纳。和其他政府大佬还有有钱的'肥猫'一道。趁'厨房'还没着火赶紧走,沿长江向上去找委员长。"

"我懂了……"

瓦格纳的头脑飞转,脑海中很快塞满了唯一的一件事……他当然知道总有一刻一切都会结束。但现在,这么快?一阵悲伤的空虚感袭来。一个甜美的梦,他……他们俩……刚刚沉醉其中,却被粗鲁地唤醒了。

爆炸声在远处回响。

"机器已经搭乘孟菲斯号先行一步了,它们会在南京的美国公使馆等你。今后你向埃德·卡特参谋长报告。你的使命不变,将这项工作继续出色地干下去,年轻人。在帝国和平空军基地有一架B10轰炸机等你。永远忠诚!"

瓦格纳和他握了手,麻木地,用永远忠诚的坚定外表掩藏起他那颗沉下去的心。

他回到酒店,将自己的器材扔进装备袋。外面艳阳高照,但对瓦格纳来说,天气凄凄惨惨,犹如出丧之日,因为他经历了强烈的情感冲击，突然间他感到了从未有过的孤独感。

没有时间告别，怎么才能联系上她？或许可以在门房那儿留一张告别便条？

"该死的，别犯傻了！"他责备自己，好像当前局势还不够危险似的。

但他的思绪还是不停地转回到她的身上，有拼命想再见她一面的冲动。

"我犯了一个大错，哈里！"她曾经对他说，"我不爱我的丈夫，但我真的爱你。"

他知道她是当真的。一个女人说的话可以不作数，但是她的抚摸、她的亲吻是不会撒谎的。

瓦格纳擦了一把额头，他的喉咙有点堵。这该死的肮脏城市，那些该死的烟雾！也许是香烟抽多了……

他肯定自己绝对会思念那些亲吻的。

但他是个男人，真该死！是一个肩负对国家安全至关重要使命的美国海军陆战队军官。他必须闯过这一关，别无他法。任务第一，永远忠诚！爱情只是战斗间隙短暂的喘息，是战争冷酷考验中偶然遇到的温暖人性的抚慰……

像这样失去爱情真残忍，是非人的折磨。

罗雪会怎么样呢，可怜的人儿？她曾说过自己之前的生活像在坐牢，和瓦格纳在一起的六个星期像是逃出来进了田园诗中，那些狱卒会把她再抓回去吗？

或许她最终会再去那百万富翁俱乐部……

不，那不可能！她不是那种女孩。

泪流成河

"抱歉，夫人！"静安酒店服务台的接待员说，"史密斯先生已经退房了……"

什么？没有弄错吧？！不，他不会就这样离开她的！绝对不会！他……

罗雪那天失魂落魄地离开酒店，回来的路上几乎支撑不住，墨镜后泪眼蒙眬。回到那豪宅后，她扑倒在丝绸枕头上，泪流成河，弄得枕芯里的鹅毛绒被浸湿，板结成了惨不忍睹的一团。

之前她的直觉或许已告诉她他的身份是个谜，就像许多在上海的外国人一样，但她从来没有问过，他也从来没有说过。可是他会因为战争而逃跑吗？哈里绝对不会。那又是为了什么呢？她做错了什么事吗？

傻姑娘。

蠢女人。

菲比和丹妮大谈新的酒吧和沙龙，想使她振作起来，但是罗雪还没准备好开始新的冒险，她的心已交了出去。

不仅如此，她还努力让那段过去鲜活地留存在她的心中。

✻

"这事为什么不早点告诉我？"

罗大哥躺在长沙发上，极力保持着冷静，克制住一下子弄死他那大表弟小罗的冲动。

"……我先是听说有人看见她大白天独自一人离开静安宾馆。这会儿阿俊又说他看到她和一个该死的外国人跳舞，一个他妈该死的外国佬？我的老婆？在我的俱乐部里？兄弟，看着她，一刻不离地看着她，这是你的事儿吧？所以请问有谁能告诉我他妈的到底发生了什么事儿？"

"大哥,我该死,真的对不起!一定是她用什么办法耍了我们。我发誓,我每周六带她去她朋友家里,第二天午饭后再接她回来。"

"你没见她离开过?"

"从来没有,大哥!我们通宵守在外面的,阿冲可以作证。"

他仔细思考着。

"她的女佣在哪里?把她给我叫来。"

日记本是顶级的那种,有设计师签名,沉沉的,包着精美的皮革封套,芯子是带香味的牛皮纸,有一只小巧精致的纯银挂锁保护着里面的密珍。但是当罗大哥嗅到了这本日记的气味之后,要想保住罗雪的秘密不让他知道,一把女子用的精致挂锁可就远远不够了。他自己不识字,便让女佣读给他听:

"我想和他在一起……

他让我如此开心……

我喜欢他吻我,我喜欢他搂着我,我喜欢他的抚摸……"

而这句话决定了这个外国人的命运:

"我喜欢我们融为一体……"

"他是谁?"罗大哥嘶声说道。

"我们在静安酒店的服务台查了,大哥。酒店登记的名字是约翰·史密斯。他已经结账离开了,没有留下新地址。只有一个办公室电话号码,但是拨过去后无人接听。"

"好,那么他现在在哪里?让包胖子过来一趟。"

"约翰·史密斯是个假名字。"包局长说,"他是个美国人,真名是瓦格纳。他和杜伟过从甚密,他的手下曾经把他弄进福州路又放了出来,是个间谍。所以他现在很可能去了南京。"

"南京,嗯?小罗过来,给你个任务。"

※

"小弟,你来做什么啊?"

"雪姐,我来带你回家。"

"带我回家?小弟,我就在家里啊!"

"不是,回老家,回南通。"

"回南通?为什么?"

"雪姐,我得告诉你一个不好的消息。你的儿子罗毅戈发高烧。家里的老人说做妈的应该陪着他,他们担心他可能挺不过去。我很抱歉,雪姐。"

"哦……我的孩子!"

罗雪的心早已伤痕累累,支离破碎,现在又感到有一把尖刀扎了上去。作为母亲她一直觉得自己失职,内疚之感始终萦绕在她的心头。

"会好起来的,雪姐,"小罗说,"拉贡达车已经在等了。你的女佣给你收拾了点东西,我们可以马上就走。"

他们驱车经过帝国和平空军基地,在中国军队阵地后拐向北,两个小时后到达江边。小罗驾车沿着江岸护栏在荒芜的江边前行,经过杂草丛生的浅滩,水边长着柳树,树下水牛在吃草。

"不乘渡船吗?"当豪华轿车在一个简易码头停下时她轻声问道。

"不,雪姐。大哥说让弟兄们带你过去,说这样更快一些。"

太阳要下山了,白天浓重的水汽在冰冷的江面上凝结成为夜晚的雾气。

罗雪爬上汽艇垂眼坐下,对一切都漠不关心,那些人从拉贡达车上卸下她的行李箱。她静静地坐在船头,怅然望着扬子江灰灰的、宁静的水面。这时,那些水手嘴里叼着烟,解开缆绳,将船驶进深水航道,江岸迅速地消失在他们身后。

她的泪水已流干,她并不后悔。她知道,相比孤独地活上一百年,激情狂热的一个月要好得多。而且真的,有时候死刑比终身监禁更加仁慈。

因为她已经体验了溺水的感觉。她的头没在水下,一束光芒映照着水面,可她就是无法触及它。

这就是那种感觉,她一直梦想、一直渴求的爱情,终于找到了,却又被夺走。她品尝着它带来的极乐,却尖叫着被拖走,而且她清楚地明白,此情此生她不会再有了。

好像无法呼吸,甚至张不开嘴巴,尽管那最纯净的氧气就在她的嘴唇旁边。

在酒店服务台前她就感受到了这一切。

这种感受寒彻肺腑,让人情愿投身刺骨的江水之中,获得愉快的解脱。

很高兴能远离水面上的那束光芒……

罗雪渴望在浊浪深处得到黑暗的慰藉……

有些事虽是首次经历,

却似曾相识已在心底。

好像我们曾经相遇,

一起欢笑,彼此相爱,

但有谁知道那是何时又在何地?

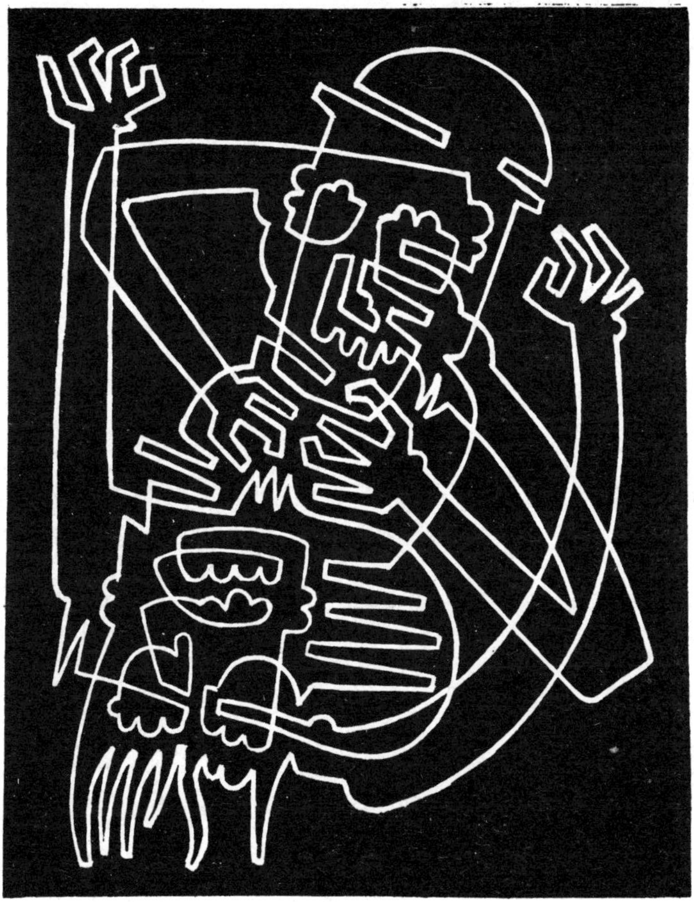

第一部 南京

第一章 幕启

忽必烈汗在上都曾经下令
造一座堂皇的安乐殿堂。
这地方有圣河亚佛流奔，
穿过深不可测的洞门，
一直流入不见阳光的海洋。

很久很久以前，这故事这样开始，一个名叫塞缪尔·泰勒·柯勒律治的英国诗人吸食大麻飘飘欲仙之际，得了一首千古绝唱。当他从迷醉中醒来后，便动手将那诗歌记录下来。这时，一位不速之客，就是那位所谓的"波洛克来人"到他家中拜访，拉着他进行了一场至关重要的谈话。当拜访者离开后，对柯勒律治和整个文学界都很不幸的是：他再也想不起那首诗歌的全文了。不过，侥幸记下来的那几行诗已完美地描述了——南京！

诗中的"忽必烈汗"其实指的是朱元璋，明朝的开国皇帝。公元1350年左右他下令建一座皇家园林，就位于长江南京段的岸边，中国的这条母亲河流到这儿已历经了千山万壑，即将注入灰蒙蒙浩渺无边的东海。

有方圆五英里肥沃的土壤，
四周被围上楼塔和城墙；

朱元璋在他那"安乐殿堂"周围建起了中国最大的城墙，其工程量仅次于长城，共有三十英里长，墙高一百英尺，厚六十英尺，用花岗岩石条为地基，有十三座巨型城门，城门上都建有坚不可摧的城堡。城墙围起了一片四十平方英里的红色冲积土土地，这块土地物产丰饶，在中世纪南京的黄金时期她供应着一百万以上的人口，是世界上最大最富有的城市。

那里有花园，蜿蜒的溪河在其间闪耀，
园里树枝上鲜花盛开，一片芬芳；
这里有森林，跟山峦同样古老，
围住了洒满阳光的一块块青青草场。

皇城中密如蛛网的水系滋润着大道两旁的林荫，公园花园里茉莉花、梅花、桃花、银杏、石榴、山茶花竞相开放，空气中四季飘香。西面的石城岭上覆盖着松树与竹林，好似一头猛虎蹲踞着俯瞰长江。东边林木葱郁的紫金山状如卧龙，雄踞通往上海的公路。人们都说有紫金山拱卫着南京，这座城市固若金汤。紫金山不毁，南京不堕。

※

这是九月的中旬，正值中国人一年一度的中秋佳节。国民政府门前高挂着一只饰有漂亮金色流苏的红灯笼，那灯笼看上去像一只巨大的热气球，将两座石狮和几根高大的混凝土圆柱笼罩在橙色的光芒中。

瓦格纳从黄包车上下来，在威严的警卫眼前漫步走进了国民政府，那张用烫金汉字印有"瓦格纳随员"的红色请柬仍放在口袋里。不管国家是否处于紧急状态，即使没有任何证件，一张白人面孔通常就足以让他通行无阻。

一排小灯笼发出南瓜色的柔和光晕，照亮了穿过花园的小路，园中种着樟树与肉桂，不时响起阵阵蝉鸣。在他的右边，光线昏暗的柱廊后面那些行政办公室里，办事员和抄写员手握毛笔正俯首宣纸上忙碌着。他的左边，停了一排排豪车：罗尔斯、宾利、迈巴赫、杜森伯格、奔驰和别克，排列在砾石庭院的车库前。瓦格纳随着路灯走向这宫殿群的中心，在那里的仁爱剧院灯火通明，犹如文明的灯塔。

红地毯上站着一排着制服的警卫和着奶油色丝绸中式及地长袍的服务员。瓦格纳走进门，灵巧地顺手从一个银托盘上截下一杯香槟酒，脚步都没有停。

舞台上，国民政府军事委员已经就位，如同一群胸戴勋章奖牌的老兵合唱团在等待放声歌唱。国军将领们身着棕色制服、白手套、平头、领口翻领上金星闪烁、锃亮的武装带，还有佩剑。

那些香烟不离嘴的部长们则身穿深色长袍、戴棕色礼帽、持手杖，有好几位留着稀疏散乱的满洲式八字胡。

一群服务员来来回回供应点心：鹌鹑蛋、鸽脯肉、鸡爪、鹅肫，剖开来的鸭头露出了其中的鸭脑，看上去像壳里的牡蛎，那成排的圆直玻璃白酒杯和细长的香槟酒杯，都斟得满满的。

瓦格纳一眼望去，礼堂中站在前面中心位置的是中国的重要盟友和主要贸易伙伴德国的代表：雨果·金德曼公使，身材高大，一头银发，神情冷漠，正和戴一副眼镜、神情呆滞而专注的约阿希姆·施佩贝尔深谈，他是电力公司经理和当地纳粹支部主席。站在他们旁边的是首席军事顾问，卢茨·冯·维尔男爵将军。他戴单片眼镜，脸上有剃刀伤疤，典型的普鲁士军官形象，他正向身边叼着雪茄的商业记者罗曼·勃兰特指指点点地说着什么，好像是在对着地图解释。

英国代办塞巴斯蒂安·莱诺走了过来，他像往常一样打着白色的领带，漫不经心地抽着烟，独自在人群边缘游荡。莱诺是女王陛下留在南京的最后一位外交官，因为公使本人乘坐外交使节车辆在上海附近受到了日军空袭，身受重伤，现正在香港的医院里疗伤恢复。

一群西方传教士聚集在礼堂的中央，瓦格纳朝他们走了过去。他们正围着威妮弗雷德·克洛瑟·米德尔顿爵士夫人，听她说着什么。威妮弗雷德夫人是位上了年纪的女人，身体丰满，她穿着的一身狐狸毛领棕色套装显得有点紧，搭配一顶小巧的红色帽子，看起来像只倒置的红土陶汤盘。据说她曾做过救世军高级官员，现任国立大学教育系系主任，还是一位新时代中国女权的倡导者。

"……我真的认为你应该趁在这里的时候尽可能多地看看这个国家，亲爱的。"威妮弗雷德夫人说，她优雅的北方口音没什么起伏，"毕竟，谁知道什么时候还有机会再来呢？上个月我们开车去了趟黄山。你知道吗,真是令人难忘!道路状况实在是糟糕,还挤满了牛车,旅途非常劳累,但当你到达后,就会发现一切的辛苦都是值得的。那里风景壮美,奇山峻岭,林木葱郁,古雅的小小庙宇贴崖而建,和在画中看到的一模一样呢!"

"是吗?"南希·布朗热情地回应,她是在教会医院工作的美国首席外科医生的妻子,身体健康、相貌朴实,那抹笑容似乎凝在了脸上,"身处激发中国艺术创作灵感的山水风景中真是太好了!就像这座城市里的玄武湖——它应该就是青花瓷盘上的一幅柳景图,你们不觉得吗?"

教会医院的实习医师乔尔·韦弗,一位满怀理想的年轻人,教会的业余传教士,听完南希的话后,礼貌地点了点头。

"是的,南希,我完全同意。我们生活在一座美丽的城市里,一座真正的皇家乐园,但是这不应该是新中国了吗?我认为自帝制结束以来,社会底层的环境并没有太大的进步,这实在是太糟糕了!"

"确实,确实。"首席外科医生唐·布朗调和地说,他冷静、言谈简洁,毕业于哈佛医学院的他也因为自己的信仰而放弃了一个待遇优厚的学术职位,来到南京从事一项完全不同但同样受人尊敬的工作,"但是你知道吗?我对未来信心十足呢,我认为中国正走向复兴——一旦他们找到与日本人和平解决上海问题的办法。"

一阵掌声响起,表明仪式即将开始……

※

委员长正走上台来,他身材不高,穿着朴素的制服,严肃而慈祥,疲倦而忧郁。第一夫人紧随其后,她身穿整洁的丝绸紧身旗袍,头发用镶了珠宝的梳子优雅地盘起。她端庄地在一把宝座般的椅子上坐下,面前是一支麦克风。

全场高官政要都起立鼓掌并用眼睛余光相互打量着,保证自己激动兴奋的姿态堪为其他同事的表率……安全局首领杜伟就坐在委员长身后左边的座位上，那双能看透人心灵的眼睛扫视着台下的人群，不用说在人群中还混杂着便衣特务。

委员长礼貌地答礼，然后挥手示意人群坐下。他靠近笨重的金属麦克风清了清喉咙，在喇叭中激起一个回音。

"女士们，先生们，"他开始讲话，"一年之中今夜月最明！远在一千多年前的盛唐时期，中国人就开始庆祝秋分节令。所以今晚庆典的开始，我将给诸位带来传统的祝福：愿明月和群星将我的祝愿带给各位，愿这圆月陪伴我们，给我们带来辉煌的未来。中秋快乐！"

雷鸣般的掌声在剧院回荡，一些将军和部长跳了起来，其他一些人则带着谨慎的表情缓缓起立，杜伟将这一切都看在眼里。

"我们必将成功！"委员长未等掌声消退便对着麦克风喊道，喇叭中应声响起一阵啸叫声，使听众们平静下来。台上军事委员会的委员们又坐了下来。

"中秋自古以来就是一个吉利的时刻、一个繁荣的时刻、一个变化的时刻。这是丰收的时节，此时大自然粮食满筐、猪儿肥壮、果蔬成熟，中秋标志着季节的变化，从酷暑到凉秋，余下的日子将清凉如斯。而今年，1937年，也不会有任何不同！随着我们新计划的实施，所有支持政府的中国人都将粮食满筐！"

掌声……

"现在我们有了发电站、电灯、新的工厂、医院和大学！我们终于准备好迎接那个等待着我们的美好明天了！"

更多的掌声。台下听众的反应较为热烈，而台上的官员则相对冷淡一点……

"正如季节会变化，中国在军事上的运气也必将改变！我们秋季的攻势必胜，必将给我们带来……"

此时委员长的话淹没在台下爆发的欢呼声和掌声之中，其中混杂着高喊"Heils！"[1]的德国口音。在等台下安静下来之时，他也平复了一下心情，眼睛朝左边瞥了一下。瓦格纳记起在哪里读过这一姿势意味着什么，但他记不清具体是什么了。

"日本人一直幻想他们肩负着某种天命，"当他说到这个词时，瓦格纳感到身后美国公使馆人员都显得有点尴尬，当年美国白人屠杀印第安人时也这么想来着，"让他们统治亚洲。他们看别的民族都是野蛮人，却意识不到他们自己才是野蛮人。而正是我们，我们中国人，在一千多年前唐朝时就把文化和文明带到了他们那个石头小岛上。而在那之前，中国已享有三千年的高度文明了！"

热烈的掌声再次响起。

"现在他们走得太远了。他们不满足于在北方侵犯我们的领土，屠杀和奴役中国人，还编造最不可思议的借口来侵犯和亵渎中国通往世界的金色大门——上海，这个国际化都市，我们的国际大都市！但他们不能再前进半步了！他们已走到尽头！"

掌声雷动。

"现在我们有了一条通往东方的新铁路，可将我们的武装力量加速运往战场……"

鼓掌。

"多亏了希特勒先生和我们的德国朋友……"他朝在场的德国人点头致意，"我们的军队有了新的力量和决心结束这场战争！"

掌声再次响起。

"配备德国最新坦克的第一装甲师！"

瓦格纳厌倦地揉了揉眼睛。停在国民政府门外的那辆装甲车

---

[1] Heils：德语万岁的意思。

正是组成所谓"第一装甲师"的四辆战车之一。

"现在我们有了一支空中力量，配备最先进的德国和美国轰炸机。"

台上台下再次响起掌声。

瓦格纳见过这支空军，规模不大，只有几架轰炸机、战斗机和运输机。他还在一个装满军事情报的文件柜里看到过一份报告，称一旦日本航母上的飞行中队起飞，国民党的空防系统维持不了几天。

"最后，但也是最重要的，"委员长继续道，"我们最强大的武器是中国无限的人力资源！我们的第88路军已准备好将敌人赶进东海，让他们滚回老家去！"

全场响起"万岁"的欢呼声。

瓦格纳暗自叹了口气。毫无疑问，委员长是位魅力超凡的领袖，但这些话中有多少是他自己相信的呢？中国那句老话怎么说来着？"见人只说三分话——尤其是对陌生人。"

※

委员长在雷鸣般的掌声中坐下，现在轮到美丽的第一夫人了。瓦格纳不得不承认她拥有电影明星般的魅力与风采。她从座位起身，赢得了一片赞叹声。她那精美的旗袍——她以世界上藏品最多的旗袍收藏者著称——是为这次庆典特别设计的。袍长及地，旁衩开至大腿，上等丝绸质地，交叉锁针法缝制，手工刺绣的凤凰梅花图案。

她在球根似的金属麦克风后站定，像专业歌手一样，双手相握，置于腰间，开始唱歌，或者不如说是吟哦，颤抖的中式假声唱出令人难以置信的高音：

从前有位伟大的英雄、骄傲的战士

他的妻子叫嫦娥

有一年，从东方升起一个邪恶的太阳

给人们带来巨大的危险

于是英雄将邪恶的太阳射落

诸神赠给他长生不老仙丹

他深爱他的妻子，便将仙丹交给她要与她共享

但有个恶仆知道了这仙药

想从嫦娥手中偷走

于是她飞升直上重霄

由于她深爱自己的丈夫

她选择了月亮，好离他近点

当英雄回来发现她走了

他心如刀绞

他供上水果和饼

纪念心爱的妻子嫦娥

这就是我们为什么

在中秋节吃月饼

也就是为什么

嫦娥是月亮女神！

　　随着她最后一个颤音融入按声学原理设计的会堂穹顶，场上爆发出热烈的掌声，"月亮女神"端庄地鞠了一躬作答。瓦格纳也鼓了掌，同时微笑着想象埃莉诺·罗斯福夫人在国会全体会议上唱上一曲的画面。

　　委员长心醉神迷，猛然站起身来，瓦格纳暗自希望他会和上一曲："是啊，我是一个大英雄，你就是我的女神……"相反的这位大人物什么也没说，挽着夫人离开舞台，一位助手宣布国家艺术团的庆祝表演开始。

　　"她的声音很美。"南希·布朗说。

　　"确实很好，亲爱的。"威妮弗雷德夫人应道，或许她的脑海里也是瓦格纳想的那个情景。

"是的，"乔尔·韦弗说，"但实际上这个故事我还听到过另一个版本。这个版本是这样说的：英雄射日后，他被心怀感激的人们推举为国王，但很快他就变成了一个专横的昏君，为了永远不死，他求来了长生不老药。他的妻子嫦娥偷走了那药，因为她不想让他活得太久而伤害更多人。她自己服下了仙丹，不让丈夫得到永生。当她朝月球飞去时，他朝她射了一箭但没有射中，他不久便死于疾病。嫦娥就这样成了月亮女神，人们在中秋节吃月饼，为的是感激她帮助人们摆脱了一个暴君。"

这时，这些外国人意识到周围有许多警惕的耳朵，还有杜伟那穿透一切的目光，他们不安地交换了一个眼神，不再说话。

※

台上的将军和部长都已离开，现在舞台上是国立乐团的乐器：红色的鼓、金色的锣，各种各样的中式号、琴、笛，还有类似琉特琴[1]的琵琶和很像齐特琴[2]的古筝。

灯光转暗，人们期待的目光都聚集到舞台上。此刻舞台笼罩在幽幽的蓝、橘和粉色光芒之中，一个含蓄的静场，音乐家们正等待乐队指挥挥动指挥棒。指挥是俄罗斯来的音乐大师，一头白色的卷发耸动，像好斗的公鸡。

众音进响，钹和鼓不和谐的敲击，丝与管尖锐的回响，无调性的东方乐音构成的哀怨呜咽转瞬间糅合成了中国歌剧音乐，还有日本的歌舞伎乐。瓦格纳一边想着一边欣赏。

接着一群舞者飘然落向舞台，好似古画中的飞天来到了人间——小华花舞蹈团！

小华花，这个名字像是文字游戏。"花"的书写像是两个人坐在草地上。中间的"华"字，好像两个相同的人坐在十字架

---

[1] 琉特琴：曲颈拨弦乐器，中世纪至巴洛克时期在欧洲使用的一种古乐器。
[2] 齐特琴：欧洲民间乐器，是根据中世纪拨弦乐器扬琴设计发展而来的乐器。

上，它象征着世界的中心。这是一个充满诗意的词，小华花——中国的花朵！

这些年轻的舞者，个个皮肤洁白无瑕、光润细腻，头发浓密润泽犹如墨玉，身材完美犹如模特，她们是从这个人口众多的国家的花季少女中精心选出来的，在文化中浸润，接受训练和教育，达到艺术的顶峰。现在她们被集中在南京，以满足权利无边的国民政府要员及其幕僚的娱乐需求。

她们看起来像精灵而非人类，随着几乎听不见的羽翅拍打声和轻盈的脚步踢踏声，犹如从王后变成月亮女神的嫦娥，她们是天上的仙女下凡来到人间。

她们跳的是霓裳羽衣舞。这其中有个故事，说有一位皇帝梦到自己飞上了月亮，看见仙女们在彩云间飞舞。当皇帝梦醒后，把这个梦告诉他的嫔妃们，为了让皇帝高兴，她们再现了那个舞蹈。

她们来到了这儿，她们纤柔的身体上饰有柔软、颤动的羽毛，随着她们在舞台上轻盈地跳跃，这些羽毛在灯光照射之下不停地变换着颜色。好一曲对女性之美、欢乐嬉戏、狂欢极乐的礼赞。供有权势的男人欣赏的妙龄女性之美，那就是王侯的特权啊！

瓦格纳的身高让他能够清楚地看到舞台，他被台上的表演迷住了。这时，他的目光被其中一位舞者吸引住了——她个子稍高一点，年龄也许比其他人稍大一些，显得镇定自若，舞姿流畅、收放自如，她正在领舞。然而，是错觉还是真的有那么一瞬间，她的视线越过拥挤的剧场和他相遇了？

"不，不过是想象而已！"他对自己说。

但接着同样的事似乎又一次出现，她又朝着他的方向看了过来。有没有可能她注意到了他，就像他注意到了她一样？不，肯定不可能——观众席上没有灯光，舞者们只能看到一片面孔，其中大多数是些"野蛮人",和这群可爱的中国舞女分属完全不同的世界。

但现在他敢说他们出现了第三次视线接触……

或许真是因为他比剧场中的大多数人都高出半个头,他这样推断。如果这名舞者真的注意到了他的话,也许因为他像个外国怪物。他一笑置之。

但他心中似乎感到一丝悸动,一种自上海之后再也没有过的感觉。他忍不住想知道,这个国立舞蹈团的无名舞者,她身上究竟有什么会如此吸引自己的注意。

音乐和舞蹈渐渐趋向高潮。在钹和锣最后一击后,小华花们伴着薄纱飘飘,飞旋着退下了舞台。

❉

"哇!"南希·布朗赞叹道,"世上还有什么比这更美吗?霓裳羽衣舞!听他们说这是唐朝一个皇帝创作的。"

"都说唐朝、唐朝,那究竟是怎么回事呢?"乔尔·韦弗问,这时开始上新一轮的香槟酒。

"那是中国历史上最鼎盛的时期。"塞巴斯蒂安·莱诺回答,他也加入到威妮弗雷德夫人这个小圈子里来了。"最好的时期——黄金时代,可以这么说。那时中国的经济和军事力量都达到了巅峰。"

"长期动乱中短暂的安宁?他们居然将现在和那时相比拟,还真是讽刺!"罗曼·勃兰特扭过头来假笑着说。他正和约阿希姆·施佩贝尔在一旁用德语热烈地交谈,讨论着德意志秩序、钨矿出口以及他们的元首已经回国工作等等的话题。

"一厢情愿,或许如此?"威妮弗雷德夫人说。

"有可能,"布朗医生道,"但你得承认他们显得很乐观,至少听上去像是已经控制了上海的局势。"

"我们当然希望确实如此,"威妮弗雷德夫人吸了下鼻子,

"过去的十年里这儿取得这么大的成就，战争会让所有的一切都化为乌有的。"

"是的，"南希·布朗说，"这个城市这么漂亮，算是中国最好的城市了！如果事情有变的话就实在太遗憾了，我们在这里的生活真的很美好……"

※

回到美国公使馆，瓦格纳下到地下室打开一扇铁门，这里便是黑机室，无线通讯截获机就放在这里。工作台上摆放着SSTR-1特勤箱，这是一台便携式高频收发报机，上面连接了一台星电复穿孔机，即莫克拉电传打字机，以及第三台设备——那台绝密级的黑机器。

十五年前，在美国华盛顿召开了一次国际会议，就战略武器尤其是战舰的限制进行了谈判，乐观地希望能一举避免血腥的世界大战，即所谓"战争终结战"的再次发生。

国际会议就是那么回事，所以当日本代表团的军事随员在他所下榻的豪华酒店的酒吧里邂逅一位漂亮的美国金发女郎，也就没什么可惊讶的。

如果要说惊讶的话，也许是当他们的关系发展更进一步时。那随员想都不想便欣然接受了自己的好运气。他或许大腹便便，还秃了顶，但他可是位日本武士！

真正令人惊讶的是在那天夜里，他从浴室出来，却发现那女郎和他的公文包一起消失得无影无踪。

对那个倒霉的随员而言更不幸的是，他的公文包里有一本黑色精装皮革面笔记本，里面记有最高机密等级的通讯密码，这些密码是日本外务省与驻各国使领馆和军事总部进行绝密通讯时用的。

作为日本武士，这随员做了唯一能做的"光荣"之事。酒店工作人员发现他时，他躺在浴室地上一摊血污之中，他依照仪轨用日本短刀切腹自杀，割开了自己的肚子。确实光荣，还热心助人，因为这样一来，美国人获得记录着日本外交密码的"黑皮本"这件事便死无对证了。

获得黑皮本对美国保密局M.I.8的特工们来说是关键的第一步，之后他们通过逆向工程造出了日本密码机。他们最终获得的那台精巧的"黑机器"能够实时解密并打印日本的通讯密件。

这台机器由一个开关盒和一系列电动转轴组成。每个转轴的外周有二十六个触点，对应字母表上的每一个字母。转轴之间有一个操纵轮，与东京的母设置联动，母设置东京每十天更新一次，华盛顿把它截了下来。工作时，来电中每个摩斯电码的电脉冲使转轴相应对齐，使闭合电路与输出继电器上相应的解码字符相匹配，继而触发电子键盘打印出破译的密信。

打印出来的还是拉丁字母。在日语的四种书写系统中，他们只能选择他们所谓罗马拼音的二十六个字母来发送秘密代码。他们只有使用罗马字母才能发送摩斯电码，这种电码也能使用有线电报网。漂亮、高效，密码已被破解。M.I.8局和海军海岸观察网中那些接受过日语和密码学培训的无线电报员在未惊动日本人的情况下，窃听了他们自认为绝对安全的黑色代码发送的绝密通讯。

那一天，就在委员长的中秋欢庆宴会进行时，电波嗡嗡响了起来，一条糟糕得不能更糟糕的消息传来……

气球侦测报告中国军队主力在宝山北部挖掘战壕

金刚号战列舰进入长江口

雾岛号战列舰下锚黄浦江口

中国军队处于海军交叉火力覆盖之下

制空权已确立

赤城号舰载战斗轰炸机出击

中国军队受到密集轰炸

未观察到战略撤退

化学武器已部署到位

据报中国遭受惨重伤亡

装甲部队越过中国战线

未遇重大抵抗

先头部队正向苏州推进

*

当晚，美国公使馆的雪茄屋内有四个人围坐在一张很大的红木牌桌旁陷入深深的思索中。屋内四周镶木板的墙壁上挂满了美国历届总统的肖像——国父华盛顿，伟大的解放者林肯，军人、政治家、作家西奥多·罗斯福，西奥多·罗斯福的第五位表亲现任总统富兰克林·德拉诺·罗斯福。

莱瑟姆·毕特瑞公使——头发硬得像钢丝，身材高挑瘦削，行动审慎而有条理。他瞟了一眼墙上的罗斯福，好像想从他的老板身上获取点灵感，然后开始主持军情简报会。

"那些小日本情况如何？"他慢吞吞地问，像在酒吧里聊天一样，让谈话显得轻松随便。

他转向武官温斯洛·T·胡克，这是位现役一星将军，个子不高但身板结实，因嗜酒而有点毛细血管扩张和痛风。他以能把整桌人都喝趴下而自豪，他能在这岗位上坐稳也就是因为能与中国同行们拼茅台酒而不落败——这是他在中国事业成功的关键。

"毕特瑞，我不知道中国人在这个份上还能组织起什么样的抵抗。根据我们截获的情报，中国军队遭遇屠杀，这到底是什么意思？被彻底打垮了？或者只是有点儿损失，第二天就可以整军再战？"

参谋长埃德·卡特——胖胖的，满面红光，头发中已夹有白发，海象一样的短粗胡须，长得酷似罗斯福的表亲泰迪，伸手从一个皮革公文包中掏出份文件来。

"这儿有一份战地侦察发来的G-2军情报告，说在日军前面有大批军队向西移动，但不像是有组织的，有增援部队从武汉南下，但人数不多。"

"好吧，"毕特瑞接着说，"我们暂且假定中国人没有重新部署，而日本人已成功推进到目前位置。这座城市会怎么样？中国人打算抵抗，还是掉头进山里去？"

"他们如果打算抵抗那就太愚蠢了，"胡克说，"在轰炸机和榴弹炮面前，六十英尺的城墙可救不了他们。"

"恰恰相反，长官！"哈里·瓦格纳说，"近代史表明城墙更像是陷阱而不是盾牌。这座城里曾有过几次大屠杀，最近一次是八十年前的太平军叛乱。"

"好吧，"毕特瑞说，"如果中国人溜之大吉，比如说，顺长江上溯到武汉？日本人会不会绕过城市去追他们？还是纯粹与人作对，依然毁了这座城市，瓦格纳？"

"这有过先例的，长官！"瓦格纳说，"满族人在摧毁明朝的皇宫后便放过了城市。"

"那究竟是什么时候的事儿？"胡克问。

"1645年，长官。英国人在1842年第一次鸦片战争时也是这么做的。他们的康沃利斯号战舰瞄准了这座城市，但没有开炮。这儿的明朝文化珍宝在这两次事件中都起了关键作用。但1864年的情况正相反，湘军开进城来屠杀了十万人。"

"嗯，"公使说，"所以假设中国人聪明起来，从城市撤离，南京举起白旗，日本人接管城市。我们要打交道的会是些什么样的人？"

"黄祸论。"[1]胡克哼了一声。

"嗯，也许吧，"卡特说，"但他们一直在大声抱怨国际

---

[1] 黄祸论：成形于19世纪的一种极端民族理论。这种理论大肆宣扬黄种人对于白种人的威胁，歪曲了事物本质，迷惑、刺激了当时的民众。

法。在凡尔赛和华盛顿他们得到的条款都烂极了,但直到去年他们倒一直严格遵守了条约。另外他们也在强调遵纪守法……这里有份来自华盛顿的电报,是东京新总参谋长赤崎王子那伙计的一个讲话,说:'日本现在站在世界各国的面前,就像在东亚升起的太阳,必将在中国大放光芒。'分析员们说这等于是一道要求克制的总命令。"

瓦格纳抿了一口威士忌。

"诸位有没有听说过神奈川事件?"他问道。

其他人转向他,胡克示意管家拉斯特斯·约翰逊给他们的水晶杯里添酒。

"那应该是1862年,在日本横滨。四个英国人在国际居住区附近骑马兜风,那是在黑色船事件[1]发生后不久,日本第一次允许外国人上岸,但只限于在港口附近指定的区域里活动。有四个人,三男一女,正骑马顺着大路行走,前面来了一位大名和他的仪仗队。大名是那时的军阀,每两年必须在东京待三个月,以表示效忠于天皇。所以他们和他们那由武士组成的私人军队会在大路上来来去去,和他们相遇的行人都必须下跪叩头,他们称之为'座礼',但和叩头没什么不同,都要求跪下,头触及地。但有个英国人没有向日本人叩头,他骑在马背上径直走了过去。于是那大名点了下头,一个武士一刀将他的胳臂齐肩砍下。那人从马上摔了下来,他们把他砍成了碎片。"

其他人默默地点了点头,想象着那个惊悚的画面。

"长官,我认为我们即将面对的这些人和神奈川那些武士没有什么根本的不同。"瓦格纳说。

"你是怎么想的?"毕特瑞说,在瓦格纳身上他看到了那些

---

[1] 黑色船事件:1853年美国以炮舰威胁日本打开国门,双方于次年(1854年)签订《日美和亲条约》(又称《神奈川条约》)。日本被迫开放下田、箱馆(今函馆)两港口,允许美国在这两个港口派驻领事,美国并享有最惠国待遇。

精英人物的样子,那些头脑聪明的人。

"呃,长官,那一事件距今仅七十五年,日本自唐代开始的文化到那时并没有什么改变。武士道、艺伎,这些原本都是中国唐朝的,甚至艺伎文化可以说就是起源于南京!随着时间的流逝,中国人进步了。中国人会说他们变得文明了,但其他人也许会说他们变得软弱了。"

"唐朝,这个我听说过,"胡克说,"那到底是什么时候?"

"一千年前。"瓦格纳说。

"你的意思是说他们还困在中世纪蒙昧时代?" 毕特瑞公使问道。

"长官,一个民族在七八十年内能有多少改变呢?"

第二章 埼玉县的武士

十月下旬一个凉爽的阴天，一支由四十五艘军舰组成的日本舰队穿过舟山群岛，进入东海湾，掠过上海南部，驶向杭州。

来到浅水域后，五艘护卫舰朝北向准备登陆的海滩展开炮击。日本帝国海军战斗轰炸机在空中组成楔形编队嗡嗡飞过，未遇阻拦，他们在查看空中及地面上有无抵抗迹象，或者说有无生命痕迹。

夕风号驱逐舰正加速向岸边行驶，舰身吃水很深，舰上炮口火光频闪，滚滚的黑烟从军舰的烟囱和船尾的烟雾发生器中冒出，在海滩和入侵者之间设下一堵帘幕般深灰色的墙。

在函馆号运输船上，埼玉县第十联队的士兵已做好准备，船一靠岸就背负沉重的行囊和步枪顺网梯攀爬下船。第十联队是一个新单位，由东京地区的预备役人员和新兵组成，这年夏天刚在城北埼玉县朝香兵营集结编成。上海战役给日本带来意外的伤亡代价，这条战争之路会很长——中国是一个庞大且人口众多的国家。如今要想成功需要更多的人手。

联队指挥官船桥一桥大佐，是参加过日俄战争的老兵，建立过许多功勋，以七十五岁高龄从退休生活中征召出马。这天早晨他待在自己船舱里，因晕船而深感不适。登陆任务由他的副官浦和王子少佐指挥，在船桥大佐领导下，这位年轻的贵胄地位显赫而责任却不大。

❋

"你以前到过日本以外的地方吗，羽田君？"A中队的指挥官和中大尉问B中队的指挥官羽田清人大尉。他和羽田还不熟，对他的外表也不大喜欢。在第十联队的军官中，除了船桥大佐，和中是唯一有实战经验的，曾参加过满洲里战役，他希望大家都记住这一点。

和中不是应征兵，而是志愿兵，他之前销售坂本公司生产的专利日文打字机，在经济大萧条期间因为生意失败而不得不参了军。尽管那打字机生意从一开始就注定要失败,他还是将他的处境归咎于别人。这种机器有一个载有一千多个日文字符的巨大圆盘,其中很多字由于太复杂而很难打印清楚,因此这机器又贵又不好用,打字的速度甚至比手写还慢。然而和中却心怀不满:为什么日本人要用罗马字母书写商业文件?这是西方另一种形式的殖民,而日本人可是优等人种!和中的排外种族主义思想始于他父亲的教诲,他的生活经历也强化了这些想法。

在和中看来,温文尔雅、受过良好教育的羽田似乎自认高人一等,但他根本没有权利这样想。羽田原是东京帝国大学的经济学教师,和妻子居住在东京都白金区一间现代艺术风格装修的公寓里,而白金区是东京都中心的繁华街区。1932年第一次上海事变以后,羽田被迫以预备役军官身份进入大学军事中队服役——没有别的选项。八月份时他惊恐地得知,高等教育的地位在国家事务中的重要性下滑,新的经济发展要务是巩固在中国的产业,那里迫切需要他的帮助。

"去过几个地方的,和中君。迄今为止我曾有机会去过满洲里、朝鲜,还去过一次美国。"

"美国,羽田君?那里怎么样?你一定感到了强烈的敌意和种族歧视吧?"

"倒也没有,和中君。通常在大学里工作的人是最开明的,我发现他们相当热情友好。"

"是吗?友好,真的吗?正是这些人呼吁国际社会联合抵制日本帝国,你却觉得他们友善?"

"只是我的个人体验,和中君,这是回答你刚才的问题。"

"好吧,让我们看看今天能从他们的朋友中国人那里感受到什么样的友善。和田中尉,让大家准备行动!"

卸货网从舷边抛下,紧接着放下供沙滩登陆用的改良平底渔船。当这些船一落到冰冷的海面上,士兵们便顺船舷攀爬而下,登上小船。

很快海湾水面上挤满了登陆用的小船。几分钟后，士兵、坦克、大炮开始拥上砂石海滩。第十联队的步兵奔上沙滩，在穿过杂乱无章的混凝土障碍、十字形横梁和有刺铁丝网时都弓着身子以防被子弹击中——但这只是个预防措施。海岸线太长，中国人的资源有限，连象征性的抵抗都组织不起来。当地农夫接到军警派下的任务，让他们在相距很远的海岸碉堡里抵抗日本人。可他们很快就将警察的命令和威胁置之脑后，接着做他们千百年来一直做的事情——抓紧一切时间在田里劳作，以收获更多的稻米。当听到飞机的轰鸣、看到驶向海岸的日本舰队时，他们慌乱地向后奔逃，却被战斗轰炸机准确地扫射截住去路。放眼望去，黑烟从农田与村庄中升起，扫射和轰炸摧毁了守军的藏身之处，消除其后卫发动反击的可能。

❋

登陆建立安全阵地后，便燃起篝火，派出了侦察分队去寻找食物、水以及可以提供情报的俘虏。

"看看这些，"和中厌恶地说，他们查看那些被放弃或被摧毁的碉堡，"克虏伯大炮、斯潘道机枪，都是德国货！希特勒说他要做日本人的朋友。瞎扯，外国人都不可信！"

联队排成行军队列，士兵开始向内陆行进。行进两公里后他们发现了一个养鱼场，正好可以作为晚上驻扎的营地，旁边一片的房子可以用作联队司令部驻地，一个宽敞的大院和进场的通道平平坦坦，可供部队露营。

搭起野战厨房，做了数以千计的饭团，配发了清酒，来庆祝一次不流血的登陆。捕鱼狂欢开始了，嬉闹的士兵们很快就醉了，脱光衣服跳进鱼塘比赛抓鲤鱼，或空手或用刺刀，最后，捉鱼比登陆造成了更多的伤员。

❋

养鱼场的主要建筑是一座大房子,带一个开放式厨房,原本用作餐厅供主人的大家庭、工人以及来钓鱼的客人所用。今夜这里便用作军官食堂。

士兵们用轿子将船桥大佐从函馆号抬到营地,他身高虽不足五英尺、虚弱、有血栓病,但当晚他的身体却显得好了很多,还可以在食堂里和手下的军官们一起喝碗味噌汤。

船桥大佐曾在三十年前日俄鸭绿江口之战中率部攻进俄军战壕,因而广受尊敬,那次战役是日本成为世界大国之际最辉煌的胜利之一。他足够老,还记得一个不同的日本,一个还在与现代炮舰理念以及日本之外民族抗争的日本;足够老,能够理解大日本的真正意义。正因为有了船桥这样的人,日本成长为一个军事强国,足以与世界上任何国家相抗衡。

"诸君,"他的声音因痢疾显得很虚弱,"请允许我作为首个欢迎各位来到中国的人!也许现在我们应该说是继台湾、朝鲜和满洲国之后的第五十一个县……"

屋内荡起一阵笑声。

"……这使我们抢到了美国人的前面,我们总算做到了,或者我应该说——已经做到了!"

又一阵笑声,船桥甚至也允许他素来僵硬的嘴角闪过一丝笑容。

"这确实是辉煌的日子。今天我们有幸平安登陆,为此我们应该感谢天皇,敬祝陛下万寿无疆!万岁!"

"万岁!"

在大佐的带领下,军官们干了第一杯清酒。

"在我们来到这里之际,我想提醒各位:我们皆为天皇效力。我们在这里的行动是日本的行动,我们为天皇而战,我们的职责是为天皇增添荣耀!万岁!"

高高举起第二杯酒。

"作为日本人，我们甚至必须比国际社会中最杰出的成员更加尽职尽责，以此来证明我们的伟大。日本以严格遵守国际法规为傲，我们来到这里是与中国军队而非中国人民作战。现在我要提醒你们，日本已经签署了《日内瓦公约》。公约规定故意杀害平民、使用酷刑或非人道处置方式，以及不因军事的必要性且以非法形式破坏或侵占他人财产等行为，均被认为严重违反公约，视为战争罪！根据国际法，国家对任何犯有战争罪的本国公民负责，无论他们的罪行在哪里犯下，都必须对他们进行审判。因此，确保不使国家和天皇蒙羞便是我们爱国的义务！"

大佐举起酒杯，但未等万岁的欢呼声响起，浦和王子少佐开了腔。他非常年轻，大约二十一岁，是个花花公子，高大健硕的他拥有一张万人迷的脸庞，举止中透着傲慢的自信。

"您的话充满智慧，大佐大人，我们都洗耳恭听了。但恕我直言，《日内瓦公约》只适用于那些身处战争区域的人。我们在这儿对付的是农场里的动物，不是吗？"

饭桌周围爆发出一阵轻蔑的笑声。

"……一个又臭又烂的农场！"

讥笑声变成哄笑。

大佐脸上薄薄的皮肤像半透明的羊皮纸绷在骨架上，没有任何表情。

"你可以这么说，浦和少佐，并且很多人也都这么说。但正如你的堂兄赤崎王子所说，日本必须像太阳一样光芒万丈，因为她将受人评说。如今已不再是我那个年代，无线电可以随时报告在现场所发生的一切，还有镜头捕捉我们的行为，让所有人都能看到。"

"恕我直言，大佐，"浦和坚持着，兴致勃勃、激动兴奋、酒意醺醺，"您刚才提到的那些'国际社会的杰出成员'究竟指哪些？美国、英国？那些认为瓜分世界是他们天赋特权的新老殖民主义者？那些在凡尔赛和华盛顿欺骗我们的人？那些当面对我们微笑转身却武装、资助我们的敌人中国的人？那些呼吁世界各国孤立日本的人？我们应该向这些人让步吗？正是这些人发明了那些所谓的法规来禁锢限制日本人，好让他们不受阻碍继续统治地球！"

大佐高深莫测地微微一笑，他的表情像京都的佛像一样令人难以捉摸。

鲤鱼寿司、鲤鱼天妇罗还有鲤鱼烧烤都已摆放上桌，还有大量的米饭以及更多的清酒。军官们都本能地意识到不可能有更好的了，便坐下安心地吃了饭。

✻

联队的几名尉官坐在一起大吃大喝、互相敬酒，他们这场冒险的第一天毫无风险，还有这份洁净、干爽、美食与醇酒，这让他们很开心。

"和田君是哪里人？"B中队的金子一郎向邻座A中队的和田成之问道。

"原本是中山人，但已经在东京住了五年了。"

"哦，怎么会去了那个大而烂的城市的呢？"

"只有这样才活得下来啊！我家有个农场——以前有过。经济崩溃时我父亲欠了债，我们不得不借高利贷来买种子。看着家里的祖产慢慢消失，那真是件糟糕的事。"

"你对这些事情怎么看？武士道还有农场里的'动物'什么的？"

和田解开他的外衣，露出了里面穿的白色棉背心，上面满是红色和黑色印迹，是些汉字和印章。

"这是为我的家族穿的。他们送我到这里来，是让我像英雄一样地战斗。我坚信武士道，我们必须为我们的人民、国家和天皇而战！"

"当然,你说得对!"金子说,"但我还没有杀过人,也没有见过杀人,不知道那会是种什么样的感觉。"

羽田大尉在旁边听到他们的交谈,正准备说些什么时,和中大尉摆出他那小个子斗鸡般趾高气扬的架势,插了进来。

"是这样的,金子!有这种想法的人你不是第一个。当年我刚在满洲里登陆的时候也这么说过,你知道我的中队指挥官是怎么对我说的吗?'你不吃鱼和鸡吗?还有涮牛肉片?动物就得死,某些人种也一样!'"

※

酒过几巡,浦和少佐和和中大尉就发现他们之间心意相通、志同道合,尽管身份地位悬殊。

"日本在中国的行动完全公正合理,"浦和少佐说,"我们的政府早就明确表示,我们根本没有领土野心,可他们在上海用达姆弹[1]朝我们的脊背开枪!"

"当然,您是对的,少佐大人!"和中话也说不利索了,但语气间对这比他年轻一点的人无比恭敬,"那所谓的中国政府根本就不是政府,是帮匪。他们口中的政治只是一伙帮匪从另一伙人手里抢夺权力!"

"说得太对了,和中!中国的第88路军根本不是一支军队,是一群在帮匪控制下的乌合之众。我们在中国所做的一切都公正合理!我们没什么不能让全世界知道的!"

但是最后这句话近乎直接斥责了大佐,浦和及时打住,并巧妙地转移了话题。

"大佐大人!能在您这样一位杰出军人和英雄的指挥下作战,我们深感荣幸!请向我们传授您宝贵的战斗经验吧。"

---

[1] 达姆弹:英国制造的一种枪弹,因在印度加尔各答附近一个叫达姆达姆的地方兵工厂生产而得名,是一种扩张型子弹,具有很高杀伤力。

老人眯眼微笑，看着他这位傲慢自大、咄咄逼人的下属，忆起了往事。

"很好，我可以和你们说说这个。当年我在鸭绿江获得的勋章，是带领我的士兵用刺刀对付俄国人的加特林机关枪。那时我就像你们一样年轻，手中只有武士刀，但我们赢得了胜利。为什么？因为武士精神！我们战胜了一个更大、更强、装备更好的敌人，就只因为武士精神。每个人都抱着必死的信念，谁也没有想着逃跑或失败，我们必胜的意志比敌人更强大！这就是武士精神的精髓。武士刀是武士的灵魂，这是我们的传统。我们的准则是武士道即武士的行为方式，而武士刀是武士力量的象征。作为一名日本军官，你决不能让刀离开你的身边，它显示你的等级，带给你责任、忠诚和荣耀。所以我对你们的忠告是：不要随意动用武士刀！一旦提刀在手，它会诱惑你挥刀乱砍。我们的武士祖先们生来便拥有任意在无辜者身上试刀的权利，但是那没有带给我们文明。我们后来享有的文明，是外国人的黑色轮船带来的。武士道并不是屠杀无辜者的理由，武士准则指导你正确用刀，也谴责和憎恶对武士刀的滥用。一个毫无理由胡乱挥舞武器的人不是武士，只是个浮浪牛皮汉。上乘的胜利不需要流一滴血——就像今天一样！"

他朝勤务兵示意。

"好了，诸君，我先告退了。明天早上还有漫长的行军在等着我们呢。"

※

在大佐退席后，浦和王子对军官们说道："诸君，我有个好消息！今晚是我们在中国的第一个晚上，值得纪念！为给它增添一点特别之处，旅团组织了一项重大活动，一次特别的'剑术示范'。所有的人都受到了邀请！我带大家过去。"

困惑、兴奋、半醉半醒间，大多数军官都从桌边站了起来。

没有起身的没有几人，羽田大尉也在其中。

"不和我们一起去吗，羽田君？"和中问道。

"我想不了吧，我还有些事要处理。"

"但剑术……"

"我不太喜欢体育活动。"

"我原来就不觉得你会喜欢。"

✻

羽田大尉回到他的住处，那是农场里那些棚屋般简陋房舍中的一间，他很高兴能够独处。在夜晚的这个时候他的思绪愈发萦绕着东京，萦绕着白金区，萦绕着他那被迫分离的新娘惠美子，她独自留在他们那间漂亮的现代公寓里。她用对他的爱和精致的品位装饰了那间公寓，而这品位正是他钟爱她的无数理由之一。她现在也许正独卧在榻席上，思念着他，犹如他苦苦思念着她一样。

他从口袋里掏出那封告别信，抑制着情绪重读了一遍，努力从其中饱含的爱中汲取最好的感情：

亲爱的丈夫，希望你安全舒适。

看着你离开，这撕碎了我的心。

我拼命忍住眼泪，因为知道你要是看见我的眼泪会更加痛苦。

我们幸福的梦结束了，但我祈祷那只是暂时的。

天皇说战争将在一个月内结束。

无论你在哪里，我的灵魂都跟着你。

亲爱的，务必照顾好自己，回到我身边……

浦和王子带领军官们从养鱼场出发，在黑夜中沿着大路走了约一英里，来到一片树林边，映着夜空的细长树木显得白森森的。

树林那边，一排燃烧的火把照亮了通向一个大院的小路，那里的房屋已被空袭夷为废墟，余烬未熄，烟雾更增添神秘而诡异的气氛。

一百五十名军官，刚过联队军官总数的一半，在空场的三面排成队列。在第四面的中间是一面武士旗，倒L形的竹竿上垂下一条长长的白色帆布条，上面画着一条黑色苍龙。

即使那些不是武术大师的军官也从学校教育和军事训练中知道，此刻要保持静默沉思，摇曳的火焰照亮了他们的脸庞。

过了一会儿，黑暗中响起一声号令："向旗帜鞠躬！"

他们鞠了躬。

"向太君鞠躬！"

一个身影在火光中出现，让周围的军官们猛然一惊。此人身粗体短，像缩小版的相扑选手，着全套武士甲胄，一身黑，戴着头盔，面孔隐藏在防护网后，盔上有龙形徽。

他们都知道这是谁。这个人声名远播——高井广明中佐，人称蒙面太君、满洲里之鞭！

他两脚开立，在旗前稳稳站定，用双手捧起他的刀，如同献祭一般。

长时间的静默，然后他开口说道："看呐，武士刀！武士之刀——美丽、令人愉悦。铸刀师似神，在精钢浇铸淬炼之际将魂灵注入其中，抡锤磨石皆为崇敬之行。柄端饰以金银；把手以硬木刻制，裹以鲨鱼皮和锦绸；刀鞘用佳木雕成，葛巾紧裹，涂以亮漆，饰以龙形。刀应钟爱，一刀该有一名；刀应受崇拜，甚至供入神社。日本之神已施法力于每一把刀之上，使其完美、无瑕、无双！"

蒙面太君迈步从一排排军官面前走过，边走边审视每一张脸。

"拯救日本是我们神圣的使命。两千多年来，帝国未尝败绩，成功的关键正在于我们坚信胜利！诸神对日本庇护有加，因为大日本的人民和土地是神圣的，优于任何其他国家！天皇是神而不是凡人，是天照大神的直系后裔。日本的神圣使命在于皇道,要使所有民族归于一统,让全人类都可以享受神圣天皇的护佑!我们正进行一场圣战,日本的天命是成为世界的中心。我国被西方列强踩在脚下已经太久了,但是人类文明史之最后一战即将来临!这将是一场猛烈的碰撞,将为金色的未来铺平道路!真正的武士必须站在一起,为这一事业牺牲一切的时刻已经到来!"

蒙面太君顿了顿,掂量着他的话对军官们所起的作用,眼睛扫视人群,看其中有没有软弱或有怀疑的,他一个都没有发现。

"唉!我们军中的兄弟并不像应有的那样团结,有些人愚蠢地谈论什么和平!但是迟早他们会看到那样做的错误。正如那个和平论者竹岛,他说了太多关于和平美梦的空话,已被扫开。谁敢挡日本的成功之路,谁就将化成尘土。看!"

他拔刀出鞘,响起一阵精钢激越之声。

"谁还梦想着和平?大声说出来!"

一段长长的、给人深刻印象的静默,无人动弹。

"正如我所期望!我们是兄弟,团结在武士精神之下!"

他用刀尖指指四方。

"这块土地不能看作是正常的国家。这一片广大的蛮荒之地,上面只有愚昧无知、没有文化的农民,他们生活在贫困之中,受无耻的匪帮无所不用其极的剥削。所谓的国军只是一帮无法无天的乌合之众,被企图摧毁自己政府的军阀们所控制,根本不把大日本帝国放在眼中!中国不是正常的国家,战争规则在这儿无效。准备好面对一个奸诈的敌人!相信你手中的刀!"

"这把刀,"蒙面太君举起武器,"准备好随时出击,它快过灵蛇!这才是真正的武士信条。任何心肠软弱或出手犹豫的人,当面对敌人看清其真相的时候,都将改变。要么变要么死!看⋯⋯"

太君拍拍手,一个中国农民双手被反绑在背后,趔趄着被推向空地中央。他穿着一件破烂的黑色棉袍,头发竖立。这个可怜的农民约二十五岁,他和其他一些年轻的农民正在翻耕稻田时被抓住,他们本应守在海滩上的碉堡里。

"看看这个支那人!没开化、无知、粗野、肮脏。看他那样子,没有头脑、游手好闲!怎么看都是个低等生物!"

寒光一闪,蒙面太君的武士刀凌空划过,一瞬间似乎武士刀只是从那农夫旁边或是头上掠过,并没有触及他,但紧接着传来"噗"的一声,带点水声像有只西瓜被厨刀一剖为二。然后,缓缓地,这中国人膝盖一软,他的头颅像是被动脉中喷涌而出的血流推得从肩膀上略略升起,然后"啪嗒"一声落到地上,滚到蒙面太君的靴子前。

"见证武士刀!美器、圣具、替天行道,扫净天下渣滓。这头……"

他猛然一脚将那头颅踢开,好像踢开一块土疙瘩……

"只是第一颗,我们苍龙兄弟会的诸君,也包括所有在场的各位,在完成我们神圣使命的同时,将会砍下更多!诸君,请听我说!过去武士是一个阶级,与农夫、商人和教师有别,那是过去的事!现在我们有了一个崭新的阶层体制,在这个新体制中所有的战士都是武士,无论你来自哪里、什么出身,人人平等,为着一个信念团结在一起。我们都出身于同一个大家庭,那就是大日本国!所有为天皇而战之人,无论原来是农夫或是商人,教师或是工人,如今都是武士!你手中的刀就是你的荣誉勋章。务请尽职尽责!"

他在那农民的布衫上将自己的刀刃擦拭干净,插回刀鞘。

"诸君,前途漫漫,我们的旅程不会容易。为了让诸君轻松一些,兄弟会安排了一项娱乐活动,我们将举行一个比赛,我们就叫它剑术比赛吧!各联队必须为本部的最佳剑手命名。你部队的声誉将取决于你,务请竭尽全力!你会有大量练习的机会。"

蒙面太君再次停顿，慢慢审视每个队列，好像在仔细检查每一张脸。

"我们将再次相见，在那之前，请记住！为武士准则增添光荣，与弟兄们同心协力！"

蒙面太君后退隐入黑暗之中。

"为天皇而死！万岁！"

黑暗中响起他的告别呼号，凶残尖利。

一阵发自肺腑的狂野呼喊应声而起，将羽田从不安的睡眠中吵醒，一路回荡传向上海及更远的地方。

第三章 防空洞

莱特自苏州报告

已溃败

城市已成鬼城

他们不留俘虏

头颅满街滚落……

"嘶嘶嘶嘶嘶"短波信号突然中断，机器中只传来一阵噪音。

瓦格纳刚才拨动SSTR-1的旋钮，暂时切断了黑色机器，来接收特工按约定时间进行的即时摩斯电码联系。他在相邻的频率进行搜索，但只能听到一些毫无意义的哨音和呜呜声。

焦急地搜索几分钟后，他放下耳机，事情有些不对劲。

他进行了几项检查，以弄清信号丢失是否线路的另一端出了问题。一时间他眼前出现一幅可怕的图景：一支日本巡逻队破门而入，闯进莱特军士长藏身的那所破建筑里，用枪托砸他和他的无线电设备，因此信号中断。或者更糟——日本人朝他和机器设备一阵扫射。但是令瓦格纳欣慰的是，所有的频道上除了静电干扰外什么信号都收不到，这说明问题出在他这头的设备上。

南京周围都是山岭，最高的一座山紫金山正处在城市与上海中间。在山的顶峰美国人与中国政府合作竖立了一座高大的天线，由柴油发电机供电，用以接收、放大和转发长波信号。在国立大学新科技楼楼顶安装了另一座天线，用作本地转发器。放大信号以供嵌入美国公使馆屋顶的铜线圈采集。

瓦格纳全面检查了他的设备，测了所有的连接点。他还爬上了公使馆的屋顶，将伏安计接入电路，检查了天线线圈，似乎一切都正常。那么，也许是哪一个转发器出了问题吧？他准备去把它们都检查一遍，就从大学里的那个开始。

但必须等会议结束以后……

*

南京国际乡村俱乐部位于城市西北部，靠近仪凤门，坐落在一块新近由稻田开成的土地上。这座建筑将新古典主义风格的宽大大理石台阶、希腊式石柱与新加坡莱佛士酒店式元素结合在一起。制服挺括的工作人员,木质百叶窗,蜘蛛抱蛋盆栽,高敞的天花板和吊扇,铺有精美丝质地毯的柚木地板,一个长长的酒吧,不间断地供应着杜松子酒、威士忌、啤酒和香槟。

这天,被邀请的国际友人都激动地等待着,这时一辆定制劳斯莱斯幻影穿过锻铁大门平稳地驶来。第一夫人——当之无愧的艺术明星和国家名人。在她的姐姐庆夫人和南京市市长马路的陪同下进场时,红地毯上照例一阵忙乱:照相机闪光灯闪烁,隆重的致敬,大把的花束献来献去……虽然此时尚不到中午,却已经觥筹交错玉液琼浆横流了,成群的服务员忙碌地跑前跑后。

两位尊贵的夫人和往常一样身着极其优雅的丝绸旗袍,端庄地在房间上首落座,市长坐在她们左边。宾客们在专门安排的藤椅上按自己的位置坐下,记者和摄影师则站在两侧。

"亲爱的国际友人们,衷心感谢你们今天的光临!"第一夫人用漂亮的美式英语说道,言语间散发着她独特的魅力,"我们理解各位的担忧,今天来这里就是要向大家保证,南京绝对不在日本军队的威胁之下!我的丈夫让我转告大家,国军已在苏州西边坚守了下来,防线固若金汤。日本军队将被滞阻在那儿,外交对话将重启,我们会尽快找到一个和平的解决方案。"

就在这时,日本总领事福崎山治站了起来,他身穿刻板的外交礼服:高顶帽、晨礼服,一副严肃庄重的样子。场内的中国人很不自然地看着他,其他的外国人则好奇地看着。

"第一夫人,"他操着生硬的日式英语开了口,"请允许我借此机会重申我国政府的立场。日本同样致力于为目前不幸之局势找到一个和平的解决方案。我们的军队对无辜的中国人民没有任何敌意!他们来到中国,皆因日本公民处于当地不法分子威胁之中,他们只是为这些地区带去安宁和秩序。一旦这些问题得到解决，和平将会立刻得到恢复。"

当他鞠了一躬坐下之时，场上响起稀稀拉拉的掌声，来自日本代表团，几个德国人，甚至有几个美国人，这使瓦格纳感到一阵苦涩的讽刺，这天早晨他刚读过来自莱特军士长的情报。他瞥了一眼埃德·卡特，后者笨拙地站了起来，手撮着他的海象胡子。

"早上好，夫人，感谢您今天来到这里与我们谈话。美国公使馆收到报告说……嗯，该如何形容呢……报告里说在苏州，无辜的中国百姓可能已经受到了伤害。事实上，日本的战争行动已不仅只针对军事人员，也直接指向手无寸铁的平民。中国政府是否得到了关于这方面的消息？"

第一夫人还没来得及回答，福崎总领事就再次站了起来，甚至险些将椅子刮倒。他满脸通红、嘴唇颤抖、说话时唾沫横飞。

"我必须代表日本帝国政府再次重申，任何关于日本帝国军队杀害中国平民的报告完全并绝对是不实的！如此灭绝人性的事不符合日本人的天性！日本人在中国的所有行动都绝对公平公正，完全符合国际条约！也完全符合日本对其本国公民所负之义务。夫人，我谨向您和在座的诸位担保，大家可以完全信赖日本政府所宣布及承诺的一切！"

福崎坐了下来，这次忘了先鞠躬，口中还用日语愤慨地向助手嘟囔着什么。大厅内一阵令人尴尬的沉默，这时第一夫人以她特有的风度很快平静下来并再次发言："谢谢你，总领事。听到你的话我们宽慰多了。好极了！女士们先生们，再次感谢你们今天的到来！请接受我们的保证，在中国政府的保护下各位是安全的，在座各位可以充分信任马市长及南京市政府。江苏东部目前的状况只是暂时的，很快就会得到解决。诸位在这里的生活不会受到任何打扰。同时，我与马市长也会定期向大家报告事态的进展，直到事情得到迅速圆满的解决，谢谢！"

※

好似刚才开幕仪式反过来又进行了一遍，大家隆重地送走了第一夫人和她的随行人员。在她的劳斯莱斯轿车驶出白色大门远去之后，俱乐部的常客们重新调整了一下座次，在酒吧台边坐了下来。

"知道吗，我感觉时局很不好，"威妮弗雷德夫人啜了一口奎宁水，说道，"在我们花了十年的时间做了这么多事之后，想想这一切都可能被日本人一扫而空，凭……什么？他们凭的是什么，有谁知道？"

"我不明白的是日本人怎么到了苏州？"乔尔·韦弗说着挠挠头，模仿喜剧演员做了个滑稽表情，表示难以理解，"我是说，这事儿不是应该发生在上海吗？什么保护日本侨民区还是什么的？"

"对呀，"埃德·卡特讥讽地说，"无名的凶手针对无名的受害者犯下无名的罪行。就像发生在北平的事件——他们说他们在'寻找一名失踪的士兵'，于是就接管了北平，接着是整个华北。福崎领事是怎么说的？'灭绝人性的事不合日本人的天性'？好吧，那我还他妈的是送财大仙呢！不好意思我讲粗话了，女士们。"

"天哪，"南希·布朗说，"听起来事情可不太妙！我是说，我们还安全吗？孩子们呢？如果城市被日本人接管了，还会让学校开放吗？他们信仰什么，佛教吗？他们会允许保留基督教课程吗？还有地方买东西吗？还能买到我们需要的东西吗？如今这里的生活已经好多了！记得吗？去年感恩节时我们甚至买到了火鸡！在日本人的治理下，我们的生活还能维持同样水平吗？"

"可能会更好，布朗太太！"德国记者罗曼·勃兰特嘴里叼着雪茄，声音显得沉闷，"日本人可能会带来点儿秩序和效率，不是吗？我虽然没有去过东京，但我听说那里的街道很干净，列车也准点运行。如果我是你，我会更加担心中国人。如果在日本人到来之前这里的政治动乱就推翻了委员长，谁会来接管？发生动乱，你可能就没有了安全！"

"是的！大概三十多年前，曾经发生过这样的悲剧。"唐·布朗医生说，"在义和团运动时期，中国人曾攻击过传教士，屠杀他们，成百上千的人惨死。那些可怜的人为他们的信仰付出了沉重的代价，那都是和我们一样的人啊！"

"是的。"约阿希姆·施佩贝尔说，"我也读过这方面的内容，他们将北平外交区保护起来，把那里变成了安全区，保护那些人。勃兰特，正如你所说，至少日本主张秩序。可以想象得到，如果他们接管了这个国家，生活水平最终可能会提高。"

"呃……如果没有，我想你会怪我运气不好。"塞巴斯蒂安·莱诺用嘲讽的语气慢吞吞地说，"毕竟，是我们英国人首先溯长江而上，一路轰着大炮——康沃利斯号军舰什么的，还有《南京条约》，怎么样？自打那以后，他们就没喜欢过我们，这恐怕是真的。那时是鸦片，这次似乎更可能是钨吧？万变不离其宗，你们的克虏伯钢铁公司需要这个。'大炮还是黄油'，正如元首所说，后者大概是用来涂肛门的？"

"这是英国外交吗，莱诺？"罗曼·勃兰特捧腹大笑，"英国人的涵养哪儿去了？"

"是啊，"莱诺接着说，毫无愧色，"但我问的是，施佩贝尔先生，德国人会在什么时候跳船？这显然只是迟早的事儿！"

"跳船，莱诺先生？"施佩贝尔说，他的英语不够用了，"你是什么意思？我不明白。"

"唉，就是说你们的元首好像有点进退两难。"

"进退两难，莱诺先生？怎么进退两难了？"

"那句话怎么说来着？'两人为朋，三人为众。'"

"对不起，我真听不懂。"

"哈哈哈！也许他在暗示我们与日本的新友谊，施佩贝尔！"勃兰特嘲笑道，"反苏条约！可它反的是俄国人，不是中国人。"

"我只是问问，"莱诺吸了下鼻子，"很明显委员长靠德国人供应毛瑟枪和装甲车。希特勒先生会在什么时候切断军备供应来取悦他的日本朋友？一旦你们的元首把宝押在日本人身上，从这个政府身下把'坐垫'抽走，这一切在一个星期内就都结束了。没有你们，委员长将无法与日本对抗。"

这些外国人陷入了沉默，一种不安不断增长，侵蚀着他们的自满自得。瓦格纳扫视着周围的奢华——斟满威士忌和香槟的酒杯，长长的吧台，顶格中摆满了昂贵的美酒。上海沦陷时的枪炮声、惊慌的哭喊声和混乱的场景在他的脑海中记忆犹新。要是能像他的美国同胞们一样，安心躲在特权的茧中，不用知道他所知道的那一切，可能会更好。如果无知是福，就不要做个聪明人。

*

这天中午刚过，瓦格纳来到国立大学校园中心那座六层的朱文工程大楼，爬到顶楼楼梯平台铁门外停下。那里是一道狭窄的壁棱，上面有一架锈了的铁梯，通向屋顶，那里竖立着一个很大的轻金属天线塔，如同一座等比缩小的埃菲尔铁塔。

先前在地下室里，他检查过发电机旁的保险丝盒，发现中继器确实出了故障，最有可能是顶端某个部分出现了短路。瓦格纳遵循三点固定法谨慎地向上攀爬，爬到最后一档时，伸手去够装在石灰壁上的一个把手，那里沾满了鸟屎。瓦格纳没朝下看，使劲儿攀过护栏，上面满是鸽子羽毛、碎蛋壳、死昆虫，还有……那是老鼠屎吗？在这么高的地方？是的，也许吧。不是总说你的周围不超过两米一定有一只老鼠吗？这里也许有整整一窝老鼠正看着一个愚蠢的人类把他的生命置于险境来清理它们制造的这堆垃圾。

果不其然，就在从发电机引出的导线和转发器连接的地方躺着那烧焦了的罪魁祸首。这愚蠢的动物一定是咬穿了胶木绝缘体，牙齿碰触到了铜绞线引发电击，身体抽搐时尾巴触到金属塔身导致短路。瓦格纳想，已经开始吃绝缘胶木了？日本人还没有来呢！不，老鼠是聪明的——这一只决定现在就一了百了，趁一切还没有变得艰难起来。

他从腰带里拿出一把电工钳，开始修理接头。就在这时……

呜呜呜呜呜呜呜呜呜呜呜呜呜呜呜呜呜呜呜呜呜！

警报！哀号着响彻整个城市，回荡在城墙、寺庙、高塔和宫殿之间，这声响单一、恐怖，好似某个天外女妖在尖叫。

这是空袭警报吗？瓦格纳感到些许震惊，夹杂着好奇，甚至有些义愤，好像有谁辜负了南京及其市民。

防空气球颜色灰得和低垂的云朵一样，用钢丝绳系着从城市周围各军事区域升向天空，好似一群了无生趣的风筝，或是充满爆炸气体的灯笼——天空的死神之节。

那么他应该怎么办？从六层楼楼顶这个绝佳的位置来观察整个事件，以满足自己的好奇心？

这天线所在的"绝佳的位置"，是一个轰炸机炮手难以抗拒的目标。

"好奇害死猫，哥们儿！"在迅速爬下梯子时他大声告诉自己。他走出铁门转身锁上，冲下六层楼梯，走出大楼来到校园，经过女生宿舍和自行车棚，跑向校园西北角医院后面新建的混凝土防空洞。

沿着碎石子路疾步快走的人群中有学生，大部分是穿着棉布或丝绸宽脚长裤的女学生，还有少量教师、管理员和保安，有些说着闲话，有些紧张地笑着，但大部分人沉默着……

瓦格纳正迅速走着，忽然注意到在奔走的人群中甩动着的一条马尾辫。

在众多棉长裤里，这一条是淡蓝色的，苗条健美的身体，移动姿势独特，一双白底练功鞋跳跃着。

舞者般活泼、迅捷、灵动。

这个女孩优美的动作让瓦格纳想起一个月前在国民政府看到的那个舞蹈。

会是她吗？

他加快脚步。他们来到防空洞入口处，那里挤满了人，大家都在推推挤挤，就像大市场甩卖抢购的情景。

现在那女孩就在他前面几米。那头发、肩膀、身形……现在他确定就是她——那个舞者！

他跟着她走进狭窄阴森的水泥地道，尽量不去想如果此刻有颗炸弹直接击中他们头顶那还没干透的顶棚，将他们粉碎的尸体密封在这个现成的坟墓里，那该怎么办。

大家在粗糙的长木凳上坐下，很守规矩地保持着安静。他坐在她的对面，就几米远。

他朝对面看了看。

两人都目不斜视。

瓦格纳的头脑飞速旋转。

他也许只有这一次机会……但在防空洞里如果要和一个女孩谈话，合适的话题是什么：今天天气不错？今年这个时候有炸弹真糟糕？

他让自己的视线移动，希望是漫不经心移向她那边。她刻意避开他的视线，嘴唇坚定地微微撅起。

粉色、光滑、湿润的嘴唇，舌尖迅速地吐了一下，那一闪更显粉嫩。

他注意到自己在盯着她看，赶紧努力克制自己，显得绅士一些。

※

所有人都安静地坐着、等待着。

有那么一会儿周围万籁俱寂。

然后高射炮响了起来,断断续续的,有时几秒响一阵,有时隔上一分钟,甚至更长……当轰炸机编队飞近时高射炮射击声越来越快,也愈加激烈。

飞机发动机的声音也逐渐清晰可闻,头顶上传来沉闷的嗡嗡声。

头顶开始传来沉重的炸弹落地声——先是轻柔且低沉,随着密集的轰炸越来越近,声音也越来越大,越来越尖锐。

嘭……嘭……嘭……

大地开始摇晃。

一枚炸弹带着沉重的撞击声落在距防空洞不远的地方,像跳起来的保龄球落到地板上。转瞬间炸弹爆炸,大地摇动,连带震动着附近的防空洞,洞内灯光闪烁,气压瞬间增大,洞顶出现小裂缝。

石灰屑和尘土连串往下落,眼看就要落到那女孩的头上。

瓦格纳来不及细想,脱下自己的帽子,电光石火之际戴到了她的头上,正好挡住了落下的尘土。

而她转身看着他,眼睛因惊恐瞪得大大的,就好像一队日本兵已经顺着阶梯冲了进来。她嘴里喊出一串近乎歇斯底里的中国话:

"你在干吗,你这只猴子!哎呀,把这脏东西拿开,快点!"

她一把将帽子从头上扯下,尽管头皮屑般的粉尘还在不断从洞顶落下。

"哦,对不起!"瓦格纳结结巴巴地说,一阵挫败感涌上心头,"我只是……我觉得要是把你的头发弄脏就太糟糕了,你的头发很……"

他本想说"漂亮",但理智让他忍住了。

"这么干净这么亮泽。"

"你以为把那玩意儿放在我头上就会让它干净啦？你这只猴子！"

"嘿，我真的很抱歉。对了，这帽子也没那么旧啊！"

她刚想顶回来，突然忍住了。

她惊讶地瞪大了双眼，张开的嘴巴都忘了合上。

"你……你会说中国话？"

瓦格纳长舒一口气，没有说话，只是笑了笑，像只温顺的大狗，沉浸在与她正面相对而她没有对他大喊大叫的快乐里，两人相距不到一米。

近到能闻到她身上肥皂的清香……

如同一股高压电流通过他的全身，他又感受到了在国民政府里曾感受过的震颤。

"但是外国人不会讲汉语，"她喃喃自语，似乎还没有从震惊中恢复过来，"汉语太复杂了，他们的舌头太硬，他们的大脑……"她打住了。

瓦格纳耸耸肩，依然笑着："我想不是所有的外国人都那样吧。"

女孩的态度明显地缓和了。

"对不起，我太粗鲁了。"她又把帽子戴上，"你真好！"

"不是那样的，那是我的荣幸！"瓦格纳微笑道。

他们此刻都放松了。

她对他淡淡地一笑，嘴巴还有点儿噘。

他抓住这个机会。

"其实，我刚才是要谢谢你的。"

"谢谢我？谢我什么？我们以前认识吗？"

"不，说不上认识吧，但我上个月在国民政府歌剧院看了你的表演——霓裳羽衣舞，还记得吗？"

"记得吗？我怎么会忘！我从八岁起就开始跳舞了。"

"真的吗？哇！你确实跳得好极了，我是说你和你的舞蹈团。"

她端庄地笑了笑。

瓦格纳停了停，显得足够礼貌，然后接着再问。

"哎，这个舞蹈源自唐朝吧？"

她的眼睛再次瞪大了，身体向前探了探，更仔细地打量着他，好像在最后确认眼前的这个外国人不是一只猿猴伪装的。

"这你也知道？"

"不是特别清楚，"他故作谦虚，"但我确实希望你能再告诉我一些这方面的知识。"

她的脸上浮现出笑容，好像想起了一件温暖的往事。

"唐朝是中国女性的黄金时代，那是她们最为强大的时代。"

"嗯，但……我以前听说的是这个舞蹈是妃子在重现皇帝的梦境，是吗？我是说，这难道不是让她们看起来有点儿像……在供人取乐？"

她眯起了眼睛，但他依旧一脸认真。

"那太简单了！"她反驳说，"这舞蹈给了她们力量——去吸引、去迷惑、去控制男人。"

"啊，这一点我倒是不知道。"

他停顿了一会儿。

"那缠足是怎么回事？那也是发生在唐朝的事情吧？"

她尽量忍住了一声恼怒的叹息。

"是的，那是起源于唐朝。皇帝让嫔妃们用白色的丝绸将脚缠成新月状，用足尖跳一种舞蹈，叫作'金莲飞旋舞'。这些女人在一座高高的平台上跳舞，大人物们甚至会拿她们的鞋盛酒为金莲干杯呢！"

"真的吗？！"

按照瓦格纳所读到的，她们的脚趾因为捆绑挤压，趾甲都长进肉里去了,所以鞋子里都是脓血。但他没有提起这些。

炸弹的冲击声渐渐平息。

"真的吗?!"他又说了一次,"很有意思!我真想多知道一点,如果你有时间的话。可以问一下你空闲时都喜欢做些什么?"

现在她犹豫了,他触碰到红线了,她应该回答吗?

她感到周围的墙壁挤压过来。

"我想出去。"

他误解了,故意的。

"太好了,我也是!什么时候愿意和我一起散散步吗?这个城市里有许多漂亮、有意思的东西可看呢!"

她能够感到自己已经被这个外国人吸引住了。这个人有礼貌、有头脑、有教养,高大强壮、笑容可掬、颇有情趣,长得也不赖——就一个猴子而言!她很吃惊,这一切都很轻松。她能吗?她敢吗?

防空洞里有那么一瞬间无比安静,然后入口处那边传来喊叫声,防空洞管理员通知空袭警报解除,他们可以出去了。

"我下个星期天有空。"她说着,立刻就后悔了。

他的大脑飞速旋转。

"那我就来这里见你,在防空洞外!我们就定在中午好吗?"

她生硬地点了下头,避开他的眼睛,似乎不是很清楚自己在做什么,然后猛然起身,掉头挤进拥向楼道的人群。

第四章 青龙之战

埼玉第十联队沿杭州湾北岸的沿海公路不停顿地西进，一路未遇抵抗。他们在一片平坦的水乡艰难跋涉，左边是灰色的大海，右边是湖泊、池塘、灌满水的稻田和运河，天上的云层越来越厚，饱含来自中国东海的水分。很快下起了浓密的中国雨，铅笔般粗细的水流倾泻而下——水，到处是水，浸透了人的骨头。

船桥大佐被诊断出患有疟疾，他的轿子被托付给后面给养车队中的医疗车。此时，代理指挥官浦和王子少佐正躲在一个湿透了的散兵坑中，慢慢调节望远镜，查看前方的障碍……

❋

九玉运河是一条重要的水道，它从海湾的几乎正北方流入上海南部的黄浦江。河面上有平底帆船般的大型驳船，有一些还靠水牛拉动，但大部分已使用蒸汽机或柴油机驱动，在杭州和上海之间往返运输煤、油、稻米及其他各种货物。运河口有一道关卡，是一道大石坝，其中有一个木头门闸，由两岸人工操作开闭，用以控制内陆运河网水位，免受海湾潮汐影响，这个地方叫作青龙。

在水闸靠内陆一侧有各种港口设施、装卸起重机、货物仓库和车间。在过去的几年里，这个古老的村庄发展成为一个繁荣的城镇，开办了纺织厂以利用世界范围内的经济复苏。还有一个很大的废品回收工业——回收利用瓶子、玻璃、砖块、木材、报纸、硬纸板、织物等等。在中国，几乎所有的东西都有价值，都可以再利用。那些没有价值不能再回收的东西就堆起来焚烧，熏得土地焦黑，空中烟雾缭绕。这是很好的烟雾，意味着金钱的烟雾。

❋

在周围几十里范围内，要渡过运河只有通过河闸南端的吊桥，那钢铁桥身由铁链吊起，铁链通过那座锈铁塔角上的轮子与配重相连。无论如何，埼玉第十联队必须找到办法跨越大桥。

这不是件简单的事。

在日军突破后,第88路军中与大部队失散的部分士兵知道青龙是个繁荣的村庄,供给充足,同时这也是一个通往海上的门户,位于日本人自上海至南京的主要行进路线之外,于是往南逃离,在这儿集结起来。

从浦和王子的观察点看去,东西两边的沿海公路边建有高墙,形成一个漏斗状,桥就在漏斗顶端,公路在此折向北通往城内。

在桥两侧的路边,中国人用沙袋堆起了防御工事。沙袋后是两门3.7厘米德国反坦克炮,其交叉火力覆盖了整个通道。这些武器每三秒可射出长达一英尺弹带的穿甲高爆弹,轰击任何不受欢迎的造访者。在这样的炮火下,哪怕武士道精神也救不了埼玉的武士们。如果强攻大桥,他们会被炸得稀巴烂。浦和伏在烂泥地上像草蛇一样爬离观察点,回到前沿集结区。

❋

"军官弟兄们,"他说,"我们面临一个挑战——一个需要做出很大牺牲才能应对的挑战!所以现在我要提醒诸位,蒙面太君曾命令过:为天皇而死!这就是诸位的信条,在战斗中光荣的死胜过一切。我们所有人都不免一死,有机会作为英雄死去,要比背对敌人在耻辱中死去好得太多。

"所以今天我要找一个自告奋勇的人来展示他的勇气。不是随意哪个志愿者都可以——完成这个任务需要恰当的人去领头。"

和中大尉立刻一个立正,然后向前一步,靴子跺的咔嚓一声。

"少佐!本人谨志愿为天皇而死,恳请考虑本人请求!"

浦和脸上挤出一个淡淡的微笑,眼光都没闪动一下。

"和中君!我明白你有狮子般的雄心,你的灵魂充满对天皇的爱,这正是这次任务我需要你靠后的原因。联队的士兵需要你英勇的榜样和战场经验的带领走向我们最后的目标——南京!"

浦和转头看着羽田大尉。

"不过，我认为这是你最好的机会，羽田君。剑术示范那晚我们没有看到你，也许那天你不舒服？"

羽田没有说话，只是凝视前方，看着那忽然悬在灰色朦胧地平线上的永恒——是时候了，已经到了，这么快。再也不会有告别、亲吻、舒服窝在白金区寓所蒲垫上的下午，外出逛街的周日，坐在温暖咖啡屋里的欢笑……

"嘿，羽田，你在听吗？"

羽田将自己拽回现实，咔嚓一个立正，抓住他的剑柄。

"为天皇效力是我的荣幸！"

"为天皇而死呢？羽田大尉？"

和中和其他人都紧张地看着他。

"如果需要的话。"

浦和微笑着："很高兴听到你这样说，大尉。很好，就这么决定了。羽田大尉的中队将为第十联队打开青龙的大门，万岁！"

"万岁！"

※

前敌营地就设立在一片长满竹子、柳树的广阔丛林之中，距大桥一英里左右，在养鱼场和废品焚烧场之间有一道土堤，使这里避开了城里人们的视线。在树干之间挂上防水布，还有些简易茅屋，可以应付下个不停的雨，但是命令不得生火。士兵们挤在临时搭建的帐篷里打哆嗦，试图让自己变干。

出其不意至关重要，派出了小分队去捕捉并杀死遇到的任何中国人。哨兵伏在湿透了的散兵坑中，身披用以伪装的油布，保护营地的入口。

羽田现在俯卧在前方的观察点。湿透的衣服和冻僵的骨头与他心中那冰冷、漆黑的空虚比起来，几乎算不得什么。他的望远镜一直瞄着约五百米以外的德国反坦克炮那正对着他的光滑炮口。任何企图靠近那座桥的敌人，哪怕是开着坦克上去都会被轰成碎片，而现在根本没有坦克，对那两尊炮进行正面攻击无异于自杀。

也许那正是浦和所希望的，他怨恨地想。他是不是应该不管三七二十一拔刀冲上去，一死了之？为他们那要么死去要么荣耀的武士梦牺牲掉生命？

上帝知道一定有更好的办法，但那是什么呢？

他回忆了自己接受的军事训练，被强征入预备役后那噩梦般的几个星期。大部分的训练就是接受军事教官的言语和肉体虐待，当时他恨透了这些，之后却又有点高兴，因为他知道再没有更糟糕的了。

直到现在。

不过他也是学到了一点东西的。那位教他们战略战术的退休将军的脸浮现在他的眼前："生存的第一法则是制订计划，没有行动计划就会出现混乱和恐慌。在战斗中，计划就是战略，战术是计划中的细节。在对手还没做好战斗准备之前首先发起攻击，这有几个优点：第一，这使对手处于防御地位，他必须对你的攻击做出回应，稍有延迟便对其不利；第二是出其不意，能让胜率提高四倍，如此一个人可以战胜四个人，十个人可以战胜四十个人；第三，先出手几乎总能胜利，打晕对手，逼其采取补救措施。我们日本人少、灵活、快捷，所以对我们来说，最好的防守是进攻，悄悄地进入攻击位置，然后毫不犹豫地迅速发起攻击……"

他调整望远镜，聚焦位于炮后面的那几幢房子。有多少士兵？操作一门炮至少三到四个人，还有多少其他人员？他们做了多少准备？

没有动静。在炮的周围他没有看到任何活动，沙袋后面没有看到人头隐现。房顶细细的黑烟囱里有烟冒出来，里面的守卫此时应该正围坐在火炉旁。

偶尔有当地人进进出出——有单个的，也有三五成群的。或步行或骑自行车，穿过大桥，消失在进入城镇的街道或朝南转向海岸大道，在大雨中从容不迫、缓慢地活动着。

不是士兵。

他怎么知道？

从他们活动的方式看出来的。

他们是男人还是女人？

他不知道。

他们都戴着那种冬天遮雨夏天遮阳的圆锥形斗笠，身披长油布斗篷以遮风挡雨。

在这种情况下难以辨别他们是男是女。"金子，"他把望远镜递了过去，"待在这里监视着大桥，我一会儿回来。"

他从后面溜下去，沿着堤岸摸向砾石沙滩，在那里他可以不被人察觉地一个冲刺回到前敌营地。

✲

侦察兵将他们抓到的本地人带到一个大养鱼塘的角落，在这儿淤泥积成一个小滩涂，现在这里躺着一堆在刺杀训练时杀掉的人的尸体。看到这些尸体，羽田将胃里突然上冲的胃液强压了回去。在与中士说话时他的眼光避开了那些血淋淋的尸体。

"有多少俘虏？"

"十六个，长官。"

"让士兵把他们的帽子和油布衣剥下来，有自行车吗？"

"有三辆，长官。"

"也要用上！集合一个小队，带到待命区。"

他看了看天空——雨开始变小了。

"尽快！"

他看着中士飞奔而去,很快便看不见了。

他转过身来,摘下他的钢丝架眼镜,用擦枪布仔细擦掉镜片上的雨水。重新戴上眼镜,用一条强力橡皮筋将镜架牢牢绑在耳朵和后脑勺上,这样的话,在他考虑即将展开的残暴行动时,会少一件需要担心的事。

※

回到待命区后,羽田找到弹药车,叫来了管弹药的中士。

"中士!"

"大尉大人!"

"手榴弹,我需要一袋手榴弹。"

"是,长官!要多少?"

"五十颗。"

"那就拿一箱吧——会很重的。"

"不,必须用袋子。士兵!去那边给养帐篷拿些空的大米袋来。五个,十个,能找到多少是多少。"

※

半小时后雨几乎完全停了,但此时已近黄昏,天色越来越暗。

三五成群的工人累了一整天忙着清理鸡内脏、煺鸭子毛、分拣废品、刮鱼鳞,这会儿拖着沉重的脚步从西边沿海大路回城镇,他们有的肩上扛着麻袋,有的推着自行车。

在海边大路与运河交汇处他们向北转,在隐约可见的炮管下走上回到他们在青龙镇的家的最后一段路。

人们低着头,竹斗笠遮住脸不受雨水的击打,油布衣闪着水光,小心翼翼缓慢前行。到达大桥后,领先的一批人向西拐,走过桥去,一些人向北走上运河对岸,另一批人则沿着运河东岸继续向北走去……

※

羽田骑着自行车跟在后面,在经过那门3.7厘米德国反坦克炮长长的炮管时他的嘴巴发干，血流冲击着耳朵，那炮距他只有几英尺远。他边走边瞟了一眼沙袋的后面，看见在黑暗中闪亮的香烟头，还有烟头后面怀疑的眼睛。

"嘿！"中国哨兵喊道，"你到底是谁？"

"万岁！"这是羽田唯一的回答，他拔下手榴弹的保险栓，将手榴弹扔到沙包后面，同时从自行车上向前扑倒。

这是给金子小队的行动信号，让他们朝西边的碉堡扔手榴弹，小泉的排则朝东边的碉堡发起同样的攻击。与此同时，山内中士和他的手下袭击桥尽头的工事，用炸弹和刺刀解决守军。

但是羽田听见身旁几英尺外有人在喊叫，他知道在沙袋墙的另一边还有活着的哨兵。他扔掉斗笠和油布雨衣，执刀奔向沙袋，跳进人群之中，胡乱左砍右杀，每当钢刀碰触到肉和骨头时，他都想吐。他的武士刀不是最好的——这是他的父亲临别时送给他的礼物，当时他恳求父亲不要花太多钱，战争年代钱不好挣——但从浅草寺买来的武士刀总归不会太差。羽田挥舞的刀锋迅速夺走了负了伤、尚未清醒过来的哨兵的生命，他不停地挥刀砍杀直到确认一切都已结束。

这让他喘不过气来，被雨水淋湿的衣服下面热汗直流，并且让他惊讶的是——他感到一种异样的兴奋。透过溅满鲜血的眼镜，他强迫自己直视那些断肢残体，不知怎的他觉得比起之前在湖边看到的那些俘虏尸体，眼前的一切似乎没有那么令人震惊。他下意识地从一件血淋淋的外衣上撕下一片布，把刀擦拭干净。就在他做这些事的时候，他突然意识到，自己刚刚进行了一场残暴的杀戮，杀掉的不仅仅是一个人，而是好几个人。尽管如此，他告诉自己，这是战争，不是他要这样做的，而是战争。刚才敌人如果有哪怕一点儿机会的话一定早就杀了他。从现在开始，他不得不遵守丛林法则——杀或被杀，就是这样残酷又简单。

现在第十联队的所有人都从隐蔽处冲到前滩，枪上带有刺刀，沿堤坝朝大桥和大炮蜂拥而来。领头的是提着战刀的浦和、和中与和田。和田跳上最近的一门反坦克炮，使出最大力气把炮口转过来，对准城镇中心，那里正响起喊叫声，士兵们从营房中拥出。第一轮炮弹射向镇中大街，打散了守军，又一阵弹雨击中街道尽头那座工厂的墙壁。

跨过大桥，在河闸的西边，和中的手下将另一门炮朝北推了几米，形成交叉火力。大炮开始轰击，摧毁了运河对面的房屋，尖叫着的幸存者被赶到街上，在奔逃时又被击倒。浦和带领大部队冲进镇子，逐屋争夺，一路上将八岁以上的男性一概杀死。

中国军队溃不成军，毫无斗志，他们因震惊而晕头转向，又失去了大炮，再也无法重新集结。战斗很快结束。那些没有被穷追不舍的日本人消灭的士兵都窜进夜色之中，尽可能快尽可能远地逃走了。

✻

埼玉第十联队的官兵再次集合起来，人人气喘吁吁，陶醉在胜利之中，忘记了潮湿与寒冷。浦和王子走到羽田面前，看着他的眼睛。

"我低估了你，羽田君，"他说，"今天你表现出优秀的武士道精神。你的勇敢和主动将会载入埼玉第十联队的功劳簿！蒙面太君正赶过来——他将亲自向你表示祝贺。"

和中在一旁看着，满心厌恶，阴郁裹住他跳动的心脏，他的喉咙因为怨恨和苦恼而堵塞。

✻

飞机还未出现，时隐时现的引擎轰鸣声早已传来，蒙面太君乘坐的川西飞艇摸索着穿过中国东海上空潮湿的夜幕。

飞机终于出现在低垂的云团下。它看起来像一艘短鼻汽艇带一对短粗的翅膀，外加浮筒和圆形尾翼，机身中部顶着一个细长的金属支架，上面安装了一台直列式十二缸发动机，连接一副后置螺旋桨。

水上飞机降落在平静的海面上，在水面上溅起一阵波浪，随后由于水的摩擦而迅速减速。飞机在螺旋桨推动下滑行进入运河河口，飞行员在离大桥五十米的地方关闭了发动机。岸边的士兵抓住系泊缆绳，把飞机拉到岸边。

飞机有两个独立驾驶舱，一前一后，顶部装有一圈不长的挡风玻璃。驾驶和副驾驶都没动，并排坐在前排驾驶舱内。后排，两个身穿皮衣、头戴护盔的人爬了出来，沿着机翼走过来，依次跳上堤岸。前面那人是在"剑术示范"那夜大喊"向旗帜鞠躬"的教练，此时他身穿宪兵少佐制服。

第二个人就是高井中佐——蒙面太君。

※

黑暗的夜空中弥漫着烧毁房屋冒出的浓烟。

浦和王子少佐领头走进桥那边的大街，向右来到一个形状不规则的交叉路口，那里较为开阔，形似一个广场。四周燃起了火把，联队的官兵已按检阅序列列队完毕。

"士兵们，"高井边说边沿着队列缓步前行，"今天你们学到了许多宝贵的经验。你们明白了突袭的力量、日本士兵的优越性、敌人的渺小、武士道精神！你们看到了轻装攻击者如何战胜一支据城固守的军队，手榴弹制服反坦克炮。宝贵的经验，士兵们！永远记住——成功的关键在于我们对胜利的信念！"

他在那十几名军官队列前停下，扫视着他们的脸，似乎是凭直觉辨认出了羽田。

"羽田大尉，出列！"

此刻羽田不知道该想点什么，但自离开东京以来还没有过更好的感觉，他服从了命令。

"我们听到了许多对你今天行动的赞扬。浦和少佐告诉我，是你的主动和勇气确保了天皇的胜利。万岁！"

"万岁!"

"你的刀叫什么名字,羽田?"

羽田飞快地想着,他没给它命过名,也从没有过这样的想法,他一直莫名地怀疑这刀会不会出鞘,更不用说用它刺穿敌人的身体。

但他知道他现在必须回答。

"惠美子,太君大人!"

高井轻轻一笑。

"这样啊!羽田大尉是个浪漫的人,没关系,我们不应低估爱情的力量,只要爱情能使男人像英雄一样去战斗,保护他所热爱的一切!其中最重要的,当然就是天皇陛下,万岁!"

"万岁!"

高井从口袋中拿出一件东西。

"第一位天皇——神武天皇,在战斗中用一只金色的风筝将太阳光线反射进敌人的眼睛里,从而击败了他们,他用高贵的智慧确保了胜利。"

他展开一条边上饰有白色条纹的黄色绶带,下面吊着一个八角星形挂件。

"这枚勋章以神武天皇的金色风筝命名,它奖励战斗中的杰出领导者。仔细看你会看到上面绘有武士刀和盾——这是勇气的象征。"

他将绶带套上羽田的脖子,同时用他那锐利的小眼睛注视着羽田。

"祝贺你,大尉。士兵们,一起同贺!"

"万岁!万岁!万岁!"

羽田尴尬的身体僵直,他行了个军礼,退回队列中。

"今晚的庆祝活动将专门向羽田大尉的勇气致敬!"

站在羽田旁边的和中几乎快因恶心而窒息。

※

一百名中国俘虏被带到广场，不幸的男孩子，大部分才十多岁，被刺刀逼着挤在一起，双手被刺铁丝反绑在背后，有几个在无声地啜泣。

高井轻蔑地指着他们。

"如果你们有谁曾怀疑我们的敌人是否真的低劣，那么现在看一看吧！我不会说看一看这些人，他们没有斗志、没有骄傲、没有荣誉。现在看看他们，看看他们的状态，还有等待着他们的命运。他们的生命配得上投降者的耻辱吗？一个懦夫能指望什么样的生活？他配得上什么样的生活？"

"永远记住！士兵们，我们武士道的信条中没有俘虏或是投降者的位置。一个战士的终极耻辱就是变成懦夫，是失去光荣死去的机会，是变成待屠宰的畜生，就像这些东西一样。不过正如羽田大尉所展示的那样，英雄将获得的是荣耀和名誉！今天你们所有的人，第十联队所有的军人都是英雄，因为你们共同取得了一个伟大的胜利！"

他对着军官们说道："上次见面的时候，我答应过你们进行一项娱乐活动——在旅团举办一次剑道比赛。这个比赛就从今晚开始！我们来看今晚谁将赢得代表第十联队的机会——谁是联队最好的剑手！浦和少佐，谁首先上场？"

"和田中尉！小泉中尉！出列。"

和中紧张起来，一丝希望温暖着他受伤的心。和田，五短三粗的身材、自大、易怒，像压紧的弹簧，有无限的攻击性。他是和中的得力助手，是他的翻版，他的门徒。

※

俘虏被分成两组，各五十人，被押着在广场的中央相距几米面对面分两列跪下。

和田拔刀出鞘，在一列的前端准备就绪；小泉舒展双臂，挥了挥刀,站到了另一列前端;高井手持秒表站在队列的另一端。

"士兵们,现在见证俘虏们的命运!准备好了吗,军官们?"

选手们点点头。

"开始!"

※

羽田与他的军官弟兄们站在一起,只能眼睁睁地看着这恐怖的景象:和田着了魔一样,像是屠宰厂里的什么机器人,挥刀精准地砍向那些头颈,干净利落地从脊椎间一挥而过,头颅似乎被从紫红肉中白骨圈内涌出的血柱托了起来,"砰"的一声砸在地上,眼睛茫然睁着,嘴巴张开舌头耷拉着。

小泉没有那么果断,有时挥砍失准,把头颅像煮熟的鸡蛋一样劈开,露出粉红色的大脑;有时只砍中肩膀,在一片绝望的呻吟和哭泣声中引起极其痛苦的尖叫。

羽田很惊讶甚至有些失望,面对这样的场景自己没有想象中的那般惊骇。每一次挥刀,每一次削砍,啪嗒声,鲜血的流淌,让他变得越来越麻木,越来越冷漠。

当和田首先到达终点时,和中兴奋得跳了起来。和田的靴子和绑腿上溅满了鲜血,他的五十具尸体大多被干净利落地斩了首。

呼喊声再次响起……

"万岁!"

※

当晚的庆功宴异常丰盛,代替清酒的是从城镇小店和餐馆里洗劫而来的白酒。敬了很多的酒——敬羽田,敬和田,敬第十联队,敬胜利,敬天皇。

羽田没怎么说话,只是点头,喝酒,在必要时站起来向天皇致敬,直到能够体面地倒头在桌子上睡去。

但是很多军官还意犹未尽，兴奋不已。

"弟兄们，"浦和少佐大着舌头说，"我们还没有受到当地人的欢迎，我们把他们从自称是第88路军的那帮土匪手中解放了出来！我想你们应该都听过那个'渔夫妻子的梦'——就是他们说的那浮世绘，江户时代那些下流画作中的一幅。知道吧？画中章鱼的臂放在渔夫妻子的乳头上，嘴放在她的下面！"

一阵醉醺醺地的狂笑。

"我们不是鱼，但我们的臂确实够多。"

窃笑。

"而且今晚在青龙一定有很多寂寞的渔夫妻子，因为她们的'英雄'已经抛弃了她们。现在让我来教你们一点中文——三个字！跟我念：看屁屁！"

"看屁屁！"

"好极了，弟兄们！它的意思是'给我们看看你的小屁屁'，这就是你们用得着的全部汉语了。来吧！还等什么呢？！万岁！"

第五章 江匪

深夜，一条平底小船悄无声息地划过扬子江平静的灰色水面，消失在南京南面一条支流河口芦苇茂密的芦苇荡中。

船上的四个男人精瘦，骨节突起，因久经风霜而变得黝黑的皮肤下布满肌肉。年龄很难猜测，应该有点年纪，但并不很大。他们的眼睛虽因过量吸食鸦片和酗酒而充血，但仍充满野性，机灵敏锐，稍有动静都会立即冷冷地看过去。他们膝盖上随时绑有一把西瓜刀，粗糙但却致命，两英尺长，刀刃锋利，刀尖加厚。

这是些靠江生活的男人，不是什么诚信的船夫或渔夫。他们是这个残酷生态系统顶端的掠食者，依靠掠夺同类——那些只能勉强糊口的农民维持生活。他们漠视一切政权或哲理，唯一的目的就是掠夺。中华民族的美德对于他们来说只是千百年前已随孔老夫子死去的东西。没有什么更野蛮的行为能满足这群扬子江大盗的贪欲了。

芦苇荡分开的地方露出一个摇摇欲坠的棚屋。它是由浮木胡乱拼搭起来的，四根木桩深深地插在河泥之中，棚屋就建在这四根木桩之上。棚屋门前有条由零碎木板拼成的小路，通向河岸。棚屋的窗前燃着一盏煤油灯，鱼汤的香味从里面飘了出来。

小船靠上了码头，他们迅速系上船绳，悄无声息地跳上了岸。

※

"……罗大哥已给这个老外的人头标了价？" 阿亮说，他像个两栖动物，独自住在这个棚屋里，将这儿当作这一段河道的交换站，交换信息和走私物品。

"没有，你他妈的，我可没这么说，"阿恭咒骂道，他是船夫头儿，"我说的是罗大哥要他的命，并派了罗小弟去做这件事。"

"你能不管闲事吗？"阿亮道，"如果我是你的话我一定不掺和罗家兄弟的事。"

"操他妈的大罗和小罗！听我说，阿亮！听我说完。"

"你说什么？"阿亮冷笑，没有丝毫胆怯。他在长江黑帮头子们的保护之下，有恃无恐，对于这些无法无天的家伙来说，活阿亮比死的值钱多了。

"我是说……"阿恭结结巴巴地说，他头脑简单，从小在船上长大，所受到的教育只包括如何在挨饿和挨打中生存下来。即使在最好的情况下，他的话也说不利索，"我说……那个……那个罗小弟和日本人搅到了一起，南京不陷落的话他是不会来的……到那时那个他妈的外国人可能早跑了。要是……要是……"

"到手的才是你的，"阿鹏插嘴。四人之中他块头最大，肩膀壮实，一张脸伤痕累累。

"你他妈的，阿鹏！"阿恭喊道，"我在说话呢！"

"哈哈哈！"阿亮冷笑，"好吧，让我来帮你说吧——你的意思是不管是谁提那外国人的头给罗大哥，都能拿到奖赏。"

"就是这样！"阿恭抽了下鼻子，对自己今天的口才颇为满意。

阿亮一只手的拇指按了按大烟枪，另一只手抚着下巴上只有三根毛的胡须，思索着。

"你知道吧，你说得有点道理。很好，我带你们去找那个老外，你们给我两成就行。别想糊弄我，阿恭，不然的话这条江上可就没你的藏身之处了！"

※

在南京，古老的城墙之内气氛已经发生了改变，昔日必胜的信念已被如今战争的邪恶气息所取代，那是一种混合了腐烂蔬菜、排泄物以及恐惧的恶心味道。

城市人口膨胀了一倍，增加的大多数为难民。第一批来自东边的几座城市，如苏州和常州，这些城市中大多数市民因恐慌而明智地抢在日本人到来之前逃离。后来的则是农村的穷人，都是些瘦骨嶙峋的苦力，皮肤被太阳晒得黝黑，全部的家当就是用扁担挑在肩上的几个可怜包袱。他们看起来营养不良，精神萎靡，神情冷漠，本已悲惨的生活如今更加苦难深重。

原本繁华的市中心变成一副荒凉凌乱的模样，甚至连落叶的颜色也变成了阴沉的战争灰。空袭带来的伤害越来越明显，夜晚街灯昏暗，既是害怕空袭，也为节约日益减少的煤和石油。

在城市周围的街角，第88路军被打散的残部设立了临时营地。夜间的寒冷让士兵们挤在一起用火盆焚烧空袭造成的碎木块取暖，一边抽烟吐痰，高喉咙大嗓门地夸夸其谈，没有子弹的步枪堆放在帐篷里。

公园和空地变成了混乱的棚户区，城中的警察也无法控制。建筑物旁搭满了简陋的棚屋，让难民们躲避日益频繁的秋雨，也堵塞了窄街小巷。沿着人行道满是乞丐，伸着手徒劳地向行人乞讨。

由于日本海军对长江下游的封锁，所有的商铺都空空荡荡。袜子、肥皂、牙膏、烟草、盐、糖都已变成奢侈品，它们本身也几乎成了流通货币。肉类匮乏，几乎买不到牛奶，在粮油店门口等待购买的队伍足有几百米长。大米限量供应，每人每天只能买半磅，并且只能凭城市口粮卡供应，外地来的农民没法弄到这个。

❊

这天早晨，在市中心的市长办公室又举行了一场国际社区会议，会上第一夫人再次重申了委员长的保证，说南京是安全的。不仅因为日本人无法跨过在苏州西面那被中国政府和国际舆论乐观地比作兴登堡防线[1]的纵深防线，而且就算这种无法想象的

---

[1] 兴登堡防线：指第一次世界大战期间，德国西线指挥官兴登堡为防御协约国军队而构建的防御工事。

情况发生了,一支应召而来的增援部队已赶往长江下游,前去加强城市防卫。当日本人来到的时候——尽管这不大可能——中国军队的人数将以四比一压倒他们,足以获得一场决定性的胜利!

市长还说到,政府将打开储备粮库,以供应激增的人口。另外,额外的食品将从西部城市武汉和重庆调拨过来,所以这座城市的生活将很快恢复正常。同时,他们也敦促国际社区恢复对政府的信心,尽可能保持正常的生活。

就在威妮弗雷德夫人向市长追问如何应对刚出现的人道主义危机的细节时,又一场日本空袭让会议草草收场。

❊

通常情况下,在南京市中心漂亮的街道上如果出现几个蓬头垢面的人,一定会立刻引起注意。不过这一天,五名江匪轻松地混在了潦倒的难民群中。

阿亮没费多少工夫就弄到了今天外国人将聚集在中山路市长官邸的消息,这伙人躲在街对面人行道上监视着对面精美宅邸中的一举一动,这座房子是市长的住宅兼办公处。当日本飞机来轰炸的警报响起的时候,江匪们镇静地看着那些富有、虚弱、绵软、骄傲的外国人从楼房中匆忙跑出,钻进在门口等着的豪华轿车。他们寻找的某个高个子年轻人应该就在这些人当中。

果然,一个高大的外国人沿市长官邸台阶摇摇晃晃地下来了。

"看!"阿恭说,"就……就是他!"

"不,等等!"阿亮说。

先后走上街来的不是一个而是两个外国人,相貌都差不多,两人现在站在一起,都符合那个描述——很高,强壮,白人,约三十岁,都戴着相似的帽子,穿着相似的西装。事实上他们看起来就像双胞胎。

"他妈的!他们说是一个'高个美国人',"阿恭结巴道,"这样的混蛋有多少啊?"

"等一会儿,你妈的!"阿亮诅咒道。

就在他们观察的时候,这两个外貌相似的外国人在人行道上攀谈了起来,其中一个抽空点燃一支雪茄吸上,并吐出一缕烟。

"罗大哥有没有说到雪茄?"

"雪茄?他妈的,你在想啥呢?"

"再等等……"

一辆黑色豪华奔驰轿车来到路边,车前有一支小旗——红底,中间一个白色的圆圈,圆圈里是一个黑十字,阿亮认出来那是德国的旗子。抽雪茄的男人钻进车里,坐在一个略矮一点,年纪大一点,戴眼镜的男人身后。另外那个高个子年轻人则独自沿人行道离开。

"就是他了,"阿亮说,"记住,是戴棕色帽子的,不是黑色帽子。"

"好!我们跟……跟……跟着他,把他解决了!"阿恭结结巴巴,因鲜血和金钱的味道而兴奋起来。

"不,"阿亮说,"不能在大白天下手。你不知道周围有谁会看见你,到处都有探子,最好等到天黑以后……"

日本轰炸机的声音因逼近变得越来越清晰,江匪们混进人群里,朝河岸跑去,他们躲在那里的护墙下,直到危险过去,夜幕降临。

✽

当瓦格纳到达国立大学的时候,空袭已经结束了。这次的空袭轻微而零散,主要集中在东边的军营,其目的可能是侦察中国方面的军力,并使人心不稳。

她已经到了,正在等他,表面上看像是在防空洞附近的花园里散步。

她穿着一条和上次相似的长裤,不过蓝的色调不一样,几乎是农家风格,但质地是精美的丝绸,穿在身上有一种微妙的优雅和风度。今天她的头发用一个漂亮的蝴蝶珠宝发卡束了起来。

"嗨,"他的声音有点犹豫,有一点点紧张,"很高兴再次见到你!你想去哪儿呢?"

"你上回说这个城市有许多可看的地方,"她说,用大胆隐藏起内心的紧张,"带我去看啊!"

"步行你不讨厌吧?"

"我的生活就是训练嘛!"

"那好,我们去石头山怎么样?"

石头山是一座三百英尺高的红土山。距国立大学不到一英里,位于广州路的最西端,在城墙圈内那儿地势最高。山的周围是一道护城墙,入口是一座三拱城门,上有重檐门楣。他们走进城门,里面的时间似乎停滞了,沿着一条陡峭未加铺砌的路走进一处古老的民居群落,焦茶色的房屋,屋檐卷曲,装饰着精美的木质雕刻。屋前有人俑和石狮守卫着,几匹驴子大小的石马作嬉戏状,上面涂着石灰,奇形怪状的岩石从红土地里戳出来。

"我从没来过这里。"她说。

瓦格纳微笑着鼓励她。

"真的吗?这里是南京最早的中心。是两千年前吴国的国王建造的,我们刚才经过的就是吴国的城墙,我觉得差不多有三英里长。"

"这是不是很奇怪,"她说,"在自己生活的城市里还有从来没有去过的地方。"

"哦,你是本地人!但你住宿舍,是吧?"

"他们让我们住那儿的,不可以选择。"

"你的家人住在这座城市?"

"是的,我的爸爸和弟弟。"

他们继续走着,在爬上一段穿过茂密树林的石阶,林中有松树、竹子、樟树等。林中生机勃勃,看不见的鸟儿在歌唱,时不时会有只鸣唱着的歌鸫从他们眼前一掠而过。

"那么你是怎么成为一个舞者的？"

"我妈妈在弟弟出生时就去世了，我父亲独自养育两个孩子很不容易。我五岁时他就把我送进了国立舞蹈学校。学校在城市的另一边，但至少我们过一段时间可以见一次面。"

他们来到一座小庙宇前，四周有围墙，围成一个小院，院墙的门是圆形的。瓦格纳推动狮子头形状的门鼻，打开门，他们走了进去。大殿中央是一尊坐佛，状如富态的年轻男子，戴着珠串头饰，衣领低垂，正认真地看着它脚下瓦盆里的火焰。女孩拿起一炷香，就着火焰点燃，然后双手合十捧着燃着的香，跪下祈祷。

瓦格纳站在一旁静静地看着。

过了一会儿，她睁眼站了起来，眨了眨眼。第一个映入她眼帘的是瓦格纳的微笑，她忍不住也微微一笑作了回应。

"对了，我叫哈里·瓦格纳。不好意思，我还没问过你叫什么名字。"瓦格纳说着，露出他那期待的笑容。

"我叫陆飞妃。"

"飞妃，"他重复道，"很好听的名字。"

她拿起一根小树枝在地上写给他看。第一个字像七，但向下的一笔折向右，还带一对小小的翅膀。第二个字左边是个女字，右边有个反写的数字五。

"我认识第一个字，"瓦格纳说，"是飞翔的意思，对吗？"

"对！第二个字是女人和责任，放在一起的意思是'公主'。"

"飞翔的公主，简直完美地描画了你的形象！你的父母当初怎么会知道的？"

"这不是知道不知道的事儿，更像是创造。我们中国人认为，你想让孩子长成什么样就给他取什么名字。"

"嗯，在你身上这显然是应验了。"

他们继续朝山上走,渐渐地在树丛间可以看见高大的明城墙和护城河,也称内城河。

"你呢?"她问,"你的家乡在哪里?"

"我?啊,美国,具体说是芝加哥。"

"芝加哥……芝加哥……这地方我从来没听说过,那里和这里区别很大吗?"

"很大区别?有也没有,我觉得。"

"什么意思?"

"嗯,那里更大,可能人口是这里的三倍。那里还比较新,只有一百年的历史,真的!有很多高大的建筑,非常高,高得人们称之为'摩天大楼'。"

"比国民大会堂还高吗?"

"哦,是的!高多了,有些建筑比这座山还要高。"

"那很不一样!简直不同级别啦。那么有什么相同的地方呢?"

瓦格纳扬起头,下巴略向前伸,同时组织着他的答案。

"嗯……都有很多勤劳的人,辛苦工作赚钱养家,努力创造更好的生活,希望能够健康幸福。"

她注视着他。

"那你的父亲呢?"她说,"他做什么工作?"

"我爸爸?哈哈!他酿造、售卖啤酒。"

"卖啤酒?他有钱吗?"

"有钱?这个我不知道。我想和多数中国人比,他算有钱的。不过和芝加哥的有钱人相比,他很穷。"

"那你喜欢喝啤酒吗?"

"当然,我喜欢啤酒。"

"你能喝很多啤酒?"

"很多?那倒不是。我喜欢来杯冰啤酒——但我更喜欢来一杯上等威士忌。"

"威士忌？那是什么？"

"有点像中国的白酒。"

"你喝了酒会不会呕吐、醉倒，像那些中国男人一样？"

"醉倒？哈哈！在我印象里还没有过，也许是因为我当时喝得太醉不记得了！"

他摸摸自己的上嘴唇，好像在让自己闭嘴。

"不好意思，我原想开个玩笑的，不过我不应该开玩笑——我的中文不是很好。"

她朝他扬了扬眉毛。

"那么你结婚了吗？"

"结婚？哈哈！没有，我还没有结婚。"

"真的吗？那可是一个问题。"

"一个问题？为什么是问题呢？"

"男人应该在二十六岁之前结婚，你不止那个岁数了吧。"

"没大多少！"

"够大的了，我能看出来——你已经开始脱发了。"

瓦格纳做了个鬼脸，这有点伤自尊呢！

"好吧，我30岁。但在我们国家，如果你没有准备好就不需要结婚。"

"那么你为什么没准备好呢，瓦格纳？你不喜欢女孩子吗？"

他微笑着。

"是我邀请你来这里的，不是吗？"

"那你希望从我这里得到什么？"

"得到什么？哈哈！没有什么，真的，什么也没有……不过我觉得我想要成为你的朋友，如果可以的话。"

她垂下眼睛。

"朋友？我的朋友是舞蹈团里的女孩子们。你知道在中国文化里这有点奇怪,一个女孩和一个男人在一起散步聊天,别人看来就像……情侣一样。"

瓦格纳感到身上一阵燥热。

"嗯,是的,这我明白——在中国的文化里,也许是吧。但在世界其他地方,一个男人和一个女人在一起玩儿并不是件奇怪的事情。"

瓦格纳觉得她是在试探他,便回问她。

"那么你怎么想的?你今天为什么会跟我一起来这里?"

她没能立刻回答,看样子他问到点子上了。

"好奇嘛。这很自然,不是吗?我只是想有更多的经历,你明白吗?我对很多事情都感到好奇——比如跟你聊天。"

他们来到山顶,这里的树林被清理掉了。在山峰处建造了一处新的混凝土炮台,安放了一门德造30型防空炮。从这儿瓦格纳能清楚地看遍这座城市,从鼓楼、国民政府和国民大会堂一直到东边的地平线,都在烟幕笼罩之中。

瓦格纳愣了一会儿,思索那意味着什么。十或二十英里远?大炮射击范围?日本人肯定不会已如此逼近了吧?

不,很可能只是秋收烧秸秆所致,农民用火烧掉田地里的庄稼茬,然后将灰烬翻耕进土地来肥沃土壤。

但这烟雾看起来犹如一堵坚实的墙,火焰延绵数英里。

"我们该回去了。"他说。

他们朝山下走去。

回去的路很潮湿,地面的沙土泥泞松软。在一个陡峭的地方,她那轻便的练功布鞋没抓住地,脚下一滑,脚尖踢在一个树根上。

"哎哟!"

瓦格纳扶住了她的胳膊。前面不远处有一个小凉亭,吴国式的屋顶上铺着褪了色的灰瓦,檐下开裂的深红色横梁支撑着华丽的几何形装饰檐板。他扶着她走进亭子，在粗糙的木凳上坐下，轻轻褪下她的鞋。

她的脚和她全身一样完美无瑕，皮肤如丝绸一般，脚趾堪称人体素描的理想模板，个个都有完美的形状，大小以数学般的精确依次递减，就像俄罗斯套娃，这小小的脚趾每个都有自己的特性。

令他惊奇的是，她的脚趾甲涂了一层暗红色的指甲油。他扬了扬眉毛。

"是啊，"她说，"我知道，我也不喜欢，感觉自己像个妓女似的。可这是工作，是我们演出服的一部分。大多数的舞蹈都要求赤脚，一切都是强制执行。"

她右脚第二个趾头刚才撞到树根擦破了，从白皙的皮肤下渗出针头大小的一滴血。本能地、毫无理性地、出于保护她的冲动，如同在防空洞里为她戴上帽子一样，瓦格纳抬起她的脚，分开脚趾，用嘴吮吸受伤的那个脚趾来止血。

她平静地看着，没有挣扎。

"在你的国家这是朋友之间会做的事吗？"她说着，挑起一只眉毛。

突然间他觉得自己像个傻瓜。

"非常要好的朋友。"他说。

两人都笑成一团。

＊

他们来到女生宿舍门口，是分手的时候了。

想吻她的冲动难以克制，自从第一次在舞台上见到她，他就一直想吻她。但这是在中国——周围有人，总是有人。而男女之间的行为就如她所说，是有规矩的、强制的、受控的。

他不知道该怎么做，于是伸手去握住她的手。

"谢谢你陪我度过了美好的一天。"他说。

他最后是用拇指和食指握住了她的中指。他能感到她半透明皮肤下血脉的跳动,她过了好一会儿才抽回了手指。

"听着,飞妃!"他说,"你必须离开南京,日本军队就要来了,会非常危险的。"

"我做不到。"她说。

"为什么?这是什么意思?"

"你不了解我父亲,他永远不会离开这座城市的。"

瓦格纳停了一会儿才开口,以示尊重。

"你父亲知道其中的危险吗,尤其是像你这样的女孩?"

"哈里,你不明白。他和我弟弟是这个城市的一部分,他们是绝不会离开的。"

"他会让你走吗?"

"我怀疑,不过你为什么不自己去问他呢?"

"你当真?"

"当然,来喝茶吧!下周日好吗?我在这里等你,同一时间。"

她给了他一个飞吻,消失在楼道里。

※

那天晚上,在金龙大酒店一个豪华包间套房的前厅里,五位大人物围坐在一起,边拼命抽烟边用急迫的语气交谈着。

他们都是秘密社团蓝衣社的成员,这个组织因与军队和国民党的联系而进入权力圈中。这五人都是政府情报机构"百人联盟"中的关键人物,包括首脑和主要谋划人杜伟;国民政府警卫司令王东辉上校;南京市警察局局长李金涛上校;以及南京市市长马路。今晚的贵宾是刚冒着危险从上海飞来的高级难民——上海市警察局包鹏尔局长。

他们的女伴——都不是他们的妻子——围着一个巨大的红木玻璃咖啡桌坐着,边喊喊喳喳交谈边品着精美的茶。她们都年轻而迷人,丝绸旗袍紧贴身体、开衩直至大腿,完美地衬托出她们的身材。在她们中有来自上海的交际花刘小丹,包胖子的情妇。能稍胜她一筹的,只有漂亮的情歌歌手沈梦月,这是掠食者杜伟的最新战利品,年龄只有杜伟的一半。这两个女人相互用嫉妒的眼光打量着对方。

通往餐厅的那满是精美雕刻的双开大门缓缓被打开,露出一张巨大的圆形餐桌,桌旁摆的是丝绸软垫的高背椅,桌上布满了美味佳肴,各式江鲜——用不同方法烹制的鸽、鸡、鸭等,大豆酱制五花肉,香辣牛肚,南瓜粥,各种蒸或炒的江鱼,香辣大虾,醉河虾,还有毛蟹。

他们在桌旁安顿下来,女人们坐一边,男人们聚在另一边,方便相互敬酒。

"欢迎你,包兄弟!"杜伟亲切地说着,轻敲酒杯宣布开席,"在南京处于危急关头之时你加入我们,我赞赏你的勇气!让我们一起为了包兄弟和可爱的小丹,干杯!"

大家都喝了,酒杯刚空就又被斟满,他们的身体和兴致立刻被浓烈的茅台酒点燃了。

"那么有什么上海的消息呢,包兄弟?"杜伟问。

"兄长,两个字——地狱!人们乱作一团,希望能在天杀的日本人刀下逃得一命。"

"我们也听说了,"杜伟装腔作势地说,边用筷子灵巧地拨弄着几只醉虾,这生鲜小甲壳动物就是一团甲壳、腿和须,几乎无肉,用盐水和酒腌泡得又咸又呛。"我们的黄教弟兄呢?他们怎么样啦?"

从末代皇帝垮台以来,一张复杂的同盟和秘密社团网出现在中国,日本人打进来之后,这一现象有增无减。其中一个的成员是一帮船民,由一个异想天开的自助互保的伪宗教维系,已发展成中国东南地区主要的犯罪团伙,那就是黄帮。

把这个黑社会组织称作"教会"是其开山祖师罗太祖父的创意。这也许是对那些来华传教的外国慈善家的一种嘲讽,对这些外国人他的盟友在北平义和团暴乱期间可是要大杀特杀的。又或许这是一种貌似道德、和平和友善的障眼法,用来掩盖他们掠夺金钱和权利的真实目的。杜伟本人便是从这一帮派中起家,从一名街头小混混爬到老大位置,随后成为极端民族主义组织蓝衣社的成员,进而成了这个国家安全机构的头。现在政府各部、军队和警察局中都充斥着黄帮的身影,所有高价值的犯罪事业,从赌博到卖淫再到大规模鸦片贸易,都在黄帮的控制之下。黄帮大佬得到政府的默许,可以保证自己花天酒地、挥金如土的生活,在这之外的利润必须向政府交税,用以对抗日本人。

包局长坐立不安起来,其他客人的眼睛都盯着他看。他知道这个问题意味着什么,所以小心谨慎地回答。在圆圆的、猫头鹰眼睛般的眼镜后面,他脸上毫无表情,不动声色。

"嗯……日本人虽然声称厌恶毒品,但已经开始抢他们的生意了。"

"这正是我所担心的,"杜伟说,"关于罗大哥我们听到了许多,那都是怎么回事儿?"

包局长够机敏,明白杜伟已经知道答案了。

"恐怕不怎么好。他把宝押到侵略者身上了。"

"肮脏的叛徒!"马路嘘道。

"卑鄙小人!"王上校诅咒。

"混蛋!"李局长也应和道。

杜伟达观地摇了摇头。

"正如人们所说——战争就是地狱。它会对人产生奇怪的影响,薄弱的环节迟早会断裂。"

他转移了话题。

"那些该死的外国人呢?他们怎么样?"

包局长似乎松了口气,鄙视外国人是一种受欢迎的消遣方式。

"啊哈!"他哼了一声,"该死的法国人恨不得能早点跟日本人合作,好保住自己的屁股,继续在租界养尊处优。该死的英国人看着日本人在外国人居住区横冲直撞,只能吹胡子瞪眼睛。"

"哈哈哈,美国人呢?"

"该死的美国佬一直很低调。他们的炮艇停在江上,可人大多数都跑了。"

"是的……"

包胖子看到这是将谈话进一步转移到更惬意话题的时机。

"对了,"他说,"说到美国佬,听说罗大哥和他们中的某一个结下了梁子。他们说他悬赏找一个'高个儿美国人',这人把他老婆睡了。我调查过,这个外国人不在上海,至少眼下不在,可能是在这儿?"

他瞥了一眼杜伟,他正专注于筷子,神色丝毫不动。

"你真得尝尝这螃蟹,包兄弟!一旦吃了这个,其他什么菜都没味儿了。这可是用南瓜、玉米、鱼和海螺喂养大的。相信么?这些螃蟹吃的可比南京的老百姓好多了!你吃吃看,蘸点姜丝和黄酒醋。"

杜伟做了示范,他挑选了一只茶碟大小的螃蟹,小心地扒开腹部的螃蟹壳,露出蟹黄,接着扔掉绿色的腮和纠结在一起的蟹脚,剥开蟹壳,将螃蟹身子从中间折断,倒进一调羹调料汁,吸吮鲜美的蟹肉。

包局长的情妇刘小丹点燃一支香烟,吐出的烟圈飘过了餐桌。警察局李局长忽然心血来潮,似乎要拿她说事儿了。

"这就是他们说的上海女孩啦!"他说道,薄薄的嘴唇挤出个假笑,"自由的女性!你会注意到我们南京的女孩不会在公共场合吸烟——这可算不得淑女风度。"

"不错啊，李叔！"小丹反击道，"你的话说明南京依然只是个小城市，虽然它自称首都。掌了十年的大权，但还是落在了时代后面，领教啦！"

她的话把李金涛呛得哑口无言，他眼神冷冷的，笑容僵在了脸上。

杜伟做起和事佬。

"得啦，李兄弟，咱们应该做个好主人嘛！可爱的小丹说得也有点道理，我们这些在南京的人肯定有很多可以向见多识广的上海人学习的地方。"

小丹得意地一笑，一口烟重重地吐向李局长。

"梦月，"杜伟转向他的情人，"我们现在要抽雪茄了，带女士们去前厅吧！那儿有一瓶上好的梅子酒，我想你们会喜欢的。"

女人们优雅地起身离开座椅，依旧叽叽喳喳地说着话，跟在沈梦月身后。两名头戴小绸帽、身穿长袍的高个儿年轻男佣在女士们离开后关上了门，随后来到桌前，一人手托银盘，上面有一盒古巴雪茄，另一人手拿一只金色的打火机。

不用任何指示，两人分别站在今晚贵宾的左右两边，头一个男佣将托盘放在桌上，从盒子里抽出一支雪茄，用金剪剪去雪茄头。大家都专注地看着，包局长尤其如此，他拿起雪茄叼在嘴里，用手掌护住，等着佣人为他点燃。就在这时，那"男佣"——实际上是国民政府警卫中的功夫高手——闪电般用掌根一下将雪茄直塞进包局长的咽喉。第二个"男佣"几乎在同一瞬间抓住包局长的两只手腕猛向后拉，将他的胳膊反扣在椅背上。包局长还来不及痛苦尖叫，第一个"男佣"已将绣花丝餐巾揉成一团塞进他的嘴巴，再用一根丝穗带绕过他的脑袋固定好，接着拿起打火机，在他的下巴下点燃。另一个"男佣"则将包局长反扣的胳膊扳到一个令人难以置信的角度。

随着包局长的下巴开始冒烟，人肉燃烧的味道飘散开来，包局长的身体顶住座椅背猛烈地挣扎，脸色迅速地从粉色变红变深褐最后变紫。他想喊，却发现自己快要窒息了。

其他四位来宾坐在座位上，一动不动，杜伟开了口，脸色平静，如同狮身人面像。

"包兄，我听说在上海码头有一大批鸦片消失了。有这么回事吗？"

包局长在座椅上猛烈扭动，可手臂被牢牢扣住，动弹不得。制服裤子已经因为失禁湿透了，他几乎要失去知觉，那种痛苦绝非装得出来，他点点头。

杜伟示意侍卫灭掉打火机。包局长的脸上罩满愤怒和痛苦，鼻孔张大，拼命吸气。

"感谢你的诚实，兄弟。喏，我希望是我弄错了，但有谣传说这批货已到了日军手中。是这么回事吗？"

包局长差不多要窒息了，眼皮下垂，鼻子里吹出血泡，油滴从他烤焦的下巴上落下，最终他有气无力地点了头。火焰熄灭，胳膊也放松了点，包局长伤心地哭着，几乎就是浸在自己的鲜血里了。

"这真的让我非常失望，"杜伟说，"现在我只有一个问题了，我需要你老实回答！这个交易是你亲自批准的吗？"

包局长向四周看了看，露出绝望、恳求的神情，可发现回答自己的只有无情的敌意。行刑者再次动手，包局长在脸被火烧着之前疯狂地点头，证实了杜伟担忧的事。

"很好，包兄，"杜伟摇着头说，"我还有更多问题需要讨论，我想最好是去李兄的总部接着谈。马兄，请替我们向女士们道歉，告诉她们我们去处理紧急公务。"

倒霉的包局长被国民政府警卫"男佣"拉着或者说半拖着，穿过隐藏在一幅山水画后的门进入服务通道，杜伟、王上校和警察局李局长跟随其后。

使馆区周围如今由于财富高度集中,原本安静的街道已变成一片临时的菜市场。人行道上挤满了农民,在贩卖一切可以食用的物品——成袋扭动的蛇或挣扎的龟、兔、狗、猫、老鼠、死了的或是活着的小鸟、各种各样的绿色蔬菜或野菜,直到最常见的草,甚至也能看到像一根甘蔗或一个苹果这样的奢侈品,但你可能需要拿黄金去买。

瓦格纳在漆黑的夜里走回美国公使馆,这时小贩们正坐在他们的篮子旁,靠着街道两旁大楼的墙壁打瞌睡。当晚没有月亮,僻静处的阴影让这座过度拥挤的城市显得更加压抑沉重,人们因绝望而造成的犯罪率正迅速上升。

瓦格纳被困在路中间,他想尽快走出这里。来到一个转角,他发现这个窄巷子被一个空的农用推车堵住了,那车看起来无人看管,车把朝下倒架在那儿。他朝四周看了看,车主应该就在附近。如今在这座城市里谁也不会把东西放在自己视线以外,任何东西,尤其是吃的,大白天的都有可能被人从手中夺走。

接着他看到了那几个家伙。

他们从后面跟了上来,一个站在四点钟的方向,一个则在八点钟方向,阴险的小个儿乡下人,脸隐藏在竹笠下,手里握着一把长刀。瓦格纳转身面对着他们,同时瞥了一眼四周——一定有诸如棍子或者石头之类的东西可以让他用来抵挡这帮亡命之徒。朝那辆推车的把手狠跺一脚能不能弄一只下来?他试了一下,可那干木头只弯了弯,没有折断。

瓦格纳扯下外套,把自己的左前臂包了起来。那刀看起来很沉,像样地一挥也许就会砍断他的手臂。这比一无所凭要好一些,并且还有机会抓住那武器,至少夺过一把刀,希望是两把。他摆好架势,双腿微微弯曲,右臂屈起,准备出手⋯⋯

耳边"呼"的一声轻响,一根绞绳从背后飞来套住了他的脖子。粗糙的麻花皮绳像钢箍一样扣住瓦格纳的喉结。他的右手回抓，但慢了一步，手指扣住绳索，徒劳地对抗着那令人窒息的力量。瓦格纳拼尽全力将双肘向后猛击身后那看不见的敌人，可对方就像一只猴子，小巧灵活，不可思议的有力，就像附在他的背上一样摆脱不掉。瓦格纳像只公牛一样猛摆身子，心脏剧烈地搏动，但是脖子上勒着的绳子使他脖子上的青筋暴起，供不上血，喘不上气。

渐渐地，一个黑圈从他视野的外围向里收拢……瓦格纳在搏斗中耗尽了最后一丝氧气，他绝望地咒骂着自己的愚蠢，陷入了昏迷。

第六章　慰安所

新加坡时报，1937年11月16日

中国"兴登堡防线"坚强依旧挡住了日军冲击

今晚日军发言人宣称，正试图攻破沪宁之间防线的日军部队拿下启兴城门，该城是中国"兴登堡防线"南边的拱顶石。

中国发言人说，在七星桥一带发生了激烈的交火，日军在此受到阻遏，未能沿沪宁铁路向西推进。中国军队在20架战机掩护下发起了反击，正拼死奋战。日本人称中国人的防线因周围湖河水网而得到加强，共有12万人防守，还有10万此前被击败的部队正在重新集结。与此同时，一支由70艘日军战舰组成的舰队正炮轰南京下游90英里处的浮山，中国在此沉下船只封锁了长江……

✻

在一个清冽、晴朗的十一月早晨，浦和王子少佐和羽田大尉一起走进一座残破的豪宅大院，这里曾防卫森严，院里的杀人木桩上仍绑着当地名人的尸体，已让喜鹊啄烂了。他们走过院子，爬上一段裸露的楼梯，穿过一面摇摇欲坠却居然未倒的墙，进入楼上的市政办公室。这座院子及其周围的建筑物现已用作日本皇军东北旅团的司令部。

一张传统式样的樱桃木大书桌上满是石灰碎屑，桌后是一个砸裂了的多宝橱，里面塞满了玉石饰件、明代陶瓷、一瓶瓶陈年美酒。桌边太师椅上坐着蒙面太君高井中佐，他严厉的四方脸上罕见地挂着不自然的笑容，表情显得柔和了一些。

坐在对面一张完整的客座上的是一位陌生的军官，佩关东军徽章。

"诸君，"高井说，"我今早召集大家来这里，是因为我们接到了一个非常特殊的任务，它对于提升战斗人员的士气至关重要！请允许我向你们介绍军医石川少佐。"

当这个陌生人从座位上猛然起立时，羽田注意到他身材高大，约有六英尺，一张傲慢自大的脸，倒竖的唇须被精心修剪过。还有那是……古龙香水的味道吗?

没有问候和开场白,石川对着羽田头顶的空气讲开了,其间那吸气声听上去像是在呻吟:"诸君想必都知道,我们武士道传统规定武士必须每天使用女人的身体播撒种子。缺了这一必要之事,他的男子汉气概和战斗精神将受到考验。这就是江户,即幕府时代的首都、现今的东京,成为我们所谓水世界之中心的原因。水是生命生存所必需的物质,艺伎的水世界、慰安所以及所有的肉体欢愉,对于武士道战士来说就像水一样必不可少。由于天皇陛下的士兵如今都被视为武士,皇军大本营决定,向他们提供服务满足其男性需求,以确保作战的效力。当前在这些脆弱的中国防线前出现战斗胶着,这表明对武士道精神的注入尤为迫切。因此决定每个旅团都将拥有自己的'水世界',我们将称之为'慰安所'。但谨慎是需要的,这样的设施必须小心控制。当地的女人就像动物,肮脏并多带有疾病。这就是为什么关东军防疫和给水团将监督设施建设的原因,要确保不会给士兵们带来进一步的健康风险。你们知道,我们从大量医学研究工作中掌握了必要的专业知识。并且,一旦运行起来,由于这些设施的脆弱性及独特的价值,需要加以小心谨慎地管理和保护。"

石川瞥了一眼高井,后者随即宣布:"……浦和少佐有个很好的主意,羽田大尉,鉴于你和你的中队在战斗中的杰出表现,你们将获得奖励,承担这个任务。"

连蒙面太君都忍不住露出一丝笑容。

"你这一仗打得真好,羽田!好像'金风筝'还不够似的,"他咯咯地笑了,"我相信你明白这令人羡慕至极的任务其中的好处。"

浦和也热切地加入高井的打趣中来。

"没错,羽田君——别忘了谁是你的朋友!第十联队万岁!哈哈哈!"

羽田敬礼，勉强挤出一丝笑容。

※

选来用作慰安所的房舍位于城镇的边缘，是一座很好的别墅院落，曾属于当地一位实业家，不知怎地躲过了战火，完好无损地保存了下来。羽田和军医石川少佐去那里时乘坐了一辆帕卡德轿车，这是战利品，车身上草草涂有"731部队"标识。这个名字，或者说这数字，羽田似曾相识——和南满铁路有关，他这样猜想。

他们走进院子，迎接他们的是一个五短三粗的男人，年龄不到三十，光头被刮得锃亮，脖子和手腕上的文身清晰可见。他谄媚地连连弯腰鞠躬，同时用日语向两位军官问候。

"这位是小罗，"石川说，"他是天皇忠诚的仆人，他和他的家族在上海为我们做了出色的工作，现在我们把他带到这里，因为他知道我们应该如何完成这项工作。小罗将根据我们的指示建立和管理慰安所。羽田，你的职责是守卫这里和里面住的人。清楚了吗？"

"是，长官！"

"很好，那么我就把这里交给你们了，你们俩去做必要的安排。关键要快！已有一列火车从满洲里经上海驶来，载来我们的第一批……艺伎。"

这个词让石川笑了起来，小罗也在偷偷地笑。

"……所以设施必须准备好，动手吧！"

※

石川离开后，羽田花了一些时间来适应这让人不知所措的状况。迄今为止他所遇到的中国人都是敌人——囚犯、被处决的受害者，还有被看作不如动物的邋遢平民。现在他却被命令和这么个……恶棍共事。

"你叫小罗——对么？"

"是的,老大!"小罗用粗野生硬的日语回答。

"你效忠日本天皇,小罗?你,一个支那人?"

"是的,老大。我,还有我的家族,都效忠天皇。建设新的中国,好事!委员长,不好!偷钱,妈的。万岁!呵呵……"

小罗低眉垂眼,小心地瞥一眼羽田,看他的话产生了什么效果。

尽管如同一般日本人一样,羽田讲究礼貌,喜怒不外露,但他仍很难掩饰对小罗的厌恶。

"你的'家族'?"

"是,老大!黄教,我们家族。很长历史,从罗太祖爷爷就开始了。我们是船民,在运河、大江上干活,在码头上干活。船上生意就是我们的生意。但现在政府都改变了,征税,把生意给别的外来家族。拿钱,坏事。我们喜欢日本!杀掉委员长,让黄教做船上生意——大米、油、鸦片,呵呵呵……"

他又翻起眼睛朝上瞥了一眼羽田,揣摩他板着的脸。

"我们喜欢日本。天皇万岁,一万年!"

羽田哼了一声。

"很好。小罗,说说你要干的活,我需要知道哪些?"

"好的,大尉,你交给我!我挑选好姑娘给军官,特别的,呵呵。军官晚上来,周末来,玩得开心,玩很久。士兵白天来,小兵上午,军士下午,一个小时,不能超过。你不用担心,我保证姑娘不出问题,没有麻烦。有麻烦,我料理。"

羽田仔细地琢磨这矮个子皮条客的身体语言。他知道小罗所谓"料理"指什么。好吧,他们会关注这一点的。

"你需要姑娘工作,她们可以工作。"

"做饭?"

"做饭,洗军服,埋死人,不工作的时候她们啥都能干。"

"她们什么时候休息?"

"休息?呵呵,这是中国,老大。"

"那么卫生呢？保持清洁？少佐说过我们必须照顾她们的健康——为了部队。"

"每月一次澡堂，没问题！小兵每次付半日元，我管钱，给她们买衣服，买化妆品，让她们可爱，呵呵……"

低眉垂眼，探究的眼光……

"也有避孕套，药水。军队给钱，我照顾，保持干净没问题——相信我。"

不会有那一天的！羽田想。

"很好，小罗，你现在带我看看这个地方。带路……"

*

天气变得阴冷，小雨下个不停。

随着扑哧扑哧喷出的黑烟，一列巨大的黑色南满铁路4-6-4型火车小心翼翼地驶来，南京铁路是在弹痕累累的线路上重新铺的。火车驶进已成了废墟的七星站，机车颤抖着冒出一阵蒸汽，停了下来，它拖挂的车厢一直延伸到站台尽头以外很远。

羽田设法弄到了两辆军用卡车，卡车车厢上用金属支架撑起了帆布篷，用以运输、保护他的贵重货物。到达站场后，他和石川、小罗和金子领头，后面是一队士兵，都扛着上了刺刀的步枪，大踏步走在铁道边泥泞崎岖的路上。他们走过一节又一节似乎没有尽头的平板车厢，上面满载轻型坦克、野战炮、弹药车、油槽车、稻米储罐和装满牛、马、鸡的牲畜车，最后，几乎到了列车的尾部，在高射炮车前有一节单独的闷罐子车厢，上面有731部队的标识。

起初，里面一点声音都没有，火车押运员开始打开门锁，这时车厢里响起撕心裂肺的哭喊声和哀号啜泣声。日军官兵面面相觑，被这突如其来的声音吓了一跳。

封条被撕下，车门打开，可以看见里面有几十个年轻女人，有些躺在那儿昏迷不醒，另一些蜷缩在角落里，衣服又脏又破，她们显然都痛苦不堪、不知所措。

一阵刺鼻的气味迎面冲来，士兵们蹙眉皱脸倒退了一步。羽田擦去眼镜上的雨水，之后屏住呼吸朝黑暗的车厢里看去。当他的眼睛适应了以后，他发现可以分辨出那些中国北方女孩，高一些，苗条一些，五官更加分明。还有那些朝鲜女孩，胖一点，长相普通，看上去惊人地相似，似乎是一群姐妹或表姐妹。

"不错的样本，不是吗，大尉？"石川说道，满意地哼了一声。

"水！水！"一些女人哀求着，其他的只剩下啜泣呜咽的力气。

"好了，你们已经到了，起来！"小罗用汉语和日语朝她们喝道。

女人们没有动。要么是因为动不了，要么是太害怕。

"中尉，让你的人把她们弄出来！"石川说。

金子看了一眼羽田，他微微点了点头。随后金子下令："铃木，池田，进车厢，让她们出来！"

"要小心！"羽田加了一句。

士兵们爬进车厢，用刺刀尖去戳那些不肯出来的女人。新鲜空气和光线让那些昏迷的女人恢复意识，在其他人的搀扶下站起来，士兵把她们送下去给小队里其他的士兵。剩余的女人一个接着一个爬出车厢，被下面等着的士兵抱下去。

羽田又看了一遍车厢内，确保没有遗漏下一人，他注意到木地板上的粪便都整齐地堆积在一个角落里，还有一串血滴一样的痕迹通往另一个角落。他继续寻找，隐约看到了一个女人蜷缩在角落里。

"还有一个在那边角落里——把她弄出来，池田！"

士兵走了过去，用刺刀戳她。她哭了起来，但仍旧不动。

"起来，动啊，快点！"他喊道。

池田把枪放下，抓住她的肩膀把她拽起来，拖着朝门边走来。

就在这时，她长号起来，声音极度的痛苦。

羽田看到她胸前紧紧搂着一个小小的紫色物体———一个玩具，布娃娃，他猜想。但是当她来到光亮处时，他惊骇地发现那是个婴儿，看样子已经死了。

看到这个，小罗便跳上车，向她扑去。一阵短暂的争斗，他要将那小身体从女人怀抱中夺走，女人拼命抱住不放，小罗照她头部一侧重重一击，她的手松开了。

"臭婊子！生孩子是不许可的！"他用中文喝道，同时拎起那小尸体的一条腿，将它扔到铁轨旁的灌木丛里。

那女人流着血、晕头转向、歇斯底里地哭着，被士兵们拖走了。

羽田一句话都说不出来，非常震惊，他瞥了一眼石川和金子，他们一直看着这恐怖的一幕。两人脸上的表情保持漠然。无话可说。

他们用刺刀押着这些赤脚的女人在雨中沿着铁轨走向等待的军车。

✽

新设立的慰安所，原本是一个富裕的宅院，拥有两个大厨房，其中一个军医石川少佐征用作他的临时医疗室，房间里充斥着刺鼻的乙醚和碘酒的气味。

"羽田，你一定知道，日本注定要统领亚洲，"石川说，"因此正如西方的德国，日本必须在现代科学领域领先。我们731部队对自己先进的医疗技术非常自豪。"

不知为何，经历了刚才的婴儿事件后，羽田觉得这话并不那么可信。相反的，他脑海里浮现的是一些婴儿的画面，切断下来的头颅和身体其他部分泡在玻璃展示瓶中，犹如明治时代博物馆中的展品,散发着福尔马林的气味,供那些残忍无道的业余爱好者研究。

"让我给你介绍一些我们部队研发的最先进的药品,"石川说,"例如,要避免今天下午看到的不幸再次发生——我指的是那个死胎。"

医生拿出一件器具,状如一把可弯曲的长钳,看上去更应该出现在刑讯室里。

"用这个工具我们可以将药丸……"他拿起一片白色药片,比阿司匹林药片稍大,"……直接插入女人的子宫。"

"这是什么?起什么作用?"羽田问,既惊骇又有点好奇。

"它叫盐酸奎纳克林,一旦进入女人的身体,它就会变成强酸,烧掉输卵管,阻止受孕——万无一失!"

"不可逆转?"

"当然。"

这些都是年轻女子,羽田想……战争……不可逆转。

"不过,怀孕只是个小问题,"石川继续说道,"实际上,说真的,怀孕增加了女人的价值。我们的士兵中有很多喜欢使用孕妇,直到她分娩。那些胀大的生殖器……膨大的奶……"

他的眼皮闪动,好像刚经历了一阵短暂的高潮。

显然这是个对工作上心的男人,羽田带着些许蔑视想着。

"那些胎儿无足轻重,处理的方法多啦,"医生继续说,"这些都不成问题,影响我们战力的一个更大的问题,你也知道,是性病——在有些病例中它可以致命。因此,每个周末后这些女人都要接受检查。"

"我们主要关注的是梅毒,它可能导致精神异常和死亡。如果拖延过久,便无法治愈。不幸的是,梅毒的发病率在上升——因为战争,你知道。不过对这个病我们也有特效药,我们称之为606剂。"

他们多么热爱数字代码，这些"科学家们"，羽田心想。

石川拿起一个玻璃瓶，里面装满了黄色的粉状晶体。

"它需要溶解于纯净的蒸馏水中——这一点很重要！我已经专门交代了小罗。"

羽田在心里扮了个鬼脸。小罗？要那个中国小混混去负责这些用于女人的危险药品？

"器皿中的溶液必须煮沸并用细布过滤，除去所有杂质。通常经过五周的注射，可以治愈这种病。"

"通常？"

"呃，是的，尽管有一定风险。"

"比如说——长官？"

"嗯……嗯，我说过，溶剂不能暴露于空气中，不能有杂质，否则……"

"否则……"

"否则会诱发溶血现象。血液将崩解，那女人或者士兵将会当场七窍流血，在痛苦中号叫而死。"

"我明白了。"

"是的。如果病人是孕妇，通过注射可以被治愈，但她的孩子将出现脑损伤。不过，如果我们尽职尽力使用盐酸奎纳克林的话，那样的事情永远不会发生！是不是？哈哈！"

羽田不知道此时自己是不是应该跟他一起笑。

"我想是吧，长官。"他回答道。

✳

重要的时刻到来了。

在慰安所里，小罗按"普通班"和"军官班"将女人们分成两组，一人一个房间一张床——军官班是真正的床，普通班则是光床板。一切就绪，除了贴出服务人员名单，开始营业。当然，根据初夜权原则，军官优先。因此决定在女人们到达之后的那个周日晚上点亮"红灯"。

浦和少佐、和中大尉及和田中尉到得较早,已被白酒和下流玩笑弄得晕乎乎的,急不可耐地等待着。

"喂,羽田?"浦和催促道,"准备好尝第一口樱桃了吗?"

羽田知道自己别无选择。他朝金子点了点头,将指挥权交给他,然后跟着几个同事来到不用做医疗室的另一个房间,"最好"的几个女孩就等在那里。都干干净净,化了妆,简单宽松的连衣裙肩上标着数字。

浦和很快挑选了一个相貌出众的中国北方女孩,姑娘高挑苗条,一头秀丽的长发。他匆匆搂着女孩上楼,还回头说了句下流话。和中与和田选了最年轻的两个朝鲜女孩,和田自然让他的上司挑了较漂亮的那个。

羽田压抑着自己复杂的感情,审视着剩下的几个女孩,她们呆呆地看着他,眼中要么是惊恐,要么差不多没了生气。唯一一个眼中似乎还有一丝生气的女孩可能是年纪最大的,中等个儿,中等体态,中等长度的头发,扁平的方面孔,典型的朝鲜人脸庞。他朝她笑笑,她顺从地站起来,一个字也没说,领路朝楼上走去。

到达房间后,她立刻在床上躺下,开始解裙子前面的扣子。羽田的手反射似的放到她的手上阻止了她。就在他的手按上去的时候,他感觉到了她心脏快速猛烈的跳动,意识到这个女孩也在害怕,不过是勇敢地将恐惧在眼中藏了起来罢了。

"你会说日语吗?"他问她。

"会一点点。"她回答,话说得很慢,带有浓重的口音。

"你是朝鲜人?"

"是的。"

"很好。听着,没事儿的,"他说,"我不会伤害你的,你叫什么名字?"

"陈秋田。"

"秋田？但……那是一种狗的名字啊！"

她没有回答。

他仔细地看着她。她应该差不多二十五岁。眼中还有一些光亮，头发还有些光泽……健康、整齐的牙齿……洁净光滑的皮肤，一个可爱的年轻女子，某个父亲的女儿……或许，是某个丈夫心爱的妻子？

或者永远都不会是了。

他想起了惠美子，突然意识到他的手还在这个女孩的胸部上。他难为情地拿开手，试着不再想惠美子。

"那么请告诉我，陈秋田，你怎么会来到这里的？"

"那是好几个月前，在汉城，我的家乡。市政府贴出告示，命令所有二十五岁以下的单身女子中午时去碾米厂。他们说所有的人都必须服从动员法。我的未婚夫去了南方，应征去的，所以我未婚，在我爸爸的店里帮忙。我母亲看到了告示，说我必须得去，她和我一起去。当我们到那里时，我们迟到了。很多人，很多女孩和她们的家人已经排起了队。日本士兵在那里，还有政府的人。他们用称大米的秤一个一个称女孩的体重，个儿高和健康的女孩上军用卡车。轮到我了，我站上秤，重六十公斤。士兵动手把我弄上卡车，但那时我不想走。我和他们打，但士兵们太强壮了。母亲们也和他们打，一边大喊大叫。她们说：'为什么带走我的女儿，你们要带她去哪里？'士兵说：'你们别担心，给女孩们好工作——给士兵做饭、补衣服。'他们把我们放上卡车，卡车开走了，母亲们哭喊着，跟在后面跑……"

她停了下来，泪如泉涌，已不知是多少次拼命压制住恐怖的回忆。

"后来车停了，接上更多女孩，又停下，更多女孩，接着开车，开很长时间。卡车停在火车站——很冷、很黑。我们上了火车，穿过大河上的大桥。到了另一个火车站，上卡车，再一次长时间地开。我睡着了，然后天亮了，我们到了一个地方，我不知道是哪里。我从来没有见过这样的地方，没有山，没有树，没有水，全是黄色的沙子，像沙漠。没有房子，没有人，只有山羊。他们把我们带到一所大房子里。没有小罗那样的老板，只有士兵，让我们工作——洗衣服、补衣服、给士兵做饭。吃饭，只有饭团，一直这样。在那儿总是饿，没有水洗，很多天。只有运水的卡车来了才能洗。

　　士兵给我们穿和这一样的裙子，只穿裙子。一个扣子，或者两个，方便解开，节约时间。士兵们就像动物——像狗一样！他们时时刻刻要我们，白天、晚上，哪怕我出血的那几天。很多士兵，每天三十个、四十个，弄得我很疼，不能走路。如果你不听他们的话，他们就用拳头打，生病了也打。我到那后不久，一个军官来我房间，看我。那天晚上他又来了，要我和他一起做奇怪的事。我说我不要，他用一把大刀砍我，说如果我不做就杀了我。那天晚上我受尽折磨，一直流血……有一天我逃跑了，但士兵很快就抓到了我，他们打我，弄得我流血，躺上床时痛极了，但没有休息，士兵还是来。有一个姐姐，在那里很长时间了，看到我哭，告诉我最好按士兵的意思做，要想活下去，就得接受士兵！有一天我觉得恶心，姐姐告诉我我有孩子了，是有了孩子，可出来就是死的。我哭得很伤心，于是姐姐给我烟，鸦片烟，她说这会让人快乐，让痛苦消失。第一次吸鸦片的时候，我觉得怪怪的，但之后痛苦减轻了，是好东西。每周我们去村子里的医生那里检查有没有生病。但是去之前，我们会先相互检查。如果看到不好的东西，我们就涂点灰上去掩盖，所以医生总是说'没问题'。士兵不用套子，于是有一天我病了，像其他姐妹一样。很糟糕，腿发红，出血，很痛。石川医生救了我，他用银水烧腿，涂黄粉末。病好了，但是疤还在，看……"

她掀起裙子，无所顾忌。羽田瞥了一眼她的大腿内侧，一大块斑驳的疤痕，棕色，青筋暴起，一直延伸到黑色卷曲的阴毛下，他的眼睛赶紧躲开。

"有些姐妹一直在哭，有的一句话也不说。还有些姐妹自杀了，上吊或者喝毒药……"

她的声音越来越小。

"这就是我从那时到现在的生活。很难想起其他的生活了，之前的……"

羽田有些不知所措。他能做点什么？有什么可说呢？

他伸出手。

她看了看他的手。

她看了看他。

她握住他的手。

"我很抱歉……"他说。

※

"羽田，"第二天石川在医疗室说，"还记得我们那次关于孕妇的谈话吗？关于她们的价值增加了的？"

"记得。长官。"

"对，我忽然想到我们可以给士兵们提供另一种超值服务——处女投放！"

"处女投放？"

"当然，为什么不？嘿，你肯定注意到许多当地农民，一帮低能生物，他们似乎不知道有战争这回事儿。他们不逃走去保住他们那可怜的小命，居然还像往常一样在苦那口吃的。"

"呃，是啊，长官。"

"这让我想到，至少在一些更偏远的城镇里，会有学校照旧开课。"

"是的，长官，很有可能。"羽田说，显然还没有悟过来。

石川看着他:"嘿,得了吧羽田,别这么迟钝。处女投放!"

"你的意思是?"

"就是字面的意思——我们投放处女作为可选服务,面对军士以上的军官吧,我想。"

羽田快速地思考。

"是,长官,但是……我们的士兵真的会喜欢这种事吗?我是说,用成熟的女人播撒种子,呃,那是常理。但用孩子?呃,那能让男人……充分满足吗?"

"羽田大尉,有时候你真让我吃惊。你是个受过教育的人。难道你真不知道许多年以来大日本在纵欲,也就是情爱的狂欢与性欲的放纵方面一直是世界领袖?只有柏林勉强能比一比。"

羽田此时感到有点生气——需要至少在知识方面做点辩护。

"嗯,长官,我知道色情艺术形式最早可追溯到明治维新时代。例如芳年的春宫木刻,还有歌川国贞的情色浮世绘。"

石川尽管相当喜欢这个有些压抑但本质上聪明、正直的羽田,此时也有些鄙视他了,就是那种身心一致的人对那种身体受冷冰冰理智主义束缚者的鄙视,他长叹一口气。

"很好,那么或许现在你可以试着理解眼泪控这一个概念了。"

"眼泪控……长官?"

"一点不错,就是因哭泣而唤起的性兴奋,当然是别人的眼泪。这种兴奋因看到别人的感情痛苦而获得。那是一种对顺从的羞辱,目的在于引发痛苦反应,这反过来又增加了刺激。"

"对我而言,这听起来像虐待狂。"

"哦,拜托!羽田,别这么说。那是腐朽的西方思想,在我们这场战争中没有它的市场。不管怎么说吧,学术辩论到此为止,我们有工作要做。将那两辆卡车开出去,让你的部下去周围搜一搜,田地里和学校里,十一至十五岁的女孩。搜罗一批带回来，要快！中国人的防线已经有了溃破的迹象，要不了多久就又要向前推进了。我们必须尽我们的爱国主义职责，给我们的士兵尽可能多的元气，来进行这场战斗！行动吧！"

✼

羽田看着这些年轻的女孩们在士兵的帮助下跳下军用卡车，有那么一瞬间，这一切不可思议地看起来像是日本皇军在做好事提供某种校车服务。但他知道残酷的现实有多么不同，现在他的任务更加复杂了，他还得照顾这些孩子们。

"太棒了。"石川医生轻声说道，几乎是在自言自语。他神魂颠倒地看着这群孩子走过。羽田从眼角中注意到医生特别盯住一个孩子在看，她大约十三岁，发育得很好，光泽的长马尾辫一直垂到腰间。

石川点点头，下了决心。

"很好，羽田。现在我当然需要检查这些新来的女孩……以确保我们的士兵没有任何健康风险，你知道。"

没等回答他便走向附楼，小罗正粗暴地将孩子们赶去那里。

✼

羽田等待着。

夜幕已降临。

石川离开似乎很长时间了。小罗已经离开附楼，溜回他的房间搞他惯常的夜间活动去了：喝白酒、抽香烟、怪声怪调地唱中国小曲、用竹杖按节奏敲打小腿。

羽田走近附楼，跨进了门。从楼上传来各种痛苦的声音，有抽噎、有哭叫、有哀号。然后，突如其来地，隐约传来一声尖叫。

羽田循声而去。

"不！不！脏死了！求你！"一个小女孩的声音，羽田听懂了那几句汉语。

"哈哈哈，你个蠢丫头！"

那是石川的声音。

"傻孩子,你最好习惯起来。你会学会的!我来教你!"

尖叫声愈来愈响。

羽田本能地举起拳头想要捶门,想质问医生他到底以为自己在干什么?

干涉少佐的事务?干涉上级军官?在日本皇军中?在一家妓院里?

毫无用处,就像在这场邪恶与毁灭的狂欢中发生的其他事情一样,而所有这一切都是他的爱国职责所应该支持的。

他把手又放下了。一如既往,没有什么可说的,没有什么可做的。

他转过身,走下楼梯,努力不去听那噩梦,那谁也躲不开的离奇噩梦中传出的叫声,努力不再思考……

※

当金子走进临时办公室时,羽田从他的脸上便看出有麻烦了。

"发生了什么,一郎?"

"长官,发生了一个意外,我们损失了一个女孩。"

羽田的情绪本已非常低落,这下又沉了下去一点。不仅因为这是他的军事职责,因为是他的失职,会记录在案。更因为他个人对这份工作非常看重——或许太过看重,已超出了明智的程度。

他们带着石川医生一起过去,驱车从营地驶向慰安所,小罗已经等在那里,把他们带进医疗室。

平躺在桌上的是那群孩子中的一个,娇小柔弱,尚未到青春期。她的脸如大理石般惨白,没有一丝血色。盖尸体的床单上有一大块圆形血渍,从腹股沟部位浸洇开来,已凝成紫色。

石川上前一把掀开床单。尸体的两条腿处于一个奇怪的角度,好像已经脱了臼。两腿之间,乍一看就像是肉铺里卖的下水——一个很大的裂口，露出撕碎了的肌肉和肠子。

这几个人都见过血腥，可羽田和金子都差点没忍住肠胃的翻腾。

"谁干的？"羽田问小罗，小罗瞥了一眼石川，但医生仍是一副高人一等的样子，什么也没说。

"呃……太君，"那小皮条客回答，低垂的眼神越发游移不定，因为他也有责任，"来了几个中士，喝醉了，说想试处女投放……"

"有几个？"羽田问。

小罗没有说话，伸出小指和拇指，那手势表示的是六。

"六个中士？哪个中队的？"

小罗又瞥了一眼石川，但他不打算插手。

"和中大尉……我想。"

✻

"你到底有什么问题，羽田？"

"我要指控这几个人。"

"因为什么？"

"别的不说，和中，就因损毁日本皇军的财产。"

"哈，什么时候起废物也算作军队的财产了？我们一直在损毁这些东西。"

羽田脑子迅速地转动，他知道自己是少数，地位并不稳固。

"旅团投入宝贵的资源建立这些慰安设施，我的中队受命加以保护。这是为整个军队服务的，不是为你中队里几个自私自利醉酒耍疯的中士单独设置的！"

和中注视着他。

"你知道么，羽田？我从一开始就知道你不适合军队，你是怎么打赢了那场夺炮战的我无法理解——你当时一定失去理智、发了狂什么的。

但是你知道你的问题在哪里吗?你心肠软。我并不是说你胆小,那还得等着瞧,但你绝对心肠软。这就是你来烦我的原因——你心疼那些肮脏的中国婊子。你并不真的明白你的职责是什么。弄她们来是为了让我们开心的,不是为了你那保护女人的倒霉想法。说到这一点,我不知道这会儿谁在保护你的妻子呢。"

这来得已太迟,但必不可免。和中最后那句话让羽田失去了理智,等到高井中佐听到高声怒骂和家具破碎的声音后大步走进司令部中队办公室时,看见羽田与和中正在地板上扭打,羽田的手紧紧扼住和中的脖子,鲜血从他右眼上方因肘击造成的伤口中涌出。

"立正!"

两个大尉没有别的选择只有服从,于是松开对方,爬起来立正站好,浑身颤抖,怒气冲冲,眼睛死死地盯着对方,心中的仇恨永远无法消散。

"武术练习?值得赞扬。但不是在这里,诸君。这是我的旅团司令部,如果不是因为我了解你们俩的话,我就降你们的职。警告处分!

不过,石川医生已经向我简单报告过此事,我已经知道了。羽田,我能给你的最好评价是你对自己的职责用心。在战斗中我们也看到了这一点,这是一件值得夸奖的好事。不过在这件事情上你错了。旅团已经决定,既然慰安妇既会造成后勤负担,也是可再生资源,当前的一批必须处理掉。当我们一到南京,你、石川少佐和那个中国老鸨小罗将受命重建设施。但是现在,所谓的中国兴登堡防线已被攻破,我们就要重新前进。临时慰安所即将拆除,所以现在,羽田,你和你的部下重归战斗序列。"

蒙面太君顿了一下,深呼了一口气,好像发出了结束这件事的信号。

"现在来吧！让我们都丢开这件事，记住我们的忠诚誓言！记住我们是黑龙会的兄弟！记住我们为谁服务！天皇陛下万岁！一起来：万岁！万岁！万岁！"

第七章 战还是走？

灯光。

防腐剂的气味。

他的视线边缘上一些或白或黑的图形沉沉浮浮。

疼痛——脖子上，绞扼造成的烧灼。

"我在哪里？"瓦格纳呻吟着，他的头几乎动不了，喉咙里像是被喷灯烤焦了一样。

一个图形分离出来，并游走到他的头部上方，逐渐变成杜伟那副阴沉的面孔。

"欢迎重返人间，魏格那。你现在在国民政府的医疗处。你很幸运，此刻没有身处地狱。"

瓦格纳虚弱地想自嘲一下，但发出的却是一连串咳嗽声。

"我感觉我的喉咙还在地狱里。"

"的确，要不是我的人警惕性高，你的喉咙现在就没法把你的头和身体连到一起了。我该拿你怎么办呢？你现在变成我的累赘了。"

"出了什么事？"

"看起来你和一些危险分子结下仇了。"

"谁？"

"黄帮，还能有谁？"

"黄帮？可是为了什么？我从来没和帮派团伙有过任何关系。"

"可他们跟你有啊，你已经上了他们的黑名单了。或许你应该更谨慎地处理你的……空闲时间。"

此时瓦格纳的眼睛已能聚焦，可以清楚地看到杜伟眉毛嘲弄地向上一扬。

空闲时间？私人生活？什么？

是罗雪？她的"幽禁"，保镖……黄帮？可能吗？

"你怎么知道的？"

"哎哟，魏格那，你会觉得需要问这个问题，真让我惊讶。

不过既然你问了，那么我就告诉你，昨晚有个上海来的叛徒带来了一些有趣的消息，包括黄帮要找你报仇，你的生命处于极大的危险之中。来，你能起来吗？"

瓦格纳用胳膊肘撑起身子，将腿挪到床边，努力站了起来。他的脖子依然灼痛，眩晕，脑袋里突突地跳。

"会没事的。"

"美国式不切实际的乐观——多么令人钦佩的品质！但是恐怕唯一能保证你真'没事'的，是离开这座城市，立刻就走！"

瓦格纳瞬间恍若回到不久之前，牛顿少校的话应和着落在上海的炮弹爆炸声，又在他的耳中响起来。同样的，他又感到心中沉甸甸的，让人难受，又有了被迫丢下某一重要的事或某个重要的人而产生的那种空虚、无助的感觉。你是一名为国家服务的军官——对，长官！是，长官！使命第一，永远忠诚！以及诸如此类的屁话。但不是总得如此，先爱恋上一个人，接着又走开，任其受命运摆布？或者只是他变得越来越软弱了？

"离开这个城市，先生？但政府一定要固守的吧，是吗？军队获得了增援，委员长向我们保证过，他永远不会离开！"

"太晚了，魏格那。我们中国人有句老话'贤者应事而变'。如果将中国的遗产和未来都与一场结局难以预料的战役绑在一起，那是非常不明智的。委员长已做出了一个艰难的决定，不拿政府和国家财富作赌注，而是战略撤退，将其转移到长江上游的安全地区去。政府不会现在就孤注一掷，而是要坚持下去等到决战的那天。"

"但是先生，日本军队人数处于劣势，并且你们有充足的德国新式装备。我知道城墙挡不住现代空军和大炮，但是中国联军可以在城市外围机动并压倒日本人，政府可以打赢这一仗！"

"又来了，魏格那。就像我说的，你的乐观令人钦佩，但已经做出决定了。趁日本舰队离得还很远，国库和国家博物院里的东西正在码头装载上船。守城部队会留下来保卫城市，但精锐卫队将乘船溯江而上。委员长和他的随行人员今天乘飞机离开，我们已向外国使领馆建议撤离，我给你的建议也一样：现在就走——趁你还走得掉。"

❉

离南京东边主城门不远处是被清军摧毁的大明故宫遗址。在这附近有一片开垦出来的田地，被用作这座城市的简易机场，唯一的一条草地跑道的尽头是一组波形铁瓦圆顶棚的飞机库。机场四周分散停放着十来架军用飞机，其中有几架德国新款的亨克尔轰炸机和梅塞施米特战斗机，以及几个中队的老旧俄制I-15双翼战斗机，上面有国民政府的青天白日标志。这些战斗中队已经建制不全了。

机场大门附近停着两架容克三引擎运输机，黑色涂装，不带任何标识，螺旋桨低速旋转着，飞行员一边预热发动机一边等待着，一队豪华轿车——劳斯莱斯、迈巴赫、杜森伯格以及大型梅赛德斯轿车正通过升起的门栅鱼贯而入。轿车尚未停稳，随员便打开车门，行李被匆匆卸下。举行了最简短的告别仪式，军官们敬礼、鞠躬、拥抱，随即显贵们登机，接着舷梯升起，舱门关闭。随着六个螺旋桨一起转动，发出一阵轰鸣，两架飞机开始向跑道滑行，机轮碾过机场边缘崎岖不平的草地时，机身轻微地跳动着……

❉

南京上空，飞行官笹本健二正驾驶着机身圆滑的中岛97型战斗机在两万英尺高空巡航。这里温度很低，空气稀薄，但笹本觉得很舒服，他穿着贴身的羊皮飞行服，放下了护耳，戴着护目镜，早晨从上海帝国和平机场起飞前他吃了糯米团，喝了一杯壮行清酒，因此肚子里热乎乎的。他是飞行武士，是掌控着日本最快的空中武器的日本勇士。他感谢天照大神赐给自己来到这个地方的好运气。

是的，伴着涡轮增压器在飞机引擎罩下惬意的轰鸣声，在酒精带来的微微暖意中笹本幸福地想着，由于这场战争他已发展得很不错了。他二十一年前出生于神户，父亲是一家钢铁公司工薪族的一员。就像工薪族中的大部分人一样，他的父亲是个工作狂、酒鬼兼色情狂，永远不在家，如果在家也永远没有清醒的时候。年轻的笹本在父亲那里除了沉默什么也没学到，除了恐惧什么也没感受过。这年轻人变成了"蛰居族"，老妈的宝贝，几乎没有朋友，缩在自己的房间里，只爱看书，特别是杂志。在神户他最爱后街小巷里的书店，那里卖漫画书，描绘和女孩在一起时的各种怪异行为……

但是这些都已成为久远的过去！

多亏了他母亲的耐心教导，他成为一名中学优等生，赢得了一枚特别菊花胸针配他的海军军旗式校服。当他到了服役年龄，正值满洲里爆发战争，他的出色成绩使他通过了选拔，受训成为了一名飞行员！

在他的毕业操典仪式上，他这辈子第一次看到父亲的嘴唇咧开，露出了微笑。第一次恐怕也是最后一次，他们一起举起清酒——干杯！

如今那恐惧已一去不返。如果现在他父亲或者随便别的任何人想打他耳光的话，就像他的军士在广岛训练营每天做的那样，笹本会很高兴的，那时他就有足够的理由羞辱他们，就像他试图自卫时对军士做的那样。

每天如此，一连三个月。

他原本矮小肥胖的身体已被锻造成一个肌肉球，他的呼号是橡胶人。他的母亲在一块白色的头带上亲手写了一首俳句给他：

日本之子将一直飞向太阳。

日本汉字中表示太阳的那个字"日"，正位于头带正中的橙色球上，写得就像个帽徽。

不，一个日本战斗机飞行员唯一担心的就是错过为天皇而死的机会。

笹本伸长脖子往下看，看了左边又看右边。今天的俄制波利卡波夫战斗机在哪里？中国人把那些速度缓慢、摇摇晃晃的双翼飞机送上天来挑战日本帝国的力量，但那种飞机已属于过去的时代了，它们仅有中岛式飞机一半的速度和敏捷。经过十周的空战，它们已不剩几架了。对付它们如同射击水桶里的鱼一样简单，没有任何悬念。但是看着可恶的对手在大火中坠落依然是件令人激动的事。他们怎么胆敢挑战超越他们的高等种族？怎么敢挡在日本征服亚洲的正义之路上？

不，今天那些波利卡波夫飞机没了踪影……

等等——那是什么？

黑色的斑点，在下面很远的地方移动……较大、较缓慢的飞机的机翼、明显的轮廓和运动轨迹，有两架，正从南京那个简易机场起飞。

笹本将机翼朝右倾斜，转一个大弯跨过长江，同时缓缓下降高度，加速至咆哮速度，每小时250海里，借着幕府山山脊的掩护下从后面接近敌机。

他所受的训练教会了他如何快速识别飞行中飞机的轮廓，在较低高度上，他已能辨认出那两架敌机独有的三螺旋桨，表明是容克飞机。

看吧！德国人在卖运输机给他们呢！更多的纳粹战争物资在支撑这个注定灭亡的中国匪帮政权——德国佬还说自己是我们的朋友！

他从后面迅速赶了上去。

但是且慢！

笹本朝左边窗外看了一眼，从地平线上升起的那道烟幕中可以清晰地看到日本步兵的推进线。军队进入南京已是指日可待。

是的，伴着涡轮增压器在飞机引擎罩下惬意的轰鸣声，在酒精带来的微微暖意中笹本幸福地想着，由于这场战争他已发展得很不错了。他二十一年前出生于神户，父亲是一家钢铁公司工薪族的一员。就像工薪族中的大部分人一样，他的父亲是个工作狂、酒鬼兼色情狂，永远不在家，如果在家也永远没有清醒的时候。年轻的笹本在父亲那里除了沉默什么也没学到，除了恐惧什么也没感受过。这年轻人变成了"蛰居族"，老妈的宝贝，几乎没有朋友，缩在自己的房间里，只爱看书，特别是杂志。在神户他最爱后街小巷里的书店，那里卖漫画书，描绘和女孩在一起时的各种怪异行为……

但是这些都已成为久远的过去！

多亏了他母亲的耐心教导，他成为一名中学优等生，赢得了一枚特别菊花胸针配他的海军军旗式校服。当他到了服役年龄，正值满洲里爆发战争，他的出色成绩使他通过了选拔，受训成为了一名飞行员！

在他的毕业操典仪式上，他这辈子第一次看到父亲的嘴唇咧开，露出了微笑。第一次恐怕也是最后一次，他们一起举起清酒——干杯！

如今那恐惧已一去不返。如果现在他父亲或者随便别的任何人想打他耳光的话，就像他的军士在广岛训练营每天做的那样，笹本会很高兴的，那时他就有足够的理由羞辱他们，就像他试图自卫时对军士做的那样。

每天如此，一连三个月。

他原本矮小肥胖的身体已被锻造成一个肌肉球，他的呼号是橡胶人。他的母亲在一块白色的头带上亲手写了一首俳句给他：

日本之子将一直飞向太阳。

日本汉字中表示太阳的那个字"日"，正位于头带正中的橙色球上，写得就像个帽徽。

不，一个日本战斗机飞行员唯一担心的就是错过为天皇而死的机会。

笹本伸长脖子往下看，看了左边又看右边。今天的俄制波利卡波夫战斗机在哪里？中国人把那些速度缓慢、摇摇晃晃的双翼飞机送上天来挑战日本帝国的力量，但那种飞机已属于过去的时代了，它们仅有中岛式飞机一半的速度和敏捷。经过十周的空战，它们已不剩几架了。对付它们如同射击水桶里的鱼一样简单，没有任何悬念。但是看着可恶的对手在大火中坠落依然是件令人激动的事。他们怎么胆敢挑战超越他们的高等种族？怎么敢挡在日本征服亚洲的正义之路上？

不，今天那些波利卡波夫飞机没了踪影……

等等——那是什么？

黑色的斑点，在下面很远的地方移动……较大、较缓慢的飞机的机翼、明显的轮廓和运动轨迹，有两架，正从南京那个简易机场起飞。

笹本将机翼朝右倾斜，转一个大弯跨过长江，同时缓缓下降高度，加速至咆哮速度，每小时250海里，借着幕府山山脊的掩护下从后面接近敌机。

他所受的训练教会了他如何快速识别飞行中飞机的轮廓，在较低高度上，他已能辨认出那两架敌机独有的三螺旋桨，表明是容克飞机。

看吧！德国人在卖运输机给他们呢！更多的纳粹战争物资在支撑这个注定灭亡的中国匪帮政权——德国佬还说自己是我们的朋友！

他从后面迅速赶了上去。

但是且慢！

笹本朝左边窗外看了一眼，从地平线上升起的那道烟幕中可以清晰地看到日本步兵的推进线。军队进入南京已是指日可待。

会不会是中国的某些大人物在逃跑？部长？也可能是总参谋部的官员？或者——他甚至大胆设想——就是委员长本人？这可能意味着他 本健二的另一枚菊花勋章！

他现在肾上腺素激增，口干舌燥，心跳加速，所有他如今喜欢上了的感觉都有了，笹本推动节流阀，引擎呼啸，速度加至270海里。

"我要让这些中国垃圾知道，天皇陛下不允许他们使用天空。"

两架容克飞机试图不引起注意，保持低空飞行，在一千英尺的空中以约每小时100海里的速度顺着长江蹒跚前行。他们有没有发现笹本跟了过来？当然！现在他们分开了，一架向北，另一架向南。

领头的那架容克飞机正横穿长江，黑色的轮廓在灰色的江面衬托下非常清晰。如果领袖要逃跑，比较合理的是他的飞机会飞在前面。笹本完全凭直觉，选择了追击那一架。

笹本像一条灰狗，眼睛紧盯着猎物。他朝西偏转，飞过城市上空，飞过渡轮码头。从码头的炮位上忽然升起了高射炮火——在兴奋之中他没有想到这一点——一团团黑的灰的烟雾出现在他的机头前和机身两边，迫使他快速螺旋机动，躲避来自对手的可怜的反击。

现在他在容克飞机尾部后上方六点钟方向，七百米范围内。他等着那黑色机身慢慢填满了十字准线……他的拇指瞬间用力按下击发器，让这架大型运输机处于他那两挺7.7毫米机炮射出弹流的交叉点上。首先是右翼，接着是主引擎起了火，容克飞机冒出一股滚滚的浓烟。机头下垂，在扬子江中心一个岛屿的田地上空落了下去。有一刹那飞机似乎要越过小岛栽进那边的江水中，但笹本的拇指一直压在击发器上，护目镜后的眼睛眯着，咬牙切齿，瞄准器套住已打残了的敌机机身上，将全部1000发炮弹倾泻下去,直到第三个引擎爆炸。那三引擎飞机猛然翻向左,一头栽进部分浸水的稻田中。

笹本绕着飞机残骸冒起的烟柱盘旋,一直看着它掉了下去,享受着胜利的狂喜,直到看见炮口的闪光,两条中国炮艇正向自己瞄准。他将风冷辐射式引擎转速推向最大,猛拉右舵,像一只海鹰在小岛上空一个转弯,回到两万英尺高空,朝东向帝国和平机场飞去。他今天的工作完成得极其出色。

※

这天是星期日,瓦格纳按之前的约定和陆飞妃一道去和她的父亲弟弟喝茶。当他穿过国立大学校园向女生宿舍走去时,他的心情很复杂。在家乡芝加哥,和姑娘交往很长时间以后才有可能有勇气——且不用说有希望——去见女友的父亲。如果你只是拿女孩寻开心,女友的父亲会狠踢你的屁股,这完全就是他的权力。不,下一步应该是一枚戒指,接着就是婚礼的钟声。这是中国,包办婚姻依然是标准模式,这方面的礼节肯定更加详尽更加严格。但是,瓦格纳也非常清楚,他甚至还没吻过这个女孩——准确说来,他只碰过她的手指,吸吮过她的脚趾。他到底要把自己弄到哪里去?

尽管有着更理智的判断,他依然向前走去。她美丽、优雅、聪明、生机勃勃,事实上在过去的两个月中他一直想着她,还有点失眠。这个问题一直在他脑中回旋:他会吗?他能吗?谁知道呢?!你为国家效力,但那并不意味着你不可以拥有自己的生活。对于瓦格纳来说,真的有一阵子了。事实上,当在上海的那一段短暂的幸福被夺走之后,留给他的只有消沉与空虚。他沉思着,如果每天晚上都能拥着飞妃苗条可爱的身体入眠,清晨在她甜美的微笑中醒来,那该有多么甜蜜!

嘿,醒醒吧!他责备自己。你是一名现役军人,正在为国家服务。牢记你的职责,保持警惕,做该做的事。那位女士邀请了你,她一定有她的道理。拿出你的风度,尊重她及她的家人。把它当成一次学习的经历。还能做别的什么呢?抓住每一天,尽你所能过好吧。"

没有太多时间了,他知道。时钟在嘀嗒作响。小日本随时有可能来到这里,该死的日本人!

※

瓦格纳和飞妃一道从国立大学出发,穿过城市到城东去。出门叫辆黄包车的日子一去不返!任何带轮子的东西都被征用去将人和财物运出南京。他们曲折穿过中山路上一个交通拥堵点,这儿距城南门有超过一英里的距离,要去邻省安徽那是必经之路。城里大部分公交车辆都放出去运送那些付得起车费的人。眼前这一串公交车都严重超载,不顾一切的准难民们扒在窗框、挡泥板或者车顶上,困在嘈杂刺耳的车堆中动弹不得。马车、卡车、私家车上高高地堆满了盒子和箱子,许多还临时加了拖车,看见一点空隙就想挤过去,也不管那有多不现实,这一来反而互相阻挡,将后面的人和车都堵得死死的。所有的司机都按住喇叭不松手。有时候某辆车顶上绑的东西会松脱,落到柏油马路上,掉下来的东西立刻就被那些穷得走不了的人一抢而空。

瓦格纳和飞妃正沿着长江路向前走,迎面走来一群逃难的市民。飞妃认出其中的一张面孔,那是位中年女性,推着一辆由两辆自行车临时改造的四轮车,粗木板上高高地堆着毯子和盆。

"范大妈!你要到哪里去?"

那女人在回答前疑惑地瞅了瓦格纳一眼。

"我们要出城,孩子,这里不安全。"

"可是范大妈,你和我爸爸已经做了一辈子的邻居了!你们要去哪里?"

"我不知道要去哪里,"女人说,依旧用厌恶、近乎仇恨的目光看着瓦格纳,好像整个动乱都该他一人负责似的,"但是不走不行了，我们就住在城墙上，靠近东门，那儿日本人一定会攻击。我们要走到安徽去，希望老天爷保佑。我们还有一些大米。离日本人到来还有几天时间，如果佛祖保佑的话，我们能比他们快一步，就能活下来！孩子，你也应该这样。逃命去吧，日本鬼子不会放过我们的，尤其是像你这样可爱的姑娘！"

说到这里，女人最后一次恶狠狠地瞪了瓦格纳一眼，继续她的艰难行程。

他们最终到了城墙，顺着城墙向北走到一个入口，那入口通向一段盘旋向上的阶梯。他们爬上去，一路经过许多住所，一半是房子一半是洞穴，就建在城墙的石砌墙身中。走了几分钟后，瓦格纳注意到一个红十字旗，挂在一家小药材铺门头上。

"到啦！"飞妃说着领他走进屋里。

室内光线昏暗，但是瓦格纳可以看清墙边排列着满是小抽屉的柜子，还有摆满玻璃瓶的架子。他的目光掠过那些汉字标签——人参和银杏，熊胆和虎鞭，骨头和分泌物，蛇油，蟾蜍和蜥蜴，散发出药草园般宜人的清香。风铃晃动，犹如一首柔和舒缓的乐曲。

飞妃拉开一面架子，那原来是通向起居室的门。起居室真的是建在城墙的一个洞穴里。这是一间单人室，干净而简陋。当瓦格纳弯腰通过门楣走进房间时，心里疑惑这里怎么能住得下两个男人，更不用说两个男人和一个女孩。

一个男人跪在一张矮黑漆桌后的垫子上，看上去五十岁上下。他穿着中式灰色丝绸长袍，几乎完全谢了顶，宽脸，方下巴，高高的颧骨，黑色的眼睛深陷，当他的女儿以及她身后那高个儿美国人进来时，眼中没有露出任何表情。

"父亲，这是哈里·瓦格纳，我跟你提到过的那个美国朋友。哈里，这是我的父亲，陆医生。"

"幸会幸会，先生。"

瓦格纳不知道还该做什么,他一直弓着腰免得脑袋撞到天花板,便顺势学着飞妃的样子,微微鞠了一躬。

"欢迎来我家,"陆医生说,"请坐。"

飞妃拿出两个垫子,瓦格纳盘腿坐下,感觉好多了,现在他至少能伸直脖子。他扫视一眼这里狭小的空间。

"瓦格纳先生,"陆医生说道,"正如你所见,不是所有行医的人都富有——我想在你的国家他们会富裕一些。"

"您说的不错,先生。在美国通常医生过得比大多数人好。"

陆医生点点头。

"东西方之间存在着许多差异,"陆医生说,语气中有些许悲凉,特别看了看女儿,"你们的医学与我们的很不同,正如你们的社会同我们的不同一样。"

他们才进屋几分钟,瓦格纳已经感到了对方的一种怒意。她的父亲会不会开始谈婚姻习俗的不同?这是他原本特别希望能够避免的话题,或者至少能够推迟一点。

陆医生没提那个话题,相反的,他伸手拉住瓦格纳的左手,像夹钳般紧紧握住,掐了掐瓦格纳拇指和食指中间的皮肤。

"你的工作压力大吗,瓦格纳先生?"

"啊……不是特别大,不是。"

"嗯。"她父亲似乎认可了他的话,但瓦格纳感觉到其实他根本不相信。这到底是个什么样的人呢?他会什么秘术还是会读心术?

"不要紧。我有治疗的办法。"

陆医生伸手到桌下拿出一个黑漆托盘,托盘上有一排小容器和木制器具——让瓦格纳松了一口气的,是这上面没有一件物品和医学相关。

"品茶作为中国文化的核心已约1600年了,"陆医生说,"自唐代开始。"

他的眼光从女儿身上移向瓦格纳。

"我想你对唐朝是熟悉的,瓦格纳先生。"

"谈不上熟悉,先生。略知一二,也许吧。"

"那是一个有着高雅文化和赏心乐事的时期,就是在那个时期茶不仅作为饮品也作为保健品为人所识。"

陆医生开始用夸张的声调背诵一首诗,他诵完第一行后飞妃也加入进去。

"送陆鸿渐山人采茶回

千峰待逋客,香茗复丛生。

采摘知深处,烟霞羡独行。

幽期山寺远,野饭石泉清。

寂寂燃灯夜,相思一磬声。"

一首诗朗诵完,两人都笑了,洋溢着父女温情。

"陆……?"瓦格纳忍不住地想这是不是同一家"陆"。

黑色的托盘上有三个套筒样的茶杯和一个小小的紫砂茶壶,茶壶上刻着竹子图案。

"竹子象征着坚毅、力量和正义,"陆医生说,"紫砂壶渗透性好,是未上釉的,可以吸收茶叶的香和味。茶壶和杯子都很小,可以使每次冲泡的茶汤都能很快喝完,这保证了茶汤不带苦味。"

飞妃走到一个小煤气炉前,拿来一锅开水,放在父亲身边。

"备茶的第一步是温杯消毒。"

漆盘上有竹格栅。她父亲把三个杯子放在格栅上,用沸水里里外外地浇淋杯子,溢出的水流到托盘上被倒掉。

"第二步是赏茶,"陆医生说着打开配套的紫色茶叶罐,向客人展示罐中墨绿色的茶叶,"敬请玩赏外观和香味。"

在他们观赏之后,陆医生取出一茶匙茶叶倒进茶壶。"乌龙入宫!"他宣布道。

乌龙？瓦格纳想着，听上去耳熟。

陆医生拿起一瓶开水，高高举起，将沸水准确地冲进茶壶，直到水溢出茶壶，流到下面的托盘上，再撇去泡沫和仍漂浮着的茶叶。

"春风拂面。"

陆医生用壶盖盖上茶壶，然后将三个茶杯斟满。瓦格纳刚想伸手去取，他已将杯中茶水都倒进了托盘。

"行云流水。茶未泡开尚不能饮，瓦格纳先生。"陆医生说着再重新将茶壶灌满开水，"再注清泉。"

倾出的水柱绕着匀称的圆圈逐个斟满三个茶杯。饮茶前，陆医生端起茶杯放在鼻子下，犹如葡萄酒鉴赏师。

"龙凤呈祥。祝你健康、幸福！"

哇，飞妃老爸这些话听起来很吉祥的呢，瓦格纳想着。他祝福的是谁呢——飞妃，我或者我们俩？他端起小杯，准备像喝威士忌一样一口干了，这时飞妃轻触他的胳膊，制止他。

"分三口饮完，不多也不少，"她说，"第一口浅尝，第二口深品，最后一口回味。"

瓦格纳按她说的做了。他注意到飞妃似乎和她父亲一样会点读心术，这让他有点不舒服。

"这茶选得好，父亲！"她说，"精致细腻，应是上品呢！"她期待地看着瓦格纳。

"哎呀，是的，先生。真的是好茶，非常非常感谢。"

不早不晚，她父亲刚要开口回答，门口钻进来一个年轻人。

"父亲，姐姐……"

"弟弟！来见见我的美国朋友，哈里·瓦格纳。"

"美国人？"

那兄弟站在那儿看着瓦格纳，有点惊讶，好像他是展示柜中的某个外来物种——放在罐子里的一条新品种的蛇。瓦格纳打破了僵局,他向他伸出了手,但没有起身。弟弟一时间不知所措,然后伸手和他轻轻握了一下。

"很高兴认识你,小伙子,"瓦格纳说,"我该怎么称呼你?"

"我叫陆屈原!"男孩自豪地说道。

"陆屈原,我叫哈里·瓦格纳。"

既然全家人都在场了,瓦格纳认为这是他说话的最好时机。

"陆医生,衷心感谢您今天邀请我来做客。正如您所知,先生,您的女儿是我的朋友,我很关心她。南京现在非常危险,因为日本军队很快就将到达这里。如果打起来,这可能很难避免了,但留在城里的人都可能会受到伤害甚至杀害。"

陆医生点点头,他深明事理。

"谢谢你,瓦格纳先生,我们知道这些,感谢你的关心。但对当前的状况我们无能为力。"

瓦格纳在开口前停顿了一下,以示对陆医生的尊重。

"先生,我的建议是离开这座城市,一刻也不要耽误。"

"离开?"弟弟说,语气几近愤怒,"我们不能这么做!我们决不走!这是我们的家园!我们是这个城市的一部分,就如同——如同城墙上的砖,我们是城墙上的砖!"

父亲点头赞同:"你说我们应该去哪里,瓦格纳先生?我们的家就在这里,我们的人民就在这里。"

"随便哪里,先生。除了这里之外。"

"无处可去,瓦格纳先生。"

弟弟此时又开口了。

"瓦格纳先生,你是外国人,但是也许你知道中国的端午节。"

"是的,我知道。"

"但是你知道端午节背后的故事吗?让我来告诉你。两千多年前,有一位诗人,他写了《离骚》,那是我们的文学经典之一。当国家的都城被敌人攻占之时,他投江自尽。他是那座城的一部分，正如我们一样。没有了家园，他的生命也就没有了意义。人们划着龙舟到他自尽的江中，投掷食物以保全他的身体。正如端午节一直延续到今天一样，他的精神也延续至今。他的名字也叫屈原。你看，瓦格纳先生，他们可以夺走我们的生命，但却夺不走我们的精神。"

瓦格纳此时意识到他正在打一场必输的仗。他瞥了一眼飞妃，她也正看着他，眼波流转，就像她发梳上的珠宝。看着她的脸，他坚定了自己的决心。

"先生，"他对陆医生说，"我无意冒犯，但请您再为您的女儿考虑一下。我听到本省其他那些已落入日本人控制之下的地方发生了一些非常令人担忧的事情。该怎么说呢——人们没有受到善待，尤其是女性。飞妃的处境可能比我们其他人都更危险。"

"瓦格纳先生，我想我的儿子已经说出了我们全家心里的话了。我的女儿也同样是这个城市的一部分。他们可以为所欲为，但这座城市是永恒的，我们的精神不灭。请原谅，很感谢你今天的来访，但我有些紧急事务要处理。"

瓦格纳点点头，小心翼翼地站起身来，再次鞠躬。

"谢谢您，先生，感谢您今天邀请我来。我尊重您的想法，但请放心，我会在今后的困难时刻尽我所能保护您的女儿。"

"很好，瓦格纳先生，很好！但请别忘了，她是我的女儿，是一个中国女孩！好，再见了。"

※

他们走下城墙，往回向城市中走去，路上逃难的人少了些，路边房屋的门窗中常有人向外看，面色凝重，惊惶迷茫，愁苦悲伤，这些人要么不能要么不愿离开，都无法想象如何换个活法，哪怕当前的生活原本也没有多少前景。

他们往前走时，尽管飞妃父亲说了那些话，瓦格纳决定还是说一下这个话题。他握住她的手，她悄悄地很快看了一眼周围，没有拒绝他。她熟悉的这个世界已经陷入混乱,已经没有多少人留下让人评判或者评判别人了。

"你还好吗?"他温和地试探。

"是的,我很好,别担心我。"

"我当然担心你。我担心这里的所有人,包括我自己,但我尤其担心你。"

他握紧了她的手。

"飞妃,我们不能坐以待毙!日本人就要来了,这里对你来说已不再安全。今晚有一艘美国轮船开往武汉,我应该搭乘这条船。你愿意和我一起走吗?"

她一直低头盯着路面,咬着嘴唇。

"听着,哈里。我知道这里将会很危险,我也知道一切都不会再是原样。但这里依然是中国。我不能就这样跟你跑掉。对于一个品行端正的女孩来说,这是禁忌——更别说你还是个外国人。我父亲告诉过你他的信念是什么。我知道他对我的将来做了些安排。过几年等我的舞蹈生涯结束后,他会找个本地男孩,比我大上两岁,有一点本事,很可能在政府里做事,有一份固定薪水,然后把我嫁给他。我不能违背父亲的意愿。"

有一会儿两人都没说话,沉思着,接着她又说:"哈里,我能问你个事吗?你觉得中国女人和外国人做朋友容易吗?"

他想了大约一分钟。

"嗯,我想这取决于你如何定义'朋友',如果你的定义和我认为你会给出的定义一样,那么答案是'不',并不容易。"

"听着哈里,有件事我想跟你坦白。自从我们相遇以来,我一直在找不和你见面的理由。我承受着很大的压力,来自很多方面。但是我喜欢和你在一起,如果你把我真的当作你的朋友,像你的妹妹一样,这在中国文化中是可以接受的。那样的话,我和你在一起就不会有任何压力,有时候我需要谈一些在中国文化中不能谈论的事。因此我真的不想失去你……这样一个朋友。"

不知因为什么，瓦格纳忽然感到情绪低落下去。

"当然，飞妃……呃，绝对没有问题。只要你喜欢，怎样都行，你说什么就是什么。"

她靠在他身上，如此之近，他可以闻到她头发的香味，感受到她身体的温暖。

"我拿不准是否应该相信你。我有种感觉，你希望我们陷入某种说不清楚的关系中，我说得对吗？"

"说不清楚？"瓦格纳话中有一些辩解的意味，"这我不知道！'说不清楚'的绝不是什么好事儿。我们的关系是一件好事——我是你的外国朋友，你可以和我聊你不能和中国朋友聊的事情。对于我来说，我们的关系给我带来了很多快乐——绝不仅仅因为你是个美丽可爱的女孩子。我对你、对我们只抱有最好的愿望，我们的关系也永远由你说了算，不过你的确对我极为重要。"

她笑了。

"我知道你喜欢我是因为我是个年轻女孩，并且我们似乎就像是恋人一样在互相追求，但是你们外国人太开放！也许我需要保护自己。你别生气，我只是告诉你我的感觉。"

"飞妃，亲爱的，在我面前你永远不需要保护自己。只要你跟我在一起，就永远不用担心保护自己的事儿。"

她看着地面，悄悄地笑了，像个小女孩发明了一项新游戏。

"告诉我，哈里，你相信爱情吗？"

"当然……我猜……嗯……我想想，当然！"

"那么爱情是什么呢？"

"爱情是什么？啊……找到一个特别的人并想和这个人永远在一起，我觉得是这样！"

"一个人，一辈子。我相信这句话，我相信完美主义。当我还很小的时候，我就强迫自己努力去练最难的动作，不管那有多疼，这样老师就不能说有其他女孩可以比我做得更好，但是或许我有些过于完美主义了，或许世界上根本没有真正的爱情。"

他看着她，听着她美妙的声音，就像听着冬天过去后鸟儿的鸣唱。

"你知道，"她说，"有时候我有些疯狂的念头，比如……比如只做我想做的事，没人给我任何压力。比如去山区做志愿者，或一辈子单身，或者去国外旅行。但是我不能那样做，我是个女人，生活在中国。我们不应该只想着自己，幸福只来自于在社会中安分守己。"

"但是飞妃，你的国家正在改变。那么你的希望，你的梦想，你的幸福呢？你的父亲一定明白你有权追求这些吧！"

"我父亲最担心的是我以后能否过上体面的生活，是否有人照顾我。"

"我会照顾你的。"

"哈里，在我父亲看来，你只是某种新奇的事物吧！我们可以在一起这样的事儿根本不会进入他的心中。我们来自于两个不同的世界。"

瓦格纳认真想了一会儿。

"也许在你父亲心中，我们是来自不同的世界，但是世界正在改变。我在这里，你也在这里，我们就在这里，在一起。当日本人到这里时，我们也可能死在一起。死亡对每个人来说都一样。"

她看着他，眼睛闪闪发光，接着似乎克制住了自己。她低下头，尴尬地笑了笑。

"听你说的，"她说，"好像我们还会有什么将来似的。到头来你会回去，回到美国，回到芝加哥。这就是外国人都会做的——你们会离开。"

"别担心，"瓦格纳说，"我不会离开你的。"

他把她搂在怀中,轻轻地抱了抱她,嘴唇拂过她的头发。

"我送你回宿舍。"他轻声说。

※

中国海军炮艇码头在河西,这儿是长江长期冲积从主干道分离出来的一个弓背形小岛。由城里出发经汉西门可到这里。

美国公使馆的帕卡德轿车顺着泥泞的沿江路摇摇晃晃地行驶着,拉斯特斯·约翰逊开车,瓦格纳坐在他旁边,毕特瑞公使、埃德·卡特和胡克将军坐在后座。一辆别克旅行车载着布朗医生及他的家人跟随在后面。

白天越来越短,当他们快到码头时,天色已暗了下来。那里有几艘中国船,基本上都是柴油机驱动的驳船,甲板上装有德造反坦克和防空火炮。码头尽头处是美国军舰孟菲斯号,看上去像是直接来自西部早年密西西比河上的大船,船尾是巨大的桨轮,并列的两根烟囱冒着烟,精致的上层建筑上挺立着刘易斯型火炮和三英寸加农炮。

汽车通过重兵把守的大门,在码头边停了下来。美国海军人员正等在那里好装载他们的行李,包括一个无标识的木盒子,里面装着那台黑色机器。一旦所有的货物和人员都已安全登船——瓦格纳和埃德·卡特还在岸上——船长便会鸣笛开船。日本人占据了空中优势,海军舰队也正在迅速接近城市。孟菲斯号的船长想在第二天天亮时向上游的方向驶得越远越好,没有时间耽误了。

"你确定要这样做吗,瓦格纳?"卡特说,"你知道不是非得如此不可的。我们将继续站在委员长这边,中美军事交流合作还将继续。"

"我知道,卡特,我知道!唉,能怎么办呢?乔尔·韦弗也没走,还有其他一些人,威妮弗雷德夫人,勃兰特和施佩贝尔。也许他们认为几个外国人能起点作用的,他们也许是对的,也许错了。无论如何,我想总要有人守在这儿,看着点儿……以防万一,你知道。没事儿,卡特,别担心,我会没事的!"

"我巴不得如此!等等……"

卡特从外套里皮带上解下一个黑色皮夹子。

"拿着,"他说,"我不知道这会不会有什么用,不过以防万一……"

他把那皮夹子递给瓦格纳。瓦格纳打开一看,里面是一枚金质徽章,上面刻着"美国特工,哥伦比亚特区"。

"会给你带来一点受国际法保护的特权的,我想。也许会有用的!见鬼,我也不知道。"

"对极了,天晓得呢!谢谢你,卡特,非常感谢!让我们朝最好处去想吧。"

"哈,是的。朝最好处想,做最坏的打算。"

也许这调侃带点轻佻,依然显示了勇气,但晚上很凉,时间也很紧迫。

卡特把帕卡德的钥匙递过来。

"SSTR-1在后备箱。保持联络,注意安全,伙计。"

他们握了握手,有力且迅速,然后卡特跳上舷梯。大桨轮已在慢慢转动,桨叶拍击水面转入水下,又转出水面,带起水花,孟菲斯号徐徐离开码头,逆着水流进入江心,逐渐变成朦胧地平线上的一个小点。

"回家的票就这样没了,你这头自作聪明的驴!"瓦格纳边看着那船消失在灰色的暮色之中边诅咒自己,"等这里变成个狗屎堆,看你怎么办!"

这座城有十九个城门,但是大多数都已经被坦克陷阱和混凝土块封住了。在那些仍然开放的城门中,西北方有挹江门,这里离正向这里推进的日本人最远。出此门可以到达长江码头区,那儿堵塞着棚户区,挤满了应征的新兵和难民,那里每天都遭受日本人的轰炸,始终一片混乱。不是个好待的地方,肯定不再是可靠的避难处了。

下一个出口是北边的中央门,但那个方向无处可去,只有幕府山。瓦格纳知道那片山岭上有一些可以住人的洞穴,但是那里头早已挤满了难民;并且一旦日本人包围了城市,不用几天他们的侦察队就会将里头的人都赶出来。

瓦格纳十分清楚日本人主力将要攻击的是东面的中山门,那儿靠近飞妃父亲住的地方,整个地区将会变成火海,所以别指望朝这个方向逃生。

走旱路的大部分难民都经由南大门——中华门离开,瓦格纳猜想那里会是日本人的第二主攻目标,肯定会封锁通向安徽的主要公路。如果你没能在他们到来之前离开,你就不会有机会钻出去。

瓦格纳爬进帕卡德,启动马达。他开出炮舰码头,回到江岸。正当他准备左拐回到城市时,他停下瞥了一眼右边。朝远处看,泥泞的道路似乎消失于一片水田之中……但是这条路通向哪里呢?

他朝右转动方向盘。

路况越来越糟,裂沟和水坑越来越深,每前进一米都变得更加艰难。瓦格纳开始担心这辆沉重的低底盘帕卡德可能会卡在哪个坑中,或者弄坏了传动轴。

他停下,爬出车向前走去。他的左边是一片荒废的沼泽地,偶尔可见农民的茅棚和菜地;右边越过夹江是一个岛屿——江心洲。

瓦格纳在昏暗的光线中眯起眼睛仔细地看去。这个岛长长的,没高出水面多少,两头有大片的杨树和柳树。岛上看不到丝毫动静,除了滩涂上大雁在扇翅膀,也可能是别的什么东西。唯一有人居住的迹象是远处看不见的某个地方升起的一缕烟。

他继续走,两旁的树越来越少,河边小路旁的芦苇越来越密，正前方出现大片水面，说明他已走到了一个小半岛的尽头。

"好了，这就是你要的答案了，"他自言自语道，有点失望，还有点担心，"一条断头路！"

但他继续走，好奇心驱使他走向尽头。

果然，陆地到此为止，像是舌头尖，长满密密的植物，前面是长江和一个小支流的交汇处。四周寂静无声，只有江水的呜咽和看不见的水鸟不时发出的一声鸣叫。什么都没有，只有一条隐约的小径消失于一排垂柳身后的芦苇荡中。

一条通向芦苇荡的路，那边会是什么？鱼栅吗？蟹笼？不管怎么说，已经来到这里了。他注意着脚下，小心翼翼地顺着泥泞的小径走了过去。

一座由浮木拼搭起来的小屋隐藏在密密的树林后面。细烟囱没有冒烟，屋里也没有灯光。瓦格纳轻轻地、蹑手蹑脚地过去推门，门吱吱嘎嘎地打开，里面是一个简陋的单人小屋，只有一个床铺和一张桌子，屋子里满是垃圾和鱼腥味。他走进去，看到桌子上有几个盘子，里头有些鱼骨头，最多就是几天前吃剩下的。还有几个酒壶，有白酒的气味。

这是渔夫的棚屋。也许他们去江里打鱼了？

芦苇荡很高，朝门外只能看到一条木板便道。瓦格纳悄悄地顺着那窄道走到河边，免得惊动了哪个坐在那儿钓鱼的人。但那儿没人，只有一条拴在桩上的平底船。

"嗯。船还停在这里，嗬？"他大声说。在这个孤独寂静的地方听到自己的声音让他感到安心，"看来他们也不在河上，奇怪！"

越过西面的夹江约四百米远便是江心洲泥泞徐缓的江滩。

"嗯。"

他回到帕卡德上，在那狭窄的小道上驾车费力地做了个五点回转，这才向城里驶去。

第八章 大战前夕

灵谷古寺是坐落在南京城东数里外紫金山麓的一座儒家庙宇，很久以前为纪念一位逝去的吴国国君而建造，整座寺庙笼罩在一片茂密的树林中。当南京保卫战临近时，这座寺院厚厚的无窗墙壁以及迷宫般的地下墓茔使这里成为南京国军军官学校学员背水一战的绝佳堡垒。

浓烟从燃烧的弹坑中升起，坑旁散落着被坦克炮弹炸成碎片的古石。曾经的安宁之地躺满尸体，地下墓室被抵抗者的鲜血淹没，他们已被日军手榴弹和刺刀屠杀殆尽。

寺院以西半英里矗立着一座雄伟的十二层宝塔，名叫灵谷塔。它仿照明代风格建造，九年前才建成，以纪念南京再次成为首都。尽管灵谷塔周围战事极其惨烈，宝塔却奇迹般完好无损。寺院的守卫者选择在地面战斗，而非塔上居高临下但无遮蔽的位置。

在宝塔的顶层，高井广明中佐——蒙面太君正用望远镜越过一片海洋般起伏不定的灰绿色树梢观察地平线上已清晰可见的银灰色南京城墙。浦和王子少佐与和中、羽田两大尉站在他的身旁，眼睛也贴在他们的双筒望远镜上。船桥大佐身体也恢复到能离开营地，他坐在舒适的藤椅上通过一架支在三脚架上的黄铜航海望远镜注视着眼前的一切。

"城外的抵抗已经停止，"高井宣布道，"最后的残部也已退入城内。"

"成了笼子里的老鼠。"浦和王子嘲笑道。

"所以我们还是不得不进行攻城战，"船桥大佐说，"你预测敌军有多少人，中佐？"

"很难说，大佐。"高井说，"我们的情报基本上是估计，他们说原来的驻军有大约十万以上，第88路军残余部队肯定已在城内重新集结，还有来自长江上游的增援部队……很可能有多达三十万以上的士兵。我们需要有人进城给我们弄一个更可靠的数字来。"

"三十万?这意味着我们将处于一比六的劣势!"船桥说,"嗯,绝非易事。"

"对于武士道勇士来说十分容易,大佐大人!"浦和脱口而出。

老大佐浑浊的眼睛盯着这年轻人。

"这其中的挑战,浦和王子,"他用极大的耐心解释,"是如何应对那个不相称的数字而不在全世界的面前给大日本国丢脸。这将在我们历史上成为一个重要事件,我们必须向所有的人展示日本人的秩序和纪律!我指挥的所有部队行动不得没有秩序!俘虏的处置应符合战争法相关条款,掠夺和纵火罪必受处罚!我们来到这里是为了安抚中国人,而不是为了与他们作对。"

浦和开始与他争论。

"大佐大人,恕我直言,中国人是人类公敌,维护我们对这片蛮荒土地的所有权是我们的历史权利。我们采取军事行动是出于被迫,因此无论我们做什么都完全正当合理。"

"浦和少佐,正如你自己的叔叔所言,我们必须在全世界的眼中'闪光',我们要给这座城市投降的机会,然后按照国际公约行事,这是天皇陛下的旨意。"

"这一点你能确定吗,大佐大人?"

船桥现在几乎不能克制对这种轻佻无理的愤慨,但那傲慢的年轻人却不依不饶。

"从上海开始我们的进军并不轻松,"他怒气冲冲地说,"尽管缺乏组织,但中国人还是让日本付出了沉重的、血的代价,我们的士兵又累又饿。现在我们在以一敌六的情况下,还要让他们冒着生命危险去照顾抓到的俘虏?这些中国人不值得以战争法来对待,他们甚至不是一支军队,他们是一群由帮匪控制、由农民及惹是生非之徒组成的乌合之众！"

船桥感到他的耐心已经耗尽。

"少佐，"他厉声说道，"不管你怎么看中国人，日本皇军已受命展示荣光和荣耀以获得他们的信任。我们并非独自在此——世界将评判我们的行为。"

他转向蒙面太君。

"这一点应优先处理，中佐君。必须不惜代价确保城内外籍居民处于交火线以外，可以吗？"

"遵命，长官。"

"那好，空军一会儿将向城内空投传单。我们将限中国人二十四小时以内投降。如果他们拒绝，最后期限一到，攻击将立刻开始。一旦敌人的抵抗被击溃，我们将遵照赤崎王子殿下的旨意，依据战争法进入城市。这就是我的命令！"

会议结束，船桥招来勤务兵，他们上前就位，四个人分前后左右扶着虚弱的大佐走下十二层楼梯。

❋

羽田清人大尉在宝塔上单独又稍微多待了一会儿，看着银色的三菱轰炸机中队从东方的天空飞入，它们嗡嗡的马达声与南京上空响起的防空警报哀号声形成一种怪异的混响和声。

飞机进入射程后防空炮开火了，一团团灰色的烟雾似乎是随便散布在空中，哪儿都有但就是射不中目标。

当领头的飞机到达城市上空时，从机腹落下的不是通常那种啸叫着的黑色圆柱形铁炸弹，而是如同成群飞鸟扑动着翅膀那样的白色纸片。

羽田觉得眼前的景象有种不可思议的美。随着胸口再次出现那种熟悉的压迫感，他的思绪飞向了惠美子，飞向她那双充满耐心和灵气的手做出的精致折纸动物。

❋

高井中佐和他的军官们开了一瓶清酒，在野战椅上坐下等待是敌军投降还是战事重启的消息到来，并抓紧这宝贵间隙休息一下。

"看啊！"王子浦和少佐拿来一份传单，"这就是我们投下去的东西……"

他大声读道：

"保护城内无辜的平民和文明遗迹的最好办法就是停止抵抗。

日本皇军对抗拒者将严厉无情，

但对待不对日本抱有敌意的非参战人员将宽容慷慨。

你们的投降书必须在明天正午前发出，否则必将释放战争之恶犬。"

"你觉得怎么样？"高井说。

"宽容慷慨？"浦和大笑，"这些畜生识字吗？"

"他们的主人识字，"高井说，"所以问题是，中国当局有无理智？或者他们想用令人厌恶的傲慢来挑战日本皇军？"

"我希望是后者，中佐大人！"和中摆弄着武士刀的刀柄说。

高井向他皱了皱眉："不用担心，和中。我了解他们的顽固不化，我想你的愿望会实现的……"

"长官！"一个传令兵气喘吁吁地跑向军官们，"通讯班收到城里发来的信号！"

高井看了看周围一张张惊讶的脸。

"……或许实现不了了！"他说着，站起身来带领众人向无线通讯车走去。

在进军时，东北旅团征用了一些城市公交车辆作为移动司令部。其中一台用于运载功能强大但庞大笨重的无线电设备，其中包括一台衣柜大小的收发器，一部装在后面拖车上的柴油发电机，一架十米长的天线，不用时绑在车顶。今天天线杆已经竖立起来，用绳索将它固定在寺院的草坪上。通讯设备正在工作，与上海的皇军大本营联络着。

"什么情况，中尉？"高井向通讯中尉喝问。

"长官！我们收到一份南京当局发来的电报。"

"中国人的吗？"

"不是，中佐大人，是英国人。"

"日文的？"

"确定，长官！明码电文。"

高井从他手中一把抓过抄件。

本人系英国驻南京代办塞巴斯蒂安·莱诺

愿代表该城居民与日本当局谈判。完毕。

浦和王子少佐站在高井背后伸着头也在读抄件。忙乱中没人注意到他这一无礼举动。

"英国代办！"浦和不屑地说，"英国人？这跟他们有他妈的什么关系？他们自己在南京干什么？我们来这里要撵走的正是他们这样的白人殖民者。"

高井耐心地听着，锥子般的眼睛眯了起来，心中盘算着。作为黑龙兄弟会的首领，他对政治手腕并不陌生。对这一情报思量妥当之后，他果断地点了点头，对通信官说道："回电：'日本军不与西方帝国主义交涉，投降的最后期限是明天正午。'就这样。"

"好的，长官。"

信息发出。

军官们的兴趣被勾了起来，他们把野战椅在天线旁边重新摆放下来，正要放松一下，通讯中尉又回来敬了个礼。

"打扰了，中佐大人，又来了一份电报。"

高井接过来，眉毛扬起。

"本人系驻南京的约阿希姆·施佩贝尔

我获德国元首授权

希特勒先生委托我向非参战人员提供人道主义援助

我要求得到日本皇军的合作。

完毕。"

高井将抄本给围坐在一起的军官传看，查看着他们的反应。

"德国佬！"和中嘘道，"他们也是白人帝国主义，中国人的朋友！正是他们的毛瑟步枪和克虏伯大炮在杀害我们的人。"

"希特勒！"羽田说，"他现在是欧洲的大人物，我记得他和我们的政府签订了一项抵抗苏联威胁的协议。"

"你说得对，羽田，"蒙面太君说，这让和中反感极了，"德国人现在是我们的朋友，这是我国政府的政策，天皇陛下的愿望，唯愿皇权永固。"

他做出了决定。

"中尉，回复。告诉德国人我们将听取他的请求，并在不影响军事行动的前提下尽量与其合作。"

其他的军官没有说话。

他们喝了酒。

中尉又带着电文回来了。

"我们请求许可于市中心西北象限内设立国际安全区

我们要求日军的轰炸和炮击避开这一地区，

并要求日军尊重其国际法治权。

完毕。"

这时船桥大佐得到了消息，坐着担架过来了。他从高井中佐手中接过电报。

"有意思，"船桥说，"他们在上海也有一个安全区，到目前为止我们没有遇到什么麻烦。那使得那些不反对我们的人可以继续正常的生活。这是一个极好的机会，让我们可以向世界表明，我们正遵照川崎王子的意愿行事，尊重无辜者的安全，不冒犯国际社会。"

浦和王子与和中抑制不住发出反感的哼声。

"大尉,"年高德劭的大佐无视他们的反应,说道,"按我说的回复:'日本皇军尊重德国的人道主义关切,但此时不能做出任何承诺。有条件同意设立'安全区':该区为严格中立区,仅为非参战人员设立,其中不可存在军事及通讯设施,以及非武装警察之外的军人。'就这样。"

高井在一旁看着,一言不发,脸像一张神秘的面具。

"万一这是一个圈套怎么办?"浦和说,"中国人都是阴险卑贱的小人,在娘胎里就学会了撒谎。"

"我们将进行核查,"大佐说,"高井中佐,一旦抵抗停止,你和你的人立刻前去检查。"

"遵命!"高井说。

老大佐拍了拍手,他的担架又被抬走了。

✤

天将黑时浦和王子敲了敲蒙面太君的大巴车门,然后站到一旁,露出身后缩头缩脑、剃了光头的小罗。

"这就是我向您推荐的人,中佐大人。"

"很好,让他进来。"

小罗谄媚地打躬作揖,然后爬上车跟着高井中佐来到一张临时书桌前。高井坐下,让他站着,一言不发地看着他。如果他看到一个危险分子他能辨认出来,眼前这个中国小流氓就是这样一个人。这个中国流氓需要明白的是高井更加危险。随着沉默的时间一分一秒地过去,小罗觉得身上越来越燥热,尽管此时正是冬天。越来越明显的危险信号已经传递过来了。

终于,高井开口了。

"小罗,"他带着一丝嘲讽说道,"他们告诉我你效忠日本天皇,这怎么可能?"

高井冷冷地听着小罗重复他那一套日本人崇尚秩序,中国政权如何腐败,等等。蒙面太君心底里与浦和王子观点一致,那就是这人在娘胎里就会说谎。

小罗说完了,现在他低眉顺眼,从眼角偷偷看着这位日本军官。

高井的脸色没法让他放下悬着的心。

"那么你的忠心是不是足够让你潜入南京,为日本皇军承担一个特殊使命?"他语气冰冷严肃,似乎在暗示拒绝意味着死亡。

不过高井并没有想到小罗会有自己的秘密任务。小罗回答时几乎抑制不住嘴角的诡笑。

"没问题,老大。南京对我来说就像家。我去那里,做你要求的,没问题。"

现在高井忍不住皱了皱眉。连他也很难理解为什么一个中国人会如此急切地想进入一个即将对他这样的人大加屠杀和毁灭的地方,他朝椅背上一靠。

"知道了。那么你打算怎么进城去?"

小罗这时眉头紧锁,做出认真思考的样子。

"我们是江民,老大。我的家人都住江上。上海,南京,都一样。有人在江上。有船,能找到人,有船吗?"

高井听懂他的问题后,差点忍不住想屈尊俯就给他介绍一下正穿过清除干净了的布雷区沿江稳步推进着的帝国海军。他没这么做,对这个有潜在用途的支那人,他不想把事情弄复杂。

"很好……小罗。"尽管他满心厌恶,还是故作善意加上了称呼,"我们会把你弄到江上的。然后你进城,你的任务有如下几点:第一,找到你的人,你的'家人'。确保他们明白应该站在哪一边,然后给他们这个……"

他拿起一条白色的布,上面印了一个简单的红圈,那是旭日徽。

"一旦战斗结束,你和你的人就把这个戴在胳膊上。告诉他们我们会有很多活要他们去做,他们则可以得到食物和保护。清楚了吗?"

"没问题,老大!他们,家里人,家里说什么他们就做什么。万岁,呵呵呵。"

高井没有理会这人的奉承。

"第二,我要知道城里有多少中国士兵。四处打听,尽可能多地搜集情报。在战斗结束后来见我。戴上袖标,向任何一位士兵询问指挥部的位置。你不会有危险的。"

"好的,老大。没问题。"

这支那人有点勇气,高井心想。事实上,中国士兵在这场战役中普遍表现出了超乎所有日本军官想象的勇气,他不得不承认。

"很好。最后一件事。外国人建立了一个安全区……"

"上海,一样的。"小罗插话。

"是的。"高井说,放过了他的插嘴行为,"你到那里去,查清楚那儿是不是和他们说的一样,就是那里有没有士兵。明白吗?"

"明白,老大。没问题,交给小弟,呵呵。"

高井的脸色纹丝不动。

"有一条汽艇在等你,"他说,"执行命令吧。"

小罗依旧频频哈腰,内心暗自欣喜,前面有无尽的强奸、掠夺和复仇的机会等着他,他退出了门。

❊

日本海军登陆特遣队的汽艇从东边沿着长江的一条支流向城市靠近,那支流在城南一个弓背处汇入长江。小船被漆成暗黑色,海军陆战队员配备着忍者式装备,好融入黑夜。他们在一百米外便关掉引擎,在寂静中按小罗的手势,将船划向隐藏在芦苇中的小码头。当船头与铺路木板靠得足够近时,小罗便跳了过去。水手立刻挂上后退挡,小船悄无声息地迅速消失在江上暗夜中。

"阿亮!"小罗轻声叫着,悄悄绕过棚屋侧面,"阿亮,操你妈!"没人回应。

小罗推开门,屋内没人,看起来至少有好几天没人住过了。但是平底船还在,拴在码头上。这只意味着一件事:阿亮在城里。当然啦!小罗会心地笑了,混乱是江匪最好的朋友。

小罗拿起盘子里放了几天的鱼头,那鱼头还没有吃干净。嗯,他想着,不管阿亮去干啥了,这事儿一定很急。

鱼腮帮子上还有些肉。小罗闻了闻,冬天的寒冷让它保存得还算不错。他出门踏上泥泞的小路朝城里走去,边走边心满意足地啃着那个鱼头。

※

小罗沿江朝北走,脚下的路逐渐从泥土变成沙砾,最后变成满是裂缝和坑洼的人行道,终于能看见下关码头了。这里是长江下游江面最窄的地方,号称"中国的咽喉"。在长江北岸的浦口矗立着津浦铁路宏伟的南端终点站,这条铁路是通往北平和华北的干道。浦口由渡船连接下关,这里是南京的港口,主要的江上大门。可如今,由于担心日本飞机的空袭,码头作业只能在夜晚进行。

下关一带的港口设施遭到空袭的严重破坏。一个装载起重机吊臂朝下倒在江中,就像一只长嘴巨鸟在喝水。耸立在码头上的钟楼残缺不全,像折断的树桩。房屋被夷为平地,工厂和仓库大门悬挂着,墙壁坍塌。布满弹坑的街道上一片狼藉,满是破烂衣物和碎罐子,一切有价值的东西都被抢光了。在那些棚屋黑暗的门边隐约可见一些干枯的脸朝外偷看——衰弱地动不了的老头子或者老太婆,受伤的孩子……废墟里躺着死狗的尸体。

小罗无动于衷,摇摇摆摆地择路而行。

两条货运驳船,通常运米或煤的那种,正停在码头上,船上运的是后备部队,正在登岸。那些火急火燎的船员拼命催促那些士兵上岸,好尽快再次启程。小罗躲在一个黑暗的门洞里,看着一群驳杂不一的农村毛头小伙子下船登岸,他们来自长江上游什么地方。

他借着倒塌建筑物残缺墙壁的隐蔽,慢慢靠近过去。

一开始,新兵们聚在一起站着,带着悲凉虚张声势地抽烟、大笑。后来他们累了,便蹲下来,围成一圈一圈的。有一群人生起了一堆火,一个军官跑过来踢灭了火,顺便也给了这一群人一人一脚。

小罗悄悄笑出声来。

有人掏出了酒瓶,他猜里面装的是廉价白酒,好给这些新兵增加一些中国式的勇气。

"多喝点儿,伙计们!"他悄悄地说。

他等待着,知道不用等很久。

果然,有个小伙子站起来,到一个废墟边解手。夜很黑,没有月亮。没有灯光或火光,远处的物体看上去像是暗黑背景中更黑一点儿的剪影。

这小伙子把他的步枪斜靠在一块坍塌下的石板上,然后开始撒尿。

"喂,伙计!"小罗嘘了一声,"来根这个?"

小伙子吓了一跳,抬头一看,小罗似乎在扣上裤子,好像他刚解过手。小罗将一包香烟递过去,让他能看清烟的牌子。

"上海之夜!我操,你在哪儿弄到的?"

"我是上海人。"小罗说着又靠近了一些,"你呢?"

"皖南,"小伙子说,感激地抽了口烟,"那么你在这儿做啥呢?"

"原来是第88路军的,兄弟。今天在紫金山吃足了苦头,在找部队呢,不是吗?"

"哦,是吗?是的!"

小罗此刻已很靠近他,如此之近,足以看清他身上的高级丝绸上海衫。

"那么你的军装呢,就像……"小伙子说着又深深地抽了口烟,皱起眉头,有点困惑,"……还有你的枪呢?"

"看,"小罗说,"那边……"

他友好地把一只手放到那小伙子的肩膀上,左手从左边一拨,当小伙子顺着手势转向他指的城市方向时,小罗老练地将一把小匕首一下准确地插进他的脑干。

小伙子的脊髓被切断,小脑被搅碎,他的生命像盏灯一样被熄灭,身体悄无声息地瘫软在地上。小罗将尸体拖到废墟中,剥下死者身上粗糙的棕色毛料外衣和裤子穿到自己身上。这些衣服已经又脏又臭,上面那点血迹不会有人注意到的。他还笨拙地将绑腿裹在自己的小腿上。

他拿起那顶软毛料的帽子,帽子上有颗小红星。

"真可爱!"小罗窃笑着把帽子扣在他的圆脑壳上。

小罗身穿军装,肩扛步枪,若无其事地走回江边,没人认出他也没人打扰他,直到新兵被召唤去集合,然后他便跟在队伍后面向城里开去。

*

第二天中午。

东北装甲旅团的中型坦克沿着沪宁公路排列,延伸足有一英里长。引擎轰隆作响,信号旗迎风飘扬。

炮兵集结起来做好了准备,炮弹上膛,炮手就位,或站或跪,等待开火的命令。

羽田清人大尉跪在中队前面,一手持刀,身后士兵手中的步枪已上好了刺刀。有些士兵拿着信号旗,黑龙会旗也在其中。和中的中队在他们右边。

他们面前是这座城市的东城门，其本身就是一座堡垒，在巨大的三拱门石楼后面是几重瓮城。两侧有湖泊和树林，且部分受到城门外起伏地形的屏障。现在其防卫更加强固，密布反坦克铁梁和混凝土机枪地堡。城墙上更是步枪如林，城墙那边还有德国提供的火炮及坦克部队在等着。

羽田试着湿润自己的嘴巴，和中轻蔑地看着他，也舔了舔嘴唇，迫不及待地期望一切尽快开始。

高井中佐带着王子浦和少佐走过来。浦和王子高举武士刀刀鞘，上面一面旗帜迎风飘扬，不是休战的白旗，而是旭日旗。两人眼睛笔直地盯着前方，步伐整齐，轻快地向前走去。高井盘算着：正如浦和所说的，中国人在娘胎里就学会了撒谎。在离城门三百米处他停了下来，在这个距离，射手射中随便他们哪一个的机会都不大，可以冒这个险。

高井中佐拿出一张空投传单，像卷轴一样展开，提高声音朗读起来，对面的人虽然听不清但绝对能看见，并且明白他的意思。他读出了那最后通牒：

"……否则必将释放战争之恶犬！"

朗读完后他放下手臂，握住刀柄。

两个军官，以及集结在他们身后的东北旅团都屏住呼吸等待着。

接着，那不可避免的事还是发生了——一个中国守军，可能是喝多了白酒还是吸多了鸦片而过于亢奋，放了一枪，子弹钻进泥土里，谁也没伤着。枪声回响在寂静的紫金山间，掠过肃静的日本军阵上空。

高井眉毛上扬，唇间露出一个讽刺的鬼脸，转向浦和王子。

"很好，少佐，就这样吧。听令！释放战争之恶犬。莎士比亚的名言，不是吗？"

找部队呢，不是吗？"

"哦，是吗？是的！"

小罗此刻已很靠近他，如此之近，足以看清他身上的高级丝绸上海衫。

"那么你的军装呢，就像……"小伙子说着又深深地抽了口烟，皱起眉头，有点困惑，"……还有你的枪呢？"

"看，"小罗说，"那边……"

他友好地把一只手放到那小伙子的肩膀上，左手从左边一拨，当小伙子顺着手势转向他指的城市方向时，小罗老练地将一把小匕首一下准确地插进他的脑干。

小伙子的脊髓被切断，小脑被搅碎，他的生命像盏灯一样被熄灭，身体悄无声息地瘫软在地上。小罗将尸体拖到废墟中，剥下死者身上粗糙的棕色毛料外衣和裤子穿到自己身上。这些衣服已经又脏又臭，上面那点血迹不会有人注意到的。他还笨拙地将绑腿裹在自己的小腿上。

他拿起那顶软毛料的帽子，帽子上有颗小红星。

"真可爱！"小罗窃笑着把帽子扣在他的圆脑壳上。

小罗身穿军装，肩扛步枪，若无其事地走回江边，没人认出他也没人打扰他，直到新兵被召唤去集合，然后他便跟在队伍后面向城里开去。

*

第二天中午。

东北装甲旅团的中型坦克沿着沪宁公路排列，延伸足有一英里长。引擎轰隆作响，信号旗迎风飘扬。

炮兵集结起来做好了准备，炮弹上膛，炮手就位，或站或跪，等待开火的命令。

羽田清人大尉跪在中队前面，一手持刀，身后士兵手中的步枪已上好了刺刀。有些士兵拿着信号旗，黑龙会旗也在其中。和中的中队在他们右边。

他们面前是这座城市的东城门,其本身就是一座堡垒,在巨大的三拱门石楼后面是几重瓮城。两侧有湖泊和树林,且部分受到城门外起伏地形的屏障。现在其防卫更加强固,密布反坦克铁梁和混凝土机枪地堡。城墙上更是步枪如林,城墙那边还有德国提供的火炮及坦克部队在等着。

羽田试着湿润自己的嘴巴,和中轻蔑地看着他,也舔了舔嘴唇,迫不及待地期望一切尽快开始。

高井中佐带着王子浦和少佐走过来。浦和王子高举武士刀刀鞘,上面一面旗帜迎风飘扬,不是休战的白旗,而是旭日旗。两人眼睛笔直地盯着前方,步伐整齐,轻快地向前走去。高井盘算着:正如浦和所说的,中国人在娘胎里就学会了撒谎。在离城门三百米处他停了下来,在这个距离,射手射中随便他们哪一个的机会都不大,可以冒这个险。

高井中佐拿出一张空投传单,像卷轴一样展开,提高声音朗读起来,对面的人虽然听不清但绝对能看见,并且明白他的意思。他读出了那最后通牒:

"……否则必将释放战争之恶犬!"

朗读完后他放下手臂,握住刀柄。

两个军官,以及集结在他们身后的东北旅团都屏住呼吸等待着。

接着,那不可避免的事还是发生了——一个中国守军,可能是喝多了白酒还是吸多了鸦片而过于亢奋,放了一枪,子弹钻进泥土里,谁也没伤着。枪声回响在寂静的紫金山间,掠过肃静的日本军阵上空。

高井眉毛上扬,唇间露出一个讽刺的鬼脸,转向浦和王子。

"很好,少佐,就这样吧。听令!释放战争之恶犬。莎士比亚的名言,不是吗?"

浦和从刀鞘中拔出武士刀高高举起。

"万岁!"

第九章 风和雨

五台山是一座低矮的山脊，它将南京城墙内的北城区和南城区间隔开来，北城区曾是农业区，南城区则人口更为稠密一些。山脊的东端山势渐缓，延伸进城市中心，横在鼓楼和新街口之间，德国公使馆就坐落于此。这是一座建在土坡上的两层巴伐利亚风格[1]的建筑，俯瞰着广州路和上海路的一角。一面巨大的纳粹万字旗低垂在高高的旗杆上，每个窗台上都挂有纳粹标志旗，好像在欢迎即将到来的日本人。

公使馆宽大的舞厅中央摆着一圈折叠椅，瓦格纳、威妮弗雷德夫人、莱诺及韦弗都坐在这儿。他们都戴有安全区委员会的标配：汤盘状的美国海军陆战队钢盔。在日本人打进来时，这要比中国军队的德式钢盔安全一些。德国公使馆提供的蔡司望远镜。第一次世界大战时使用的防毒面具和乘警哨，这来自英国。一个白色的袖章，上面印有三个中国汉字"安全区"。委员会主席施佩贝尔正站着，他还在黑色西装上别了纳粹万字章，作为第二个标识。威妮弗雷德夫人穿着她的救世军制服，"这样显得威严些，亲爱的！你知道，仅仅做个女人实在够糟糕的。"

"那个关键时刻即将到来，"施佩贝尔说道，"几个小时后便是最后期限，之后会发生什么没人知道，但是我们必须做最坏的打算。到今天早上为止安全区内已有约十万难民。我们已经打开了国立大学所有的建筑——感谢威妮弗雷德夫人——以及本区域内的五所小学和国家法院。沿着草场门大街还有几座政府大楼，包括教育部、采购部、公共服务部和参谋本部。今天在最后一批政府安全警卫人员离岗之后，我们便可以占用这些地方。能够容纳的人数或许可以达到……二十五万？"

他们默默地消化着这个惊人的数字。

---

[1] 巴伐利亚木屋风格：一种德国建筑风格。主要指南德巴伐利亚地区清新明快的巴洛克式建筑。

"你觉得安全区以外还有多少人？"韦弗问道。

"现在还很难说。据我们所知，绝大多数居民已经离开，但是听说住在夫子庙附近老城区的一些人，怎么说呢，好像是把头埋在沙子里，拒绝离开自己的家，还想像往常一样做生意。所以，如果我们用四比一的比例来估算撤离的人和留下的人的话，也许在安全区外的人数至少和安全区内的一样多，可能也有十万。"

"那士兵们呢？"威妮弗雷德夫人问，"就凭我们所见那些经过的新兵们的可怜状况，我无法想象他们有多少勇气对抗日本人。我认为今天不用到晚就会有很多受伤的、丧失了斗志的年轻人来到我们门口。"

"是啊，"施佩贝尔说，"那会是一个问题。多亏了瓦格纳先生，我们可以与日本人直接联系，他们非常明确地要求安全区绝对只能安置非战斗人员。如果他们发现区内有任何武装人员或穿制服的人员，协议便完了。"

"看在人道主义的份上！"威妮弗雷德夫人说道，"我们应该怎么做？赶他们走吗？"

"我们可能没有选择，"韦弗说，"我们得替所有那些无辜的妇女和儿童考虑。"

"但我们怎样维持秩序呢？"莱诺问，"我是说，安全区并非密不透风，在路中间插上一溜旗帜很难阻止绝望的人们闯进来，我们至少需要带刺的铁丝网。"

"嗯，你当然是对的，"施佩贝尔说，"但这是不可能的。我们最起码还有城市警察——今早市长在离开前签字让我全权管辖。所以我们已按照日本人的要求，解除了他们的武装，让他们在周边执勤。"

"食物呢？"瓦格纳问，"十万人？等着吃饭的嘴可不是个小数字呢！并且我们估计数字可能还会翻倍，甚至翻上两倍以上。"

"啊，是的，谢谢你，瓦格纳先生！最后，市长也按约定移交了粮库的钥匙。但只是有两个问题：第一，粮库在城外；第二，我们没有卡车来运粮。"

"我们有救护车。"韦弗说。

"我有美国公使馆的车。"瓦格纳说。

"很好，很好，"施佩贝尔说，"我有辆梅赛德斯，莱诺先生也许能让我们使用英国公使馆的车。"

"还有我！"威妮弗雷德夫人说，"我也有辆车，我肯定可以帮忙的。"

"你确定吗？"施佩贝尔说，"在城里转悠会变得很危险的，而且这会是个重体力活。"

"笑话！"夫人说，"我可不害怕这一点点重活儿。我父母以前在工厂做工，我自己以前也受过别人的救助，这你们知道。也不总是剑桥的格顿学院或者白金汉宫，我只碰巧成为少数幸运者之一。虽然我只能想象那些可怜的人将遭遇什么，但我想轮到我为别人出点力了，不用担心我！"

❋

委员会车队沿中山路朝南向中华门驶去。市中心街道上空无一人，两旁排列着烧毁的房屋，断壁残垣，熏黑的石块间是散落的商品和砸碎的橱窗玻璃。

当他们进入城南靠近城门时，可以看到越来越多的军队——后卫部队的士兵一群群在街角蹲着，围着架起的步枪抽烟。车队小心翼翼地在野战厨房和弹药车之间穿行，这条狭窄的绿荫道已变成了一个巨大的露天营地，越来越难走。城门前安放了两门克虏伯3.7厘米反坦克炮，形成交叉火力，他们从中间穿过，最后经过一辆德造马克I式装甲坦克，上面两挺斯潘道机枪对准了城门洞。

中华门不是单重门，而是由三个相连的瓮城组成，都有很厚的城墙和单独的城门，这使得守城者可以逐步后撤，或者将攻城者关在其中，居高临下加以痛击。车队谨慎地从部队、坦克和大炮之间穿过，进入四重城门中的第一重。

一位国民警卫队少校大摇大摆地走出主警卫室，挥手示意奔驰车停下。

"你们以为是在朝哪里闯呢？"他问。

开车的是朱伟可，他是国立大学唯一的德语研究生，红十字委员会成员，公使馆的朋友，他向少校解释了安全区、委员会和粮食的事。

"不可能，"少校说，"我们估计日本人随时会发起进攻。我必须保持这条路畅通，以便反攻。我们不能允许市民挡住了道路，掉头回去，那个中士会领你们回到干道上去的。"

这时候，施佩贝尔从车里冲出来，挥舞着那份绸面授权书，就像挥着一件钝器。

"看到这个吗，少校？"他高声喊道，"上面说由我负责留在这个城市里所有人的安康。看见那些吗？"他指指身后的装甲车和克虏伯大炮，"你知道这些武器是从哪里来的吗，嗯？"

施佩贝尔一把握住奔驰车挡泥板上的万字旗，"从这里！"他又用手指点点少校腰间那军中普遍装备的德国毛瑟枪，"还有这个——这个是从哪里来的，嗯？你觉得委员长对那个最终造成德国中止对政府援助的军官会怎么想……少校？你想赌一赌吗？"

施佩贝尔挺直身子，直接瞪着少校的眼睛，像拳击手一样把胳膊上的袖章捅向他的对手。

少校研究了文件，从头一直看到委员长的签名和那具有至高无上权威的印章。他瞥了一眼手表：十一点零五分。

"好吧，"他叹了口气，"走吧！但是警告你们，要是攻击到来，我们将关闭城门。"

他递过文件，朝前面的卫兵挥挥手，车队开动，通过一条两旁堆满沙袋和三角铁的狭窄通道，穿过布满机枪射孔的瓮城，驶出了最后一道城门，城门上面的雉堞边站满神情紧张的步兵。

※

当1865年工业革命来到南京时，也许因为工厂来自外国文化，或者因为其尘埃和污染还不为人所知，抑或因为它在某种程度上代表了一种陌生及不确定的未来，新建的工厂区被放在城墙外护城河的对岸，离中华门不远。工厂的建筑都是红砖砌成，结合了中国传统风格与维多利亚哥特式风格，其规模不大，和那个时代旧手工劳动的生产方式相一致。一连串窄长的棚屋背靠一个小型铁路站场，一个河运码头，方便大型货运。直到几天前，这些工厂还在开足马力生产毛瑟步枪、手枪和弹药。沿码头的仓库里仍然堆满了烤蓝钢材、干橡木、黄铜片和易爆炸化学物质——只有其中一间储藏着十吨大米，这些大米对于挤满安全区的饥饿民众来说，很快将如同黄金一样宝贵。

车队驶过无人值守的传达室，通过从不放下的横杆，沿着狭窄、嵌有运货轨道的鹅卵石通道来到码头前停下。施佩贝尔像条捕猎中的猎犬，奔驰车还没停稳便跳了出来，手里拿着仓库钥匙，脱了外套，卷起了袖子。瓦格纳、韦弗、莱诺和威妮弗雷德夫人也停下车，做好干活的准备，朱伟可在工厂区域把所有可以找来的人手都找来了，很快他们便组成一条流水作业线，将十公斤一袋的大米从筒仓传到车上。每辆车里都塞进了尽可能多的大米。瓦格纳注意到威妮弗雷德夫人强壮、布满雀斑的前臂，她的工作效率不比任何男人低。

他们装满了奔驰、救护车以及帕卡德，劳斯莱斯的装载刚进行到一半时，远处响起密集的爆炸声，传来地震般的震动，然后便是撕裂天空的啸叫，紧接着炮弹落地摧毁建筑物的爆炸声，就离他们不远。大地在爆炸声中摇动，浓烟和火焰在城墙内夫子庙地区升起，那里距他们不到一英里。炮击声连续不断，不远处传来的是尖锐的连串爆响，远一点传来的则是较为低沉的轰鸣。快速而猛烈的机枪射击声似乎正逐渐从东边向他们靠近。

"打响了！"瓦格纳对施佩贝尔说，"他们发动了进攻，我们得离开这里。"

"最后一袋。"施佩贝尔气喘吁吁地说。

瓦格纳弯腰继续传递大米，直到中华门传来第一阵炮声。他朝东边日本人战线那边看去，那里红白信号旗舞动，正沿着地平线移动。

"坦克！"瓦格纳喊道，"我们必须走，立刻走！"

施佩贝尔勉强点了点头，因为他们才刚开始向威妮弗雷德夫人的车里装载大米。他发出信号，车队发动汽车。但是牛津六汽化器进了水，点火器徒劳地哼哼，发动机就是打不着火。瓦格纳拔出摇把试图手摇启动，因为用力和紧张弄得满头大汗。发动机在好一阵声嘶力竭似乎永无休止的轧轧声后终于启动，他们得以离开，但时间已极其紧迫。城防部队一看见远处冲来的日本坦克，便立刻按序关闭城门，先关大木门，再放下闸门。施佩贝尔拼命地按汽车喇叭、闪车灯，才勉强使他们等到这吃力行进的车队进入瓮城后才最后关闭了城门。

✻

穿过市中心返回的行程极其紧张，重载的汽车冒着炮火在因爆炸而摇晃的道路上前行。瓦格纳感到一种奇怪而超然的兴奋，好像是在看一场惊心动魄的奇观，而自己并非身处危险之中，只担心炮火会不会波及在安全区等待的飞妃。但是现在主要的目标区似乎集中在城东南一带——拥挤的夫子庙地区、国民政府、飞机场，也有一些炮弹射偏了，飞向距他们目前位置不远的城中心区。会不会是通过无线电进行的谈判最终起了作用，日本人不将安全区作为目标了？不管是哪种情况，都不会改善委员会现在的处境，他们正缓慢朝北行驶，正要穿过这场风暴的中心。

猛烈的轰击震动着大地。碎片从炸烂了的屋顶和楼房的高层雨点般落下，干道旁的一些大楼燃起了大火。瑞兹剧场和扬子江酒店外几辆汽车在燃烧，一枚大炮弹落在了这里，炸死了十来个人。街道上流淌着鲜血，散落着残肢断臂。

谁也没有动，什么也做不了。车队继续向前走，小心翼翼地绕过那些残躯，尽量表示一点对死者的尊重。尽管天气很凉，瓦格纳却仍在冒汗。

当车队到达中山路和汉中路交叉的新街口时，他们追上了一群正朝安全区方向跑去的乱兵，车队减缓车速，施佩贝尔把头伸出奔驰车外，冲一个士官喊道："怎么啦？"

"他们命令我们撤退！"那士官说。

"谁？谁命令你们撤退？"

"不知道，士兵们都这样说。我们守不住这座城了。中山门就要被攻破了——他们用重炮轰击城墙，只有不要命的疯子才守在那儿。他们说有船在下关等着，如果我们跑得够快的话，就能够渡过长江……"

这群乱兵接着赶路，速度之快，几乎就是在奔跑了。士兵们沿路扯下破碎的商店橱窗里假人身上的衣服，给自己换上，不管合不合适，只要是平民式样就行，然后随手扔掉他们的步枪和制服。

成群的士兵们继续向北奔向长江边，车队则左转到了汉中路上，这是安全区的南部边界。就在他们快到上海路安全区的入口处时，看见路面上躺着更多尸体，他们不得不停了下来。有一座房屋被炮弹击中，几个居民被炸飞到街上。一对老夫妻伏在一个躺在废墟中的年轻人身上痛哭，他的头颅被弹片炸碎了。他们的邻居压不住好奇心，不顾还在进行的炮击都围了过来，都想看得更清楚一点。

施佩贝尔火冒三丈,他跳出奔驰车。

"隐蔽,立刻隐蔽!你们也想要这个下场吗?疯了吗?你们以为就一定不会摊上这事儿?下一枚炮弹随时会落下来的!快走!"

炸伤的人中有个男人腿被炸断了。他痛苦地扭动着,鲜血从股动脉中喷射出来。另外一名受伤的女人吓坏了,在歇斯底里地尖叫,她的胳膊断了,仅有一层皮连着,鲜血浸透了她的衣服。当韦弗用吗啡和止血带救助伤员时,瓦格纳、施佩贝尔、莱诺、朱伟可和威妮弗雷德夫人把救护车里的大米袋移到威妮弗雷德夫人的车上,腾出位置好把伤员运回医院。

※

小罗满意地巡视着这个被摧毁的市中心。虽然上海有的是来自世界各地的奢侈商品,但是他一直没有时间逛商店。他看中了大华酒店大厅里专售晚礼服的精品店,便踏着破碎的橱窗走了进去,悠闲地浏览起来。最后他穿着一身白色燕尾服系着白领结头戴一顶丝绸礼帽钻了出来。

"呵呵,"他对着镜子里的自己咯咯地笑了,"像日本公使!"

"你们都给我听着,"他对那些宣誓效忠黄帮的乱民们说,这些人中有小罗的远亲,也有些新兵,"我们这样安排,把这些袖标拿去,不要给人看见。这要等小日本接管后才有用,明白吗?阿金家是联络点,就在古林寺那儿。那边没事儿,不会打到那里的,去安全区也方便。所以别客气,这些东西尽管拿,能拿多少拿多少,都搬回窝去。然后去安全区——他们会给你们安全的住处,还能白吃白喝,毫无问题。记住,一看到日本人,立刻戴上袖标。清楚了吗?"

※

南京鼓楼是一座明代城楼，建在城市的地理中心上，过去人们击打其巨大的钟鼓来报道晨昏、整点计时，或者示警召集军队。现在这儿是政府和使馆区域的正式入口，也是安全区内的制高点。它建在玄武湖畔的一个山丘上，在其高达一百英尺的观景台上可以俯瞰城墙，城东和城南地区一览无遗。随着夜幕降临，瓦格纳和飞妃一道来到这里找施佩贝尔。

沿着地平线是一片血色亮光，浓烟夹着火光升向夜空，大炮的轰鸣与闪光像无休无止的雷暴。燃烧弹落入阴影之中，爆闪后迅速暗下去，变成点点炫目的白光，猛烈地燃烧着，随着周围的建筑物燃烧起来，白光隐入一片黄色的火海之中。

看着眼前这恐怖的美景，他们感到震惊、难以置信，这时背后响起一连串爆炸声。

"怎么回事？"施佩贝尔生气地问。

"该死！"瓦格纳说，"离得好近！"

"他们现在把安全区列入目标了吗？"施佩贝尔说，"出什么事了？"

他看着瓦格纳。

"我不知道，"瓦格纳说，"我去周围查看一下吧。"

"我和你一起去！"飞妃说。

他们下楼去取瓦格纳的自行车，这车车架粗大，轮胎厚实，可以很好地吸收崎岖不平的石子路带来的颠簸。飞妃侧身坐在后座行李架上。

"你在后面可以吗？"他问道，他们正要出发去中山北路一带。

"开玩笑呢？"她说，"我刚学会站时就像这样坐在我父亲的后座了！我弟弟常常还坐在车把后。不用担心我，你能骑多快就多快。"

路上散落着制服和装备，一群一群的人在漫无目的地乱窜。是迷失了方向的散兵还是伺机犯罪的坏蛋？瓦格纳不能确定。

"出什么事啦?"他朝一群人喊道。

"日本人不留俘虏,"他们说,"我们要逃出去,但城门关上了!"

他接着向前骑,在距离挹江门一英里的地方,撤退部队留在最后的几个单位停滞不前,汽车停在道路上,士兵们拥堵在人行道上,有的蹲着抽烟,还有的煽动着叫嚷着。无路可走。瓦格纳转进旁边迷宫一样的小巷中,终于绕到能看到挹江门的地方。

挹江门的规模要小于中华门和中山门,但依然很大,在厚重的门楼下有三个城门洞。左右两边有宽阔的石台阶通向城楼上的望平台,那里可见枪口火舌闪烁,正向中国军队的方向射击。

"他们在朝自己人开火!"瓦格纳说。

当撤退部队的最前面的人拼命向后退以躲避前面泼下的弹雨时,发出的声音异常恐怖,就像一场足球赛中所有的观众一起发出极度恐惧的呼喊。中弹者倒在路面上抽搐、死去。

拥塞的队伍开火回击,门楼和护栏上碎块迸溅。守卫士兵又射击了几分钟,然后枪口的火光熄灭,射击停止了。

从瓦格纳和飞妃躲藏的小巷巷口可以看到街对面的江南海军学院。突然一枚日本榴弹炮炮弹划破空气飞来击中了学校大楼,随即响起震耳欲聋的爆炸声。

一块炽热的弹片击中道路上一辆弹药车,引发爆炸,将烧焦的人和马的残躯抛向空中。队伍中其他的马匹受到惊吓,扬起前蹄暴跳,引发混乱。猛烈的火焰迅速吞噬了邻近的房屋和车辆。

此时这支队伍既愤怒又恐慌,像潮水般向前涌。士兵们被挤到火焰中或是城门门道里,一旦跌倒即被人群踩踏。一辆坦克轰鸣着从后方冲来,撞倒挡在它前面的所有人,将他们碾成一团肉泥,当中夹着压扁的钢盔和塞在军靴之中的脚掌。

眼前的情景和耳边的声音是如此的恐怖。飞妃觉得喘不过气来,把头紧紧伏在瓦格纳的肩膀上。

坦克边一名士兵脑子很快,他将一枚手榴弹从坦克驾驶员的望孔塞了进去。手榴弹爆炸,坦克猛然撞向城门洞侧壁,右边的履带被那堵沙袋墙架悬了空,冒烟的炮塔歪倒在一边,把城门结结实实地堵住了。

既然交火停止,城门又无法通过,士兵们疯狂地向城墙拥来。人们从城门两边的石阶梯冲上墙头,扯下身上的衣服和绑腿做成简易绳梯,不顾一切地试图逃走。很快就响起惨叫声,有人从城墙上跌落了下去。

其他人转身向来的方向跑,跑向安全区。

"不要带枪!"瓦格纳喊道,"不要穿军服!"

此刻南京所有的城门都被封住了。

他们被困住了,就像被关进了笼子。

※

日军的轰击一直持续到了夜里,随着防守火力越来越弱,进攻者嗅到了胜利的气息,炮击加强了。委员会按计划在德国公使馆聚集,莱诺带来一箱从英国公使馆酒窖中拿来的佳酿红葡萄酒。

"我想今年我们可能得早点庆祝圣诞节,"他慢吞吞地边说边把酒给大家递过去,"我们的新主人可能是无神论者,我担心。"

他们喝酒,一杯接着一杯。

莱诺早先吸了口烟,这会儿又喝了红葡萄酒,有点亢奋,便在钢琴前坐下:"女士们,先生们,请携舞伴……"

他弹响钢琴,唱了起来,他那英国公校的口音听来更像吟诵:

"不知为何

天空中没有太阳

暴风雨的天气……"

施佩贝尔站起身来,略显踉跄,向威妮弗雷德夫人鞠了一躬。夫人端庄地起身,握住他的手,接受他的邀请跳了一支缓慢且相当笨拙的狐步舞。

瓦格纳朝韦弗望去,他在狂饮,他的中国"妻子"茗姬,在几天前的大规模撤离中没打个招呼便消失了。

接着瓦格纳注意到飞妃正看着自己,她的眼睛像黑宝石一样闪闪发光——她在等待。

"愿意跳支舞吗?"他问。

像飞妃这样的好姑娘,尚未婚配,和一个外国人跳舞,这是不可想象的。这是南京,不是上海。

当然,这里曾经是南京。那现在又是什么呢?

她点了点头,神情严肃地握住了他的手。

"我以前从没跳过舞。"

他紧张地笑了笑,"但你是专业的舞者啊!"

"我的意思是,没和男人跳过舞。"

莱诺换了一首曲子,节奏加快了:

"风在吹

雪在下

但我不惧风暴

我该担心什么,风暴会有多大?

唯有我爱让我温暖……"

"你有没有想过,根本就没有过去或未来这样的事情?"飞妃说,"我是说,这两者都不真实。"

"哇,"瓦格纳说,"听起来那可不太妙。"

"你真这样想?"她说,"也许那不是件坏事。"

他觉得——或许是他想象——她慢慢地靠上了他的胸膛。

"你此刻在这里,"她说,"我也是,我们在一起。我能感受到你的手臂,我能感受到你,就在这一刻,这一切都是真实的,比我以前经历的一切都更真切。不管以前发生过什么,此刻都不再真实,只是一种记忆。人们谈论未来,可也许根本没有未来。也许此刻是唯一重要的,是唯一重要过的。"

他们轻轻地飘过地板,而大地随着炮弹爆炸而摇动,空中飘洒着尘埃,公使馆洁白的墙壁上出现了裂缝……

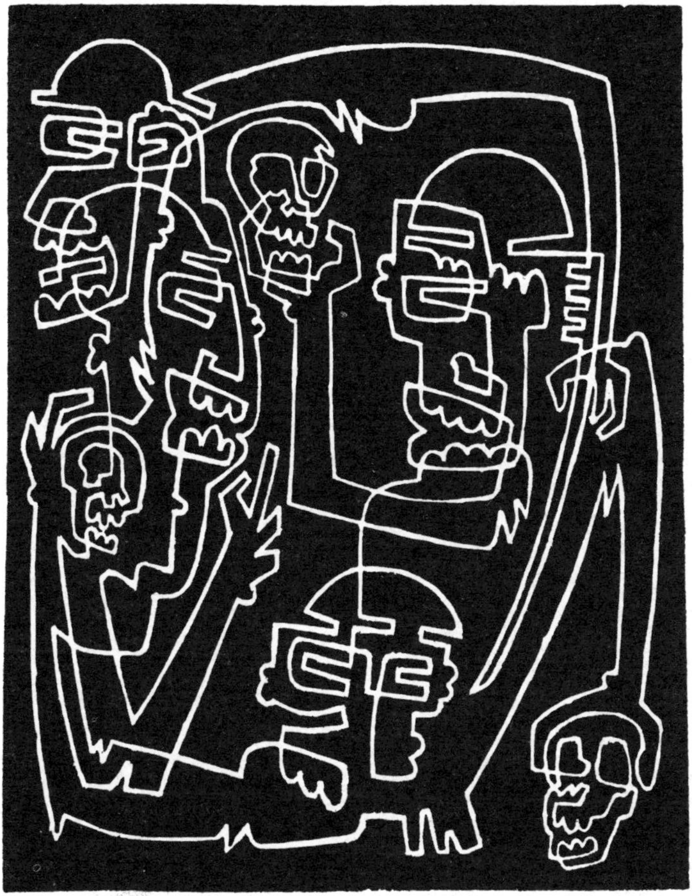

第二部 大屠杀

# 第一章 醒来

夜里不知何时，瓦格纳因压力过大、疲惫过度和饮酒过多而沉睡了过去。当他醒来时发现自己躺在沙发上，头昏脑涨，飞妃也在自己怀里。她的眼睛睁开朝他眨巴着，正准备微笑呢，看了一眼房间四周，慌忙坐了起来，瓦格纳也同样感到了尴尬。两人都花了点时间才明白窗外已阳光明媚，四下一片寂静。

"攻击结束了。"他说。

莱诺、威妮弗雷德夫人和韦弗都不在屋里，不过就在这时，施佩贝尔端着两杯咖啡走了进来，这咖啡是公使馆精心留存下来的。

"早上好，瓦格纳！"他用德语说，忽略了那女孩的存在，"或者至少我希望今天早晨一切都好。攻城战已经停止了，所以我只能假设中国人已经投降，城市现在落到了日本人手中。韦弗医生和威妮弗雷德夫人正在医院忙着——伤员正涌入医院，有军人也有平民。莱诺先生他……身体不适，或许你可以和我一起去找一下日本指挥官——你的语言能力将会大有用处的。"

瓦格纳骑车带着飞妃沿上海路回国立大学，两旁的人行道上满是帐篷和一脸焦虑的难民。

"听着，飞妃，"他在宿舍门口对她说，"你一定要待在这儿，绝对不要因为任何原因独自出门，去领配给口粮时要和别人一起去，明白了吗？千万千万！行不行？"

她点点头，因为不能和他在一起而有点失望。

"没问题，"她说，"别担心，还记得我们昨晚说过的话吧——最重要的是现在！这是属于我们的时间，我会等着你的。"

她微微一笑，在他的脸颊上轻轻一啄然后跑进了宿舍，周围的一群年轻女孩既震惊又好奇，咯咯笑着在围观，危机不危机的，一时都忘了。

❋

梅赛德斯奔驰车由朱伟可驾驶着沿广州路行驶，施佩贝尔和瓦格纳坐在车后座。他们经过了前一天被炮弹摧毁的房屋废墟,这里的尸体已在夜里被搬走,来到中山路干道,路上还散落着撤退士兵们抛弃的步枪和制服。向南转,他们看到房屋废墟里升起一股股浓烟和灰尘,这儿曾遭受了最激烈的轰炸和炮击。

他们在新街口的路口看到了第一批日本人。一队刚从战场上下来的步兵坐在路边抽烟,显然已精疲力竭,和街对面的一群中国平民互相冷眼看着。

这真是一幅超现实画面,瓦格纳心想,就像一只猫瞪着一只鸟。中国人从不掩饰自己的好奇心,这足以给他们招来杀身之祸。

同时,让他大吃一惊的是日本士兵那毫不起眼的外表:矮小、纤弱,许多人戴眼镜,拿着老长老长样子的老式步枪。瓦格纳惊讶于政治宣传的力量,特别是当你自己也相信那宣传的时候,他想着。

当看到插着旗子的奔驰车驶来时,那军官跳了起来。

施佩贝尔和瓦格纳从车里钻了出来。那位军官是羽田中队的金子一郎中尉,他看起来有点纠结。刚刚结束了一场残酷的战斗,他此刻没有心情与平民闲聊,哪怕是外国人。但是他身负军令,并且日本的朋友德国纳粹的标识那么清晰可辨。

那么他要说什么呢?

"请见谅,"瓦格纳用日语礼貌地和他打招呼,金子脸上明显露出宽慰的神情。

"我们来自国际安全区,"瓦格纳说,"就是这里……"
施佩贝尔递给他一张地图,上面标识出了安全区的范围。

"那个……很抱歉,我的地图上没有这个……"金子说,尽量显得礼貌一些。

"告诉他我们有一座红十字医院,里面有很多伤员。"施佩贝尔说。

瓦格纳翻译过去。

"那个……"这不是金子操心的事。他需要请示羽田和更高级别的军官,但他们在哪里?他想起了船桥大佐曾说过的话,"只要医院里没有日本的敌人那就没问题。"他说。

"还有很多已投降并已解除武装的士兵。他们呢?"

"那个……很抱歉,不好说。"

就在这时,山口中士起身悄悄和金子说了句话。

"去大华酒店,"金子转身对外国人说,"去见浦和王子少佐。"

说完他朝他们礼貌地鞠了一躬,转身回到队伍中去了。

※

奔驰车接着向南驶过几个街区来到大华酒店,"吱"的一声在一片碎玻璃中停下,周围还散落着来自一楼精品店中的物品。尽管所有的橱窗都已经没有了,人们可以随便从什么地方进入大楼,但在大理石镶砌的正门前依然有两个日本士兵在站岗。当两名外国人走近时,他们用步枪交叉挡住大门,并粗暴地喝道:"不得入内!"

"我们为公事而来,"瓦格纳故意用傲慢威严的语气回答,他知道日本人吃这一套,"带我们去见浦和王子少佐。"

这果然奏效了。其中一个士兵离岗领他们穿过空荡荡、洗劫一空的大厅走向宽敞的大理石楼梯,上楼来到二楼一间大套房门口。

来应门的这位军官——和他们中大多数人都不同,瓦格纳暗想——是一名高大、强壮的年轻人,要不是脸上的污垢、疲惫和杂乱的胡须,应该算得上英俊。他穿着汗渍斑斑的衬衣和制服裤子,裤子的吊带垂下,仍打着绑腿,但光着脚。他板着脸看着两位外国人,那表情像日本的雷神,满是仇恨和蔑视,但面对瓦格纳压他一头的抢眼身材,他的眉毛微微动了动。

瓦格纳为他们的打扰表示了抱歉,然后重复了关于安全区、医院以及已解除武装的中国士兵的情况。

"听着,"那军官说话时挑衅地瞪着瓦格纳,"我们刚刚打了一场残酷而不必要的战斗来接管这座城市,城市已属于我们。你提到的'已解除武装的中国士兵'刚刚杀了我的人,让日本人无谓地流了血。你说你们的医院里挤满了伤员?我的伤员正躺在外面……"他竖起拇指指了指中山门的方向,"就在他们倒下的地方!你说到国际法?你要求我们尊重这个承认那个,我在过去的四十八个小时中没有看到来自中国方面的尊重,尽管这个城市有过那么多机会可以做出正确的事,并遵守国际法。因此我不会给你们任何保证。

"不过这也不是我能决定的事。日本皇军高级军官将于中午正式入城。一旦他们到达,你们就可以向他们去申诉。好了,如果你们不介意的话,我需要休息了,我刚完成非常艰巨的工作。"

随着最后一个阴冷、仇视的目光,少佐关上门把他们挡在了外面。

*

奔驰车轮胎下发出嘎吱嘎吱的碎裂声,掉头向北驶去,在新街口右转沿中山东路向中山门行驶。他们之前看到的那批士兵也在朝同一方向前进,去与那些沿人行道排列成礼仪队列的部队会合。

当中山门进入他们的视线时,瓦格纳注意到城门两侧的城墙已被猛烈的炮火炸塌。沿街的建筑、居民住宅、工厂和政府机关大楼都被部分或完全摧毁,浓烟从废墟中升起。城楼中央的拱形门道已经被清理出一条足以驶过日本轻型坦克的通道,一列这样的坦克就排列在道路北侧。

中山门建在一座高冈之上,瓦格纳下了车,转身俯瞰城市,只见灰蒙蒙的一片建筑,多数不超过三层楼高,其间可见高耸的庙宇和宫殿那深绿色的屋瓦。中山东路这条宽阔的林荫大道一直通向被放弃的国民政府,越过它便是市中心的一片高大的新建筑群。

一个小队的日本号手在被摧毁的城墙雉堞前列队,吹起一阵奇怪、不和谐的号声。接着一个上了年纪的指挥官骑一匹矮矬、凹背的灰色小马,他的副手骑一匹甩动着尾巴的枣红色的炮车马,穿过沙袋和瓦砾堆以稳重的步伐在致敬与胜利的欢呼声中走过……

"万岁!万岁!万岁!"

✻

小罗仍旧戴着他的高顶帽,刚把旭日袖标系在了他黑色燕尾服的袖子上。他周围那帮罗家表亲、江匪和黑帮成员也在这么做。

"很好,弟兄们,呵呵,现在你们是'良民'了!为新老大效力,为自己效力!好了,有好多活儿要干呢!目标中山路和太平路上所有的那些高级商店,最好抢在日本兵前头,因为他们也打着同样的主意。看到这些街道清洁车了吗?正好用来运送偷来的东西!把东西都弄到这里来,我们把它们先藏起来,等事情平静下来水路通了以后,我们就去弄条船,把东西都运到上海,那就万事大吉了。"

帮匪们用短粗肮脏的手指夹着自卷的香烟,兴奋地抽着,嘻嘻哈哈地傻笑,露出稀疏的黄牙齿。

"但有一件重要的事——留心找这么一个美国人,高个子,棕色帽子。年轻高大,很显眼,不会看错的。如果有机会的话,抓住他,但最好活捉。罗大哥找他有事,要当面见见他,呵呵。好了,出发吧!晚上在这儿碰头……"

✻

当日军参谋处的汽车在德国公使馆门口停下时,施佩贝尔、瓦格纳、莱诺和威妮弗雷德夫人都在门外等候，他们都戴着安全区全套标志：头盔、臂章以及望远镜。他们恭敬地看着一位长相如同拳击手的副官从汽车客座跳下，为坐在后座的一位矮小但壮实的中佐打开车门。

"感谢您邀请我来到这里，施佩贝尔君，"蒙面太君说，瓦格纳替他翻译，"我的名字是高井广明，请允许我首先说明，我们已收到你们的请求，你们可以信赖日本皇军的人道主义政策。我们无意伤害任何人，不过当然，那些企图阻碍国际法、捍卫中国腐败政权的人除外。"

施佩贝尔礼貌地表示了感谢，让瓦格纳概述了安全区的情况。

高井听着，没有插话，眼睛按照日本礼仪微微低垂。

"我不觉得这有什么问题，"高井等瓦格纳说完后回答，"可以允许城市警察在安全区内巡逻，但他们只能配备警棍。你们说有十吨大米？很好，这可以用来为难民提供食物。不过，普通市民无须惧怕我们，他们应该尽快回家。"

他的回答还伴有让人琢磨不透的微笑，这让施佩贝尔小心翼翼地也回以微笑。

"同时，"高井继续说，"这座城市不幸遭受了广泛的破坏，日本皇军希望看到生活能够尽快恢复正常，我们需要工人帮助修复电话、电报以及供水系统，或许你们可以帮助我们？我们需要一批人手，至少两百人。当然，我们会付报酬的。"

这是大家都期望能够听到的——城市恢复正常，人民安全，工人得到工资。在瓦格纳看来，这一切过于美好而显得不够真实。

"你明白的，施佩贝尔君，"高井继续说道，"我们需要亲自对安全区进行检查，我们会给你们提供帮助，在安全区周边安排岗哨。"

施佩贝尔觉得这没有什么问题。事实上，这倒让自己轻松了一点，因为已经有报告说中国的小偷们正在利用法律和秩序的空缺行窃。

"另外，当然啦！我们需要将解除武器的中国士兵管起来——依据战争法，当然这一切似乎都合情合理。"

✽

在德国公使馆进行的会谈比所有人预想得都要好。施佩贝尔陪着高井中佐走出公使馆来到他的车旁，当他们握手时，高井就这次会面做了概述，请瓦格纳翻译。

"很好，施佩贝尔君。按照约定，日本皇军将于明天上午九时开始查找战俘。他们将依据国际军事法，将战俘在战争持续期间羁押于拘留设施中。同时，安全区不应允许人员进出，直到日本当局……"

就在此时，一阵枪响打断了高井的话。

高井用冷酷的眼神看着脸色苍白的施佩贝尔，嘴角溢出几丝狰狞。

✽

金子中尉死了，一颗流弹打死了他。

"我告诉过你们的！"当消息传到大华酒店时，浦和王子少佐大叫起来，"我说我们该把他们杀光！宁可错杀一百个平民，不可漏过一个军人！"

高井中佐在权衡。

"你是对的，"他说，"很好，明天我们去扫荡安全区。把所有自成年至老年的男子都先当士兵逮捕拘留起来。"

"是，长官，"一如往常，浦和并不满意，"但这样的男人数以万计啊——至少以二比一压倒我们。当我们逮捕他们的时候，如何让他们不闹事？要是他们一起起来对付我们，我们可能就顶不住了。"

"劳工营！"和中得意地笑着说："我们要求组建劳工营

的，不是吗，长官？"

高井点了点头。

"所以我们可以告诉他们这是付酬的工作，"和中继续说，"我们告诉他们，所有希望得到工作的人将分成小队带到工作场所。他们可以保住性命，还会得到公平对待，甚至酬劳！"

"是的，"高井说，"很好，和中！"

容光焕发的和中得意地斜了羽田一眼，羽田仍在为失去忠实的中尉而黯然神伤。

"关于行刑方式，"高井继续道，"速度和效率压倒一切。我们必须保证出其不意，不让他们惊慌。把他们带到离城市足够远的地方……"

※

次日上午，高井中佐在安全区中心区域国立大学外和施佩贝尔、瓦格纳见面。

他们站在一个新竖立起来的公告栏下面，上面贴的公告也由志愿者在安全区各处墙壁和布告板贴遍了：

相信我们的日本军队——

他们会保护你并给你提供食物！

"中佐，"施佩贝尔抗议说，"我们之前得到过保证说所有的部队将撤离安全区……"

高井点点头。

"当然，我能理解。管理这样庞大的一群人是一项非常繁重的任务，尤其是在没有武装力量的情况下。这就是为什么我要求你将非战斗人员事务交给我的原因。仅仅为了保险起见，日本皇军将集中所有适役年龄的男子，把他们带到我们在城市郊区建立的劳工营去。女人、孩子和外国人，我交给你。请不要担心，一切都会好起来的。"

就在这时，一队垂头丧气的男子步履蹒跚地从旁经过，其中一人是老袁,他是女生宿舍门外的保安,最近瓦格纳常来来去去,他会对瓦格纳亲切地挤挤眼睛。

"老袁,你要去哪里?"瓦格纳问。

老袁的双手被麻绳反绑在背后,与后面的人相连。他凄惨地摇了摇头:"我怎么知道呢?地狱吧?"

"这些人都是警察啊!"施佩贝尔高声叫了起来,"你要把他们带到哪里去?昨天你说过……"

高井的脸色沉了下来。

"自昨天起事情有了变化。我刚才告诉过你,我们将负责处理非战斗人员事务。我们怎么知道这些人只是警察,而不是战斗人员?所有的适役年龄男子都将由我们甄别,如果我们满意了,会让他们工作的,就像我们讨论的那样。现在听我说,我想合情合理地与你合作,施佩贝尔君,不过是有条件的……"

※

老袁他们一队人向北行进,通过新近打开的中央门来到一个臭气熏天的地方,那附近散布着垃圾堆、鱼塘和发出恶臭的肉类加工场。满怀敌意的日本看守和几条低声咆哮着的军用狼犬逼着他们向前走。

浦和王子少佐与和中大尉站在一起,看着中国俘虏步履蹒跚地走过。

"我们抓的俘虏已经远超过一万名了,长官!"和中说,"这相当于东北旅团的总人数。他们躲在妇女儿童中间,或者干脆坐在白旗下不作任何反抗,束手就擒。想想看,真正的男子汉在同样的情境下会做些什么!"

"是的,看看这些人吧,"浦和冷笑,"像一群乞丐和流浪汉。其中那些孩子绝对不会超过十二岁!一群软蛋!看他们脸上那白痴样儿!这是在佯装不怕,还是因为他们知道自己那条贱命毫无价值?"

"您说得对，长官，"和中说，"我当初还愚蠢地以为会在这里遇到一群宁死不屈的战士呢！"

"哈哈哈！他们是羊，和中，不是武士！"

他们哈哈大笑。

"那么我们如何处置他们，长官？"

※

在发生安全区内男人们被抓事件以后，惊慌及恐惧的气氛更加浓重。瓦格纳在教会医院工作时让飞妃一直待在自己身边，他忙着帮助韦弗及他的团队分发食物和饮水、清洗衣物、搬运、清扫等等。

第二天上午不知什么时候一个憔悴的身影跟跄着进了急救室的门，他的身上沾满血迹和污垢，躯干和大腿上都有很深的伤口，还渗着血，看到救助人员后他瘫倒在地晕了过去。

"赶紧把这人抬上轮床。"乔尔·韦弗命令道。

"我认识他，"瓦格纳说，"他是老袁。昨天他们把他从这里带走了，说是要安排工作的。"

"给他打点滴，我们来给伤口涂碘酒！"

随着生理盐水注入他的身体，几分钟后老袁睁开了眼睛。

"我还活着吗，还是在做梦？"他虚弱地说。

"你当然还活着呢，老袁！"瓦格纳轻轻一笑说道，"不过你到底遇到了什么事儿？"

老袁舔了舔嘴唇，用嘶哑的声音说了自己的故事。

"他们把我们带到中央门外，到了山上。我记得有个养鸡场……我们有很多人，警察和投降的士兵。他们不停地给我们分组，先是五十人一组，接着变成十人一组，五人一组……把我们带到田野里。然后让我们背靠背站着，再用铁丝捆上，于是我们就动不了了。他们挺起刺刀冲向我们……我感到一阵刺痛，一下又一下，觉得我已经死了，真想快点死掉好得到解脱，后来昏了过去……但是我醒了过来。已是晚上,其他人都死了,日本人也走了。我设法挣脱了捆绑,爬到鸡棚里……那里有一辆小车,没有它的话我根本走不了,我挣扎着回到了挹江门。"

"挹江门?"瓦格纳问,"它开着吗?"

"开着,"老袁说,"日本人的军舰在下关。"

"他们让你通过了?"

"是的,警卫在打瞌睡,也许以为我是他们的清道夫……"

老袁的眼睛又一次慢慢地合上了。

"该死!"瓦格纳说。

"最好让他休息一下。"韦弗说。

❋

当天晚上,韦弗将正打瞌睡的瓦格纳叫醒。

"看这个!"韦弗说。他拿着一块竹片,大约有十八英寸长,一英寸厚,一端削尖。

瓦格纳揉揉眼睛,看了看。尖的一头浸透了血,竹片上沾着红色和棕色的污渍。

"从哪里弄来的?"瓦格纳不知道还能说些什么。

"是从一个孩子的肛门里取出的,一个小女孩,十岁左右。应该说,是从她的阴道和肛门里取出来的——这两处都被竹片刺穿了,差点伤及脊椎。她失了许多血,不过我们缝合了伤口,她也许能挺过去。"

"真是……"

就在此时,朱伟可惊慌失措地闯了进来。

"韦弗医生!瓦格纳先生!出事儿了!日本军队现在进了安全区!"

"什么?不管怎么说,这会儿是几点钟啊?"瓦格纳说,"晚上十点!他们这个时间来搜查战俘?"

"不,先生,他们抓的是妇女。他们喝醉了,成帮成伙的,不成军队建制。他们在找女孩子,要把她们带走。施佩贝尔先生和威妮弗雷德夫人正努力制止他们,但他们人太多了。"

"他们现在在哪里?"瓦格纳问,他倒吸一口凉气。

"正朝女生宿舍去呢,先生。"

"谢谢你,朱伟可!该死!乔尔,我就预料到会出这样的事情。我得马上把飞妃弄出城去!"

"飞妃?那个跳舞的女孩?怎么了,你是不是爱上她了?"

"不,我没这么说,也不会向她提出什么,但我必须带她离开这里,这是我此刻的想法,我必须这样做,你能理解吗?"

"带她离开这里?你疯了吗?日本人将所有的城门都封锁起来了,外面所有的道路上都是那些恶心的太阳旗。"

"嗯,我愿意赌一把,如果你愿意的话,欢迎加入我们。"

韦弗看着他,"你无可救药地爱上了那个女孩,对吗?"

瓦格纳问自己,是这样吗?自从收到莱特发自苏州的乱码电报以来,他就一直在担忧他们在日本人统治下的前景,但为什么唯独对这个女孩如此关心?她为何如此重要?

"我不知道,乔尔。我只是觉得……我有责任。她没有妈妈,她的老爸……嗯,他有些政治理念,是个理想主义者什么的,崇尚红色极权,并且他似乎没有太多时间管女儿……"

有些事情瓦格纳没有承认,无论是对韦弗还是对他自己。是他心中挥之不去的愧疚感,他在上海就那样把罗雪丢给了未知的命运,他曾暗下决心,决不让类似的事情再次发生。对于飞妃,也许韦弗说得对,他已经无可救药地爱上她了。

"爱情是件有意思的事,"韦弗说,"我也没弄懂,就像茗姬和我。我那时真的觉得我们之间有点特别的情感。我以为我们……彼此相爱,至少我以前从未有过这样的感觉。可接着她转身离开了我,连个再见都没说,就那么回事。这种感觉再也没有出现过,说明我是怎样的一个傻瓜。"

"别那样想，"瓦格纳说，"生活中总有艰难时刻，人们因为各种各样的原因作出决定，除了他们自己，别的人不是总能理解的。也许她爱你，但恐惧会让人失常……不管怎么说，我要去把飞妃弄出来，因此我需要你帮个忙。我能向你借件白大褂吗？或许还有一个听诊器和两个口罩？"

"当然可以，老兄，只要是我能帮得上忙的事。我们中至少有一个应该努力一下！"

瓦格纳看着他。

"听着乔尔，跟你说句老实话，我曾受命监视过你。有些人确信教会组织里有一只红色鼹鼠，一个疑似犹太马克思主义者是首先要怀疑的对象。"

韦弗惊得张开了嘴巴。

"开玩笑吗？听着瓦格纳，在我看来，政治就是一堆狗屎。要我说，什么法西斯、马克思主义者和见鬼的犹太复国主义者全都是一路货色，假装虔诚、虚伪、自私、一无所能。这个……"他挥舞手臂指着病房，"这就是我的哲学，如果一定要这样说的话。不过谢谢你的警告，老兄，我要郑重地说一句：除了这个，我已经没有什么想要的或者害怕的，没有什么值得为之奋斗的了。因此也许我还是在这儿熬着的好，我的良心是不会死的。"

※

"哈里，你在这里干什么？"飞妃轻声问，窘迫地看着四周，她的室友突然被吵醒后，都揉着眼睛，难以置信地盯着这俯身她床头的大个儿外国人，"你知道这里禁止男人进入的！"

"听着，飞妃，赶紧起来穿好衣服。姑娘们，快点，我来带你们去安全的地方。几分钟后这里就会挤满男人，是那些喝醉了酒的疯狂日本强奸犯。快点，没时间耽误了。"

瓦格纳催促女生们去了楼下的防空洞，告诉她们将门从里面锁上，不要出声，天亮后再出来，然后他带着飞妃回到他的帕卡德车上。

他把自己那支柯尔特45手枪扔进手提箱中，在装着无线收发报机的手提箱上贴上红十字标识，冒充医生的医疗箱。然后他给飞妮戴上医用口罩，让她躺在后座的毯子下。他套上白大褂，将听诊器挂在脖子上，也戴上了医生专用口罩，然后发动汽车。

他驶上中山北路，向挹江门开去。如果老袁能够通过的话，那就值得一试。道路上依旧血迹斑斑，布满碎片，不过坦克的残骸已经被拖到一边，钢架和沙袋也被清理开，留出够一辆车通行的过道。

瓦格纳慢慢靠近，胸墙后的几挺重机枪一直瞄着他。自从安全区委员会成立以来，安全区所有的车辆顶上都涂了红十字标识，除了施佩贝尔的梅赛德斯奔驰车，他觉得自己车上的纳粹标识似乎作用更大，也确实如此。就因为这个吧，机关枪并没有开火，不过哨兵走了出来，看着帕卡德车，他们神态拘谨，处于戒备之中。

当车子来到门道口时，一个中士举起了手。

"掉头回去！"他挥舞着手臂喊道，想着无论来的是谁反正听不懂日语。

"让我过去！"瓦格纳用日语喊道，"我是医生！"

听到日语的回答，中士放松了一些。

"谁都不许出城，"他喊道，"只有日军车辆能通过！"

"那么你们都会死的！"瓦格纳喊。

气氛紧张起来。瓦格纳听到上面有人推弹上膛。

"这辆车上有个重病人，"他接着说，"她就要死了，她的呼吸有传染性，谁碰上谁死。"

守卫们都退后了一步。

瓦格纳乘胜追击。

"我们不能将她的尸体留在城里，因为苍蝇会散播疾病，传染给日本皇军的士兵们。这会阻碍日本皇军夺取胜利！我得把她送去远处，好处理她的尸体，只有这样才能避免发生严重瘟疫。"

他想象着他们脑子里齿轮飞转。这是些小兵，不是军官，大概也没有受过多少教育。瓦格纳就怕他们说出"为什么不现在就射杀她，用汽油将尸体当场烧掉"这样合理的回答。

他们脑子够快，能想到这一点吗？

他的心脏剧烈地跳动着，他可不可以用他的柯尔特45手枪杀出一条路冲出去？不行，那些机枪会击中他们的，那就一切都完了。

他打出最后一张牌——那张传单。

"看过这个吗？你们的命令是遵守国际法！我要求放行，以保障日本军队和城市居民的安全。"

这名中士看着他的部下，一个外国医生？一个女孩？也许这个外国人说的是实话。

他做了个手势，退到一边。

瓦格纳在不引起怀疑的前提下以尽可能快的速度出了城门，沿着崎岖不平的江边马路向南开去。他努力加快车速，驶过城郊那些被炸毁的工厂和被夷为废墟的村庄，不停闪避烧毁的汽车残骸、倒塌的墙壁、抢劫一空的商店、散落的破烂、成堆的垃圾、死尸、饿狗……

终于，文明的痕迹终结，帕卡德在午夜月色下穿过一个雾气弥漫的沼泽，在泥泞中打着滑，最后在一个简陋的棚屋外停了下来，这曾属于那个死去多时的阿亮。瓦格纳拉着飞妃的手，带她来到那条仍系在那儿的平底船上。他把收发报机放在船头，让飞妃在船上躺下，然后他躺在她的身旁，用他的大手作桨，将船慢慢地、用力地划进江流中。

第二章 江心洲

瓦格纳尽量保持节奏，节省体力，用手作桨将小船从芦苇荡中划进开阔的水面。天空一轮半月，银色的月光照耀着西汉江的江面，足以让一个警惕的观察员发现他们的行动。不过江岸的这一段十分荒凉，一直到往北一英里处的炮艇码头都没有建筑物，也没有人类居住的迹象，只有零星的稻田和沼泽。最关键的是，没有日本巡逻队——暂时还没有，那支不大的占领军仍然集中在市区，因此无人注意到这条沿着弓形河道缓慢前行的小船。瓦格纳察觉到进入中流后水流加快了，有使小船慢慢偏向北边把他们带回危险的炮艇码头和更远处的港口设施的趋势。但西汉江中流水流的力量还比较弱，他强有力的手臂持续的划水可以克服江流。很快他们越过了中流，虽然仍在缓慢地向北偏移，但已经开始朝着小岛中部江岸靠近。

他们终于靠上了小岛前滩的泥地。瓦格纳观察了一会儿，看四周是否有人。什么也没有。他小心翼翼地从船板上直起身子，扶起身旁的飞妃。他拎着收发报机箱子，拉着飞妃的手，他们爬上草丛密布的堤坝顶。接着瓦格纳又折回去，拉起船头的系缆绳，将船拖到最近的草丛中藏了起来。

岛上有一条江边道，也就是一条略宽一点的泥巴小路，但这是有人居住的证据。他们手牵着手沿着这条路向前走。瓦格纳的直觉告诉他，应该前往小岛的中心。几百米之外，出现了另一条折向左的小路，离开了江边。他们走了这条路。走了一会儿瓦格纳注意到两侧的植物呈现有规律的对称，他意识到他们正在葡萄藤中穿行。

有人在耕作这片土地。

这座农舍和一座茅草棚也没有太大的区别，无意中隐藏起了它自己。它是用劈开的竹子建造的，掩映在树丛之中，斑驳的灰色和棕色自然地融进冬季的景观之中。

他们在路边停住，瓦格纳把一根手指放在唇边，示意噤声。

窗户里面没有透出灯光,黑色的细烟囱里也没有烟雾升起。他突然想到,这里住人应该是季节性的,农民只在春天的时候来侍弄葡萄藤,也许这房子是空的。

为了以防万一,他从腰间掏出装满子弹的柯尔特45手枪,尽可能悄无声息地打开枪机,然后试着去推门。

随着他轻轻地一推门便开了开来……

"你们要什么?"一个男人的声音说道。

瓦格纳向后一退,手指扣紧了扳机。

"帮帮我们吧,"飞妃说,"我们需要一个地方躲一躲。"

"进来吧,孩子,"一个女人的声音说,"关上门。"

火柴一闪,凑上一盏煤油灯的灯芯,一团昏暗的黄色光芒便充满了小屋。这是一间典型的劳工棚舍,一个四四方方的房间,同时用作客厅、厨房、卧室和库房。角落里有什么东西在动——是一只猫吗?不,是一只鸡。这对夫妻的财产很少,只有几口锅、几个储物篮子、他们床上的被褥以及身上穿着的蓝色棉袍。

"夜深了,孩子,"女人说,"该睡了,你们结婚了吗?"

瓦格纳和飞妃尴尬地互相看了一眼。

"好吧,你可以和我挤一张床,闺女。小伙子可以到后房去睡。"

她说的"后房"原来是靠着羊棚的小屋,此刻被几只羊占用着。农民把动物撵了出去,指给瓦格纳一堆稻草。

"这并不大,但至少可以躺一躺。"他说,并没指望这个外国人能听懂。

"我现在累极了,这就非常好了,谢谢你,先生!"瓦格纳说。

老人没料到会听到这样客气的话,不禁咧嘴笑了,那唯一一颗牙齿在油灯映照下闪着象牙般的光芒。

黎明时分，瓦格纳被衣领下一个蠕动着的虫子弄醒了。他翻身去挠痒，睁开了一只眼睛，看见那农夫正俯身看着自己。他第一反应是去拿武器，这时他注意到老人手上捧着的红土碗，这才想起自己在哪里。

"粥。"农民说着把那碗米粥递给瓦格纳。

"啊，呃……谢谢你，先生！我可以进屋去和你们一起吃吗？"

"欢迎啊。"

女士们已经起来了，正脸对脸坐着，边喝粥边用汉语飞快地谈着。

"……我们就是在那个时候逃离城区，一路开车来到那条渡我们过江的小船边的……"

当瓦格纳进来时，两人都抬起头来，飞妃有点愧疚，因为她已经将他们的故事一五一十都告诉了农夫的妻子，而老妇人那一切都明白了的神色说明她该知道的都知道了。

瓦格纳耸了耸肩。

"那么我想你都知道了。"他说，尽管他知道，他的讽刺用中文说出来总是没什么味道。

"在这里不会有人打扰你们的，"农夫说，原来他也是"粥"——他姓周，"这里没什么人，只有几个渔夫，还有几个放羊和侍弄葡萄的农民。"

瓦格纳神色凝重。

"不好意思，先生，这我可不敢那么肯定。你们没注意到这几天江对岸打的那场大仗吗？"

"我们不太关心外面的世界，这就是我们的生活。不过我们确实看到了火光，还听到巨响……我们以为是放烟花，也许是什么庆祝活动。新政府上台了……"

"真要是那样就好了，"瓦格纳说，"恐怕事情要糟糕得多。日本人占领了城市,他们打算占领整个中国呢!他们迟早会来这里清查的。"

"日本人?"老人的语气似乎这和"外星人"一样的不可思议,他看看他的妻子。

"我们不怕,"老周妻子说,"我们有啥好怕的?除了土地和苦活,我们啥也没有。没人来这里,这里没有他们要的东西。"

"我们不关心政治,"老周说,"政府换了一个又一个,南京、北平——对我们来说都一样。这里没有什么变化,我们只是随着季节过,我们的祖先打一开始就是这样做的。我跟着我父亲开始务农,我老婆是媒婆从江北给我找来的……"

"打那会儿起我们相互之间就没有说过一句客气话!"她笑着插话,大家都笑了起来,紧张的气氛缓解了下来。

"我有个女儿,像你一样大,"老周妻子对飞妃说,"我们的瑶瑶。当然了,女大当嫁,我们只能把她送走。许配给了一家安徽人,她现在成人家的人了。"

老周妻子伤心地叹了口气,用围裙角擦去眼角的泪。瓦格纳不知道她的这个举动是出于真心还是纯粹象征性的行为。万事皆有天命,孔夫子这么说过。

吃过早饭,女人们动手把碗筷收拾掉,把房间重新布置成起居室。老周拽了拽瓦格纳的袖子,把他带到室外,递给他一支自己卷的香烟。

"我们出去走走,"他说,"有件东西我带你去看看。"

*

他们沿着小路走,这条路似乎穿过了小岛中心。这里生长着一丛丛的柳树、松树以及高高的竹林,遮天蔽日,使人看不见周围的景物。虽然这只是一块平地,一条大约一英里长的沙嘴。瓦格纳注意到路边还有几处养家畜的棚子。

当他们走到丛林的尽头,老周指指右边一块泥巴地,看起来像一片干涸的鱼塘，还有……

瓦格纳惊呆了。

一架飞机的黑色尾翼和残存的机身插在泥地中——他认出这是一架德国容克三引擎飞机。

"几天前掉下来的，"老周说，"我没告诉我老婆，因为我不想让她担心。"

瓦格纳缓缓地点了点头，一切都明白了。这也是之前说"烟花"的原因。

"你有没有……看过里头？"

"没有。我怕这东西会烧起来或者爆炸。我不会弄机器。"

看起来飞机着地后断成了两截。前面一截包括驾驶舱、机翼和三个引擎，已被烧得熔成了一团，只有引擎的涡轮和机轮还算完整，飞行员的尸体成了一团扭曲的焦炭。瓦格纳先看见的是飞机的后段客舱，栽在距撞击区几米外的泥地中。他小心翼翼地靠近飞机，从破碎的舷窗中看到几具尸体，仍然坐在座椅中绑着安全带。他注意到机身上布满了弹孔，成百个。他想到飞机上的乘客很有可能在撞到地面之前就已经死了。

他抓住门把手，扭动，拉开……

"该死！"

瓦格纳倒吸了一口气，眼前是罗曼·勃兰特灰白的脸，眼睛瞪得大大的，脑壳上有打穿的洞，懒洋洋地倚着……

"勃兰特！"他叫了出来，"你……究竟……"

一种虚幻的感觉越来越强烈，他看见勃兰特身上穿着德国党卫军制服，胸前还挂着徽章，那是什么？冲锋队大队长！他应该是他妈的报社记者啊！天哪，天底下还有没有真实的事物啊？

"镇静点吧，瓦格纳，"他对自己说，"别假惺惺地装天真。"

他伸手解开了安全带，让那具尸体滑到地上。

旁边座位上是一个年轻女人矮小纤细的身体，躯干上满是血污的弹孔，一头厚实的中国长发散落下来，盖住了她的脸。瓦格纳伸手轻轻将头发撩到一边……

"茗姬！"他惊讶得叫出了声，他立刻想起了韦弗，以及他们在医院里最后的那次谈话，"爱情是件有意思的事情，我也没弄明白。我真的觉得我们之间有点特别的情感。可接着她就转身离开了我，连个再见都没说……"

"啊，真想不到！"

他松开了茗姬的安全带，让她的身体滑落下来。当他把她向门口拖时，瞥见座椅后有件东西——一个黑色公文包。他伸手拿了起来，打开它。

里面有一支鲁格尔9毫米手枪，一盒雪茄和几份文件，其中一张盖着纳粹鹰章，页头上是德文"STRENG GEHEIM"——绝密。

瓦格纳的心跳加速，他抽出文件，迅速浏览了一下。

帝国安全局总部

德国人民对日本人民怀有无限的敬佩之情，如今我们两国被真诚的友谊与合作精神联系在一起。

考虑到最近发生的事件，尤其是日本皇军在中国的战略进展，元首已下令中止与国民政府的合作，并开启与日本发展新轴心的谈判，其种族至上和地区霸权的目标契合我们的目标。

关于德国军事工业生产高强度钢材所迫切需要的中国宝贵钨矿藏，我们已得到日本政府的保证，他们将按新协议条款持续供货。

因此，特令所有纳粹安全部人员立即撤回，不得延误……

"老周，"瓦格纳说，"这些人得葬掉，你能帮我找把铲子来吗？"

"我家里就有一把。"

"能去拿来吗？"

当老周转身离开后，瓦格纳开始行动，从罗曼·勃兰特僵硬的尸体上剥下他的制服。

※

老周的妻子将肥肥的长江大虾扔进起烟的油锅里，虾爪扭曲着，渴望找到生的希望，它们的颜色由深灰逐渐变成鲜艳的粉色，生的希望就此破灭。

"那么你们俩是什么状况呢？"她对正在盆里洗卷心菜的飞妃说。

"我们只是朋友。"飞妃回答。

"嗯，看起来可不像。"

"什么意思？"

"我的意思是男人不会为了'只是朋友'的人而丢开工作，甘冒生命危险。我看见他看着你的样子。"

"那怎么了？"

"那是爱的眼神，孩子。在他的眼睛里。"

"我可不知道。"

"哦，是吗！但你可以相信一个老太婆，我有直觉，那个小伙子爱你。"

"也许吧，我不知道。"

"嗯。姑娘啊，你知道得少了点。在我看来，似乎有人在欺骗自己。你可以欺骗自己，但玩弄别人的感情是不对的，知道吗？"

飞妃看着周太太，很惊讶这位农妇竟会说出这种浪漫的话来。

"你以为我只是个头脑简单的农民，对吗？"周太太看穿了她的心思，"你觉得我们没有生活，啥都不知道？那么你错了。"

她深吸了一口气，有点像是在叹气。

"我在浦口长大，家就在火车站附近。是的，就是长江北岸津浦铁路的终点。那是个蓬勃发展的小镇，有许多旅店和饭馆，为乘火车往来的有钱人开的。你觉得惊讶了？那里有钱，好多的钱，还有乐趣，有生活！"

"什么？"飞妃吃了一惊，咯咯笑了起来。

"是的，孩子，我也是见过世面的。我家不穷，根本就不穷。我父亲开了一家旅店，还是带赌桌的。我不用干活，也不用为钱而出嫁。我……我有过……生活……"

她泪流满面。

飞妃抚慰地把手放在她的肩膀上。

"没事儿，别担心我。但实际上我们瑶瑶不是老周的孩子，这也是为什么他很高兴看到瑶瑶被送到江上游去。"她又擦了擦眼泪，"我犯了个错误，孩子。你瞧，我有了爱情，但在咱们国家这是不行的。"

"什么？"

"这不合我们的传统。一个好女孩应该嫁给她父亲给她选的男人，不应该认识其他人，只要嫁了人，不管喜欢还是不喜欢，她就有责任维持这段婚姻。"

"我知道。"

"这就是我在做的事情，我非做不可的事情，跟着老周，在这个该死的荒岛上。因为那一个错，我得在监牢里过一辈子，一个由腥臭的捕鱼网和葡萄藤做成的监牢。"

这时，周太太再也压不住从心底升起的呜咽声。

"对不起，"她揉着眼睛说，"我以为自己早就认命了，其实只是这么多年这儿从没有个能说说心里话的人。一年一年悄悄地过去了，都因为那一个错误。所以我跟你说，孩子，不要犯我同样的错误！"

"什么？怀孕？不，我永远不会……"

"我不是说孩子，我是在说爱情。那是我犯的错——我没抓住它。听我说孩子，生命很短暂，爱情很难遇到。当你发现爱情——如果你运气够好能发现的话——不要放过它！"

※

在老周回来之前，瓦格纳拿上制服和公文包，沿着小路往回跑到最近的羊圈。这里有一个水槽，还有一堆做饲料用的芦苇。这是个藏东西的好地方。他扒开芦苇，掏了一个够大的洞，把几件物品放了进去，再在上面盖上芦苇。在离开之前，他从那东倒西歪的栅栏上扳下两根木条和一截绳子。

他迅速跑回飞机残骸处，把尸体平放在一块松软的土地上。当老周带着铲子回来后，他们轮流动手，并排着挖出两个浅浅的坟坑，把尸体埋了。把最后一铲土抛到土丘上之后，瓦格纳把两根木条用绳子捆在一起，做成一个简易的十字架。

他原该念一段祷告词的，但不知道应该向谁祈祷。

※

晚饭后，天气不是很冷。飞妃让瓦格纳和她出去走一走，看能不能看到日落。他们手拉手走到小岛南端的一片柳树下，那里位置隐蔽，也能看到扬子江。

"看太阳，"她说，"看阳光在水面上闪耀的样子，光线似乎正反射到我们身上呢！"

"好像真是这样，"他说。然后也不知怎的，他的大脑好像不会转了，心里一热，嘴里就说出来了。

"飞妃，"他搂着她的肩膀，看着她的眼睛，"我爱你！我无法只做你的朋友，我想搂着你，亲吻你……"

还是不知怎的他忽然又清醒了过来，弄不清那些话到底是从哪里冒出来的。

她看着他，黑色的眼睛闪着亮光，脸上露出一个既开心又担忧的微笑。

"哈里……你是一个非常好的人。聪明、勇敢……并且英俊！"

"什么呀，就凭我那几根头发？"他开起玩笑，想掩饰自己的尴尬。

"哈哈哈！你对这个很在乎？我那么说是在逗你玩呢。"

"哦，真的吗？"

"哈里，我很感激你那些甜蜜的话——真的。但是我没有那么好，将来你会失望的。"

"永远不会，"瓦格纳现在很诚恳地说，"你为什么那么说？"

"也许你心目中的我是完美的，"她说，"但事实上我并不是一个那样完美的女孩。"

"为什么不是？告诉我你为什么那样说！"

"因为有一天我会剪掉长发，不再跳舞。我不会永远这样年轻。有一天春天会结束，它美好但如此短暂。总有一天你会醒过来发现我只是又一个无趣的女人。"

瓦格纳握住她的手。

"飞妃，请不要这样想。你说的那些事会发生在每个女人身上，不独只对你。每个人都有变老的一天，每个人都会死，但是亲爱的，就像你以前说过的那样，真正重要的是现在，是我们拥有的在一起的宝贵时间，是我们如何利用它。"

他搂着她，把她的头靠在自己的肩膀上。

"哈里，我可以问你一件事吗？"

"当然。"

"你以前吻过别人吗？"

瓦格纳犹豫了，该怎样回答才合适呢？

"没关系，"她说，"我知道你吻过，你有过经验，我能感觉到。"

她皱起了眉头……

"我想知道她们现在在哪里呢，你吻过的那些女孩子？"

瓦格纳凝视着掠过江面的金光。他不想让飞妃从他眼中看到自己同样在问这个问题。比如说，罗雪在哪里呢？虽然，那些时刻已经逝去。是的，现在他的心里只有飞妃……但你就是没法随随便便忘怀。

"我只想要一次，"她说，"一个吻，一份爱，共度一辈子。也许这听起来有点疯狂，但我希望能与众不同。"

他们看着彼此的眼睛。

他当然知道她要求的是什么——一生的承诺。他可以给她吗？他真的能做到吗？

黄昏降临了。

天空渐渐变成红色……

但那不是来自西边！

红光来自江东岸，来自笼罩在城市上空那泛着黑色的粉红大幕。

南京在燃烧！

他们正看着呢，发电站那儿响起一声巨大的爆炸。

"哈里！"飞妃惊叫起来。

✻

该死！瓦格纳想，日本人正在洗劫这座城市。

所有那些"日本将保护你们并供给食物"的谎言都到此为止。中国人已经投降，放下武器的军队被驱向未卜的命运，而据老袁的描述来看，那不会是一个很好的命运。那么这一切到底是怎么一回事？恶意破坏？报复行为？"国际法律和秩序"的胡扯也到此为止，他痛苦地想着。人们最怕的噩梦即将成为现实。

"我们回去吧！"他说。

他们在震惊的沉默中走回农舍，瓦格纳让飞妃和主人夫妇待在一起，说自己需要处理一点要紧的事，便离开了屋子。他一只手拎着手提箱，另一只手提着借来的煤油灯，沿着小路走到他藏罗曼·勃兰特的制服和文件包的羊圈。他环顾四周，寻找一棵足够高、枝叶较少的树好用来设置天线。他找到了一棵，便放下箱子，打开上面的搭扣。箱子里装着那部SSTR-1收发报机，一部带蓄电池的GN35手摇发电机和一根十五英尺长的铜线。他拿出铜线，关上箱盖，用它垫脚，将铜线缠绕到十英尺高处的一根树枝上，然后把箱子放平，再次打开，把天线连接到接收器上，摇动发电机手把。当他摇出的电能充满了蓄电池后，他拿出军用密码簿，抖动手腕，开始发报……

瓦格纳自南京报告

孟菲斯请回答

他将这条信息反复发送了几次，希望那条船还在江上，报务员也依然在岗。

但没有回应。

他又摇了一阵子摇把，向电池中输送进更多电力。

瓦格纳呼叫孟菲斯

孟菲斯请回答

没有回答。

他反复发送信息，并在和埃德·卡特约定的相邻频道搜索，在白噪音和静默之间是大量的日本信号。但没有那台黑色机器，他无法破译任何信号。

随后他检测到一个呼叫信号——美国军舰开罗号！他调整波段放大信号。

瓦格纳自南京呼叫开罗号

他重复发送，等待……重复……等待……

这里是开罗——瓦格纳请回答

致孟菲斯号卡特的情报

孟菲斯已被日军击沉

请提交你的报告

什么？孟菲斯，被日本人击沉了？他们到底在干什么？上帝！他们这是要挑起另一场世界大战吗？

他咽了口唾沫，尽可能快速地敲动电键。

南京在燃烧

投降后敌对行为继续

收到

立刻撤出

最近的友军在黄山

祝好运

完毕

✻

次日早晨，小罗身着燕尾服头戴大礼帽，一副不合时宜的打扮，骑一辆自行车沿江边道行驶。

阿亮究竟在哪里？城里没有他的踪迹，尽管有人在几天前看到他和傻子阿恭那帮家伙在一起。他到底在干什么？去钓鱼了？在这种时候？放着这种他一辈子再也不会有的抢劫偷盗的大好机会？

小罗失去了耐心。他需要向上海的罗大哥报告，要求派一艘驳船过来，将他们弄来藏在安全屋里的那堆财宝运走。阿亮最适合干这件事——不过他藏哪儿去了？

当他快到那小半岛时，杀人的心都有了。等他到棚屋，会有他们好看的……

不过紧接着他看到的东西驱散了所有关于阿亮的念头。

灌木丛中一辆小汽车青铜色的后备箱翘着。他几乎跌下自行车。

一辆小汽车，在这里？

不仅如此……

他曾经见过这辆车。

他是在颐和路那栋宅邸的大门外看见它的,司机是个穿棕色西装的高个儿美国人。那个美国人小罗之后就再也没找到过,尽管南京所有的外国人都应该在安全区内。

他打开车门。车钥匙不见了,手套箱是开着的,里面空无一物。他又看了看后备箱——也是空的。两副医用口罩扔在泥地上,后座上有一张医院的毛毯。

他捡起毯子,嗅了嗅。

"呵呵,"他轻声地笑,"你好,宝贝儿!"

他踏上木板道走向棚屋,一边走一边喊阿亮的名字,但已经不抱有希望了。他起了疑心,当他来到码头尽头时,疑心得到了证实。

小船不见了。

小罗回头看了看车,又望了望四百米以外的江心洲。

"呵呵呵,"他得意地笑了起来,毯子上女孩的香气仍萦绕在他的鼻腔里。

*

烟雾从城区上空扩散过大江,笼罩了小岛,带来了悲伤压抑的气氛。

"我的父亲!"飞妃说,"还有我弟弟!他们都在那边,我不能待在这儿。我得回去找他们,去救他们。"

她忍不住抽泣起来。

"飞妃,说什么呢?"瓦格纳说,尽量地温柔、耐心,"我们刚刚从那儿逃出来的!你不是当真要回去吧。"

这时她双目垂泪,生气地看着他。

"你说你爱我!但是你并不真的在乎我的感受,还有我的幸福!"

"飞妃,听我说啊!我绝对在乎你的幸福,我要的是我们两人最大的幸福。"

"那么你不明白吗？我是个中国女孩，难道你不明白，如果我任凭家人受苦受难不去救助，那是永远不会幸福的！我和你逃到这里只是为了救自己，而把父亲和弟弟的命运抛弃在那些……恶魔的手中？如果我任凭他们死在那里，我怎么开心得起来？"

"飞妃，求你了！"

他伸出手去拥抱她，想安慰她。

"别碰我！你不愿救他们，我要救！我自己去划那条船回去，我不管会发生什么。我得去找他们，去救他们。我必须试一试！"

瓦格纳看着江对岸燃烧着的城市，他怎么婉转地把话说明呢？

"你父亲他们……一直住在中山门附近，那里仗打得最厉害。我去过那里，飞妃，我见过那儿受到的破坏。可能……亲爱的，请你做好最坏的打算……可能已经太晚了。"

"是有可能，但我不确定。在没有确定之前，我无法放心。我们得回去。"

"飞妃，求求你！难道你忘了我们是侥幸逃出来的？当时日本人正在安全区抓女人！他们想要年轻女人，漂亮女孩，就像你一样的！在那里你根本没有生机，你遇到的第一个日本兵就会把你……"

他说不下去了。

"怎么？强奸我？"她含着眼泪痛苦地说，"杀了我？但是你有没有想过，死亡也许好过耻辱？好过知道自己抛弃了家人、让家人蒙羞的耻辱！我是个中国女孩，哈里！我们有自己的文化，孔子的教诲，我有责任照顾我的父亲和家人。如果我就这么和你逃走了——和你，一个外国人！而把他们留在地狱，你真的以为我和你以后能过着天堂般的生活吗？"

瓦格纳反复掂量。回到那边？那实在是太疯狂了，纯粹精神失常！他侥幸把他们毫发无损地弄了出来。说什么自讨苦吃……

挑逗命运……走进狮笼……玩火……和魔鬼跳舞!

但爱默生说过什么来着?所有威胁我们生存的动乱都可转变成有益的力量……

"好吧,"他说,"我去。"

她看着他,眼里放出光彩,他真的会去吗?

"我去,为了你。"

*

当晚他离开了老周家,没有太多可说的。

"请照顾好她。"

"我们会的。"

"谢谢你们。"

她陪他走到江岸边隐藏小船的地方。

瓦格纳的嗓子有点堵——实际上是胸口堵,让他呼吸困难。也许这就是最后一次……

但不只是他们,瓦格纳提醒自己。这是战争。江对岸的人处境更惨。

"飞妃,"他说,"你带上这个。"

他从腰带上取下手枪。

"看,它是这样用的……"

他打开枪机,演示了一下。

"不,哈里,"她说,把手放在他的手上,"你比我更需要它,我在这里会很安全的。记住,这是我们的时光,我会等着我们的那一刻。我会在这里等你回来,等你们三个一起回来。还有——拿着这个……"

她伸手向上捧着他的脸庞,拉向自己,同时踮起脚尖,轻轻地,毫不犹豫地将自己的嘴贴上他的,她的唇张开,像一朵沾了香槟露、盛开、柔软的花苞。她的舌尖碰触到他的,带来一阵难以想象的甜美。

在那一刻瓦格纳所有的恐惧都消失了。突然间,一切的一切似乎都是可能的了。

他最后一次握紧她的手,然后跑过江堤,下到泥泞的岸边,感觉自己像一个十二英尺高的巨人。

第三章 地狱里的圣诞

哈里·瓦格纳将船推进西汉江，尽可能小心地用双手划船，避免发出声响或做出显眼的动作。江流的速度虽缓慢，但方向是向北流往城市。他计划顺流一直漂到超过炮艇码头，然后再划向江岸，打算在军用码头和主要的民用码头之间的某个地方上岸。

两艘锚泊的中国炮艇被日本轰炸机炸毁，残破的艇身翘在沉没处的水面上。码头那边的建筑遭到严重破坏，这也解释了为什么日本舰队尚未利用炮艇码头的设施。这对瓦格纳来说是件好事儿，因为这意味着在码头设施处没有哨兵和警戒，当他漂浮过去时，也就少了一层担忧。

空气中弥漫着大火的气息，城市的许多地方不断升起火焰。天气变得十分寒冷，细微的雪花夹杂着灰烬缓缓飘落，能见度降低，他有节奏地把手伸进冰冷的江水里划动时，寒冷也增加了他的艰苦。

"这才刚刚开始！"他打着寒战说出声来，免得牙齿碰牙齿。

下一个问题该是靠岸和登岸。他停止了划水，让船随着水流和自己的惯性自然地靠向岸边，希望从岸上看上去像是一块残骸。

到这时他才意识到江面上并非仅有他一人。当他靠近登陆点时，看到江边漂浮着些什么。要是换个时间，换个地方，他会认为是些浮木。但随波起伏的头和脚表明这些都是尸体，散布在水面上，好像一艘大型客轮沉没失事，造成了许多生命的损失。

瓦格纳让小船滑上平坦的泥地，然后拖着系缆绳把它拉到几块大石头后面藏好。这里没什么地标，他尽可能垂直于水面笔直走向江岸，来到沿江道后，他堆了一堆小石子做了个标记。

通往城市西南方向的这一片是沼泽、一连串的小水塘和水田，泥泞的堤坝和小路穿行其间。在一处他注意到一连串非同寻常的结构，像是个六英尺见方的原木堆。这些东西如果放进火盆的话嫌太大，用来建房子又太小。好奇心驱使他走近了想看清楚那究竟是什么。走近一点后他闻到一股煤油的气味，慢慢地他惊恐地明白过来，这都是人的尸体，堆成堆，像烤炉中的柴把堆，已烧成了焦炭。手臂伸出，形成最不可能的角度，牙齿露出，做出极不自然的痛苦表情。

他快步赶路，来到了莫愁湖。哈！他不得不对这名字的讽刺意味苦笑一声。湖面上漂浮着些大东西，不是尸体，是些袋子之类的东西，也许是船上的护舷垫或是那些大帆布笼子。究竟是什么？他走到湖边，看清楚那是些扎好口的麻布袋，里头装了什么丢进水里。那些硬心肠的人淹死小猫小狗就是这么做的。他伸手摸了摸，摸到一个头颅，还有头发，惊得向后一缩。

"天杀的！"

他浑身颤抖，情绪低落，寒冷彻骨，但依然顽强地向前走。

现在前面到了汉西门，和把江门一样，汉西门在日本人完全控制南京后便重新开放了。门内这片区域相对平静，当地居民很早以前便已清空，最激烈的战斗发生在其他地方。

哨兵正在火盆旁边打瞌睡。

瓦格纳躲在阴影中，考虑该如何进入城门。他还戴着安全区的袖标，并且在几天前，安全区委员会和日本指挥官还进行过"亲切的"会晤。但紧接着发生了绑架妇女的事件，与此同时地狱之门被打开，魑魅魍魉横行。他们还击沉了孟菲斯号，上帝啊！那么，他们现在对外国人的态度是怎样的呢？

他四处张望。城墙根下许多人在趁火打劫，从死人身上剥下衣服，拿走他们的财物，成堆的尸体，带着撞击的痕迹，看起来像是直接从高处抛下来的，很可能是被刺刀逼着跳下来的。可恶！这么说，这些中国人一定是和日本兵在一起，不然他们就该躺在死人堆里了。没道理不贿赂这些人，好搭他们的推车进城。没有其他办法——他只得正面应对。

"好吧，聪明的家伙，"他泰然自若地暗暗对自己说，"你知道该怎么做！"整理下衣服，收腹、挺胸、昂头，让自己看起来像个真正盛气凌人的家伙。来吧……

"晚上好！"他用日语欢快地招呼了一声，在沙袋之间大步走过，显眼地展示着袖章。

"晚上好！"哨兵回答，几乎连眼睛都没睁开。

见鬼呢！这就行啦？他走进了城门！

出去还能这样容易吗？

※

汉西路是城市主干道之一，从位于城西南的汉西门直接通向新街口的中心十字路口。路上没有任何行人，瓦格纳猜想日本人可能实行了宵禁。他悄悄钻进右侧与主干道平行的石鼓路，小心翼翼地贴着人家院墙向前走。

要去飞妃父亲的家，他需要纵贯全城，到达位于城东面的中山门，途经仍在燃烧着的中心商业区，几座大酒店和国民政府，他肯定那里面一定挤满了日本人。

不过现在前面的路上没有任何移动的物体，瓦格纳能够看到的只有——尸体。在每一个街区都至少有一具尸体躺在排水沟里。他在路上小心地查看了其中几具，大多数背后有子弹孔。他们会不会是抢劫犯呢？还有一具没了头颅……

墙上的一张海报吸引了他的目光：

做良民

带证件

见日军有礼貌，要敬礼

只能走，不得跑

勿迷路

守宵禁

原来是这么回事！向日本人敬礼，遵守宵禁，不然就得在背后挨枪子儿。

这些人不是抢劫犯，他们只是忘了要有礼貌。

带证件？那是怎么回事儿？

❊

石鼓路到新街口为止，这给瓦格纳带来一个难题：怎么穿过宽阔的中山路？隔着老远，他的袖章看不清，可枪子儿却能射过来。而且不管怎么说，宵禁就是宵禁，外国人也不例外。他伏在一家钟表店的阴影里，这店铺的窗户已经没了，货架洗劫一空。街对面有家漂亮的饭馆，很明显受到了日本人的青睐，因为它看上去平安无事，但是里面没人在用餐。瓦格纳看看手表——凌晨两点，违反宵禁，什么时候都一样。他再次迅速看了一眼四周，一个冲刺跑过了街。

几声枪响！

他绷紧身子，准备忍受被击中的刺痛，没事儿。

不远处，街角一个巷子里什么地方，传来女人的尖叫和男人的狂笑。

他来到饭店入口的隐蔽处，心脏剧烈地跳动着。"别听，"他对自己说，"专心完成你的任务吧。"

还有很长的一段路，要穿过城里原本最繁华的购物街，这些街道如今被炸弹炸得千疮百孔，让大火烧成一片废墟。

❊

瓦格纳专走背街僻巷，从一个漆黑的门洞冲到另一个，遇到空旷的路便弯腰猛跑。最终瓦格纳来到了那段阶梯，爬上去便可进入那在城墙中挖成的迷宫街坊。这儿受到的破坏没有想象的那样严重，这让他有点惊奇，不过这段城墙十分厚重，即使日本最大的大炮也轰不垮它。

他松了口气，尽管天气寒冷他还冒着汗，一溜小跑着爬上阶梯。在这片迷宫里他还能找到那家药房吗？

挂在门头的红十字旗已经不见了，但即使在黑暗中，他还是辨认出了那家药房。窗户和遮门都不见了,墙上那许多小抽屉都被扯了下来,标本罐也空了,地上满是摔碎的玻璃。但不管是谁捣毁的药店,他们都没有发现移动墙板,它还在那儿没受到损坏。

瓦格纳摸索着设法打开它。它没有明显的机关——住所入口本来就是为安全而设计的,不易进入。他忙了几分钟,未能成功,于是决定轻轻敲下门试试看。

"谁……是谁?"里面传来了一个冷冷的声音。

"开门,请开门。我是来帮助你的。"

在那一侧传出手摸索的声音,接着墙上开了一道缝。

"是你!"

"你好,陆屈原先生。"

❋

门打开了,瓦格纳跨进那个简朴的起居间。

"她让你来的?"飞妃的弟弟说,和第一次时一样,他依然不成熟不懂礼貌。

"对。"

"她好吗?"

"她很安全,你父亲呢?"

"我父亲……走了。"

"去哪里了?"

男孩把脸埋在手里。

"死了!"他抽泣着喊了出来。

"日本人?"瓦格纳问。

"不是!是秘密警察。"

"中国的秘密警察?为了什么?"

"因为这个……"

男孩递给他一本小册子《中国共产党第六次代表大会会议记

录，莫斯科》。

"我不明白。"瓦格纳说。

"日本人突破防线以后，南京就处于沦陷的危险之中，蓝衣社确信有人在策动针对政府的政变。他们居然认为红十字会是个搞破坏的组织。有人知道我父亲有这本册子，就告发了他。秘密警察来逮捕了他，没有证据也没有审判，他们在放弃南京之前处决了所有的政治犯。"

"我非常难过，"瓦格纳轻轻地对他说，"听着，城里不再安全了。我要带你离开这里，带你到你姐姐那里去，但那不是件容易的事。宵禁时间在街上走对我们两人来说都太危险了，所以我们最好睡一会儿。明天一早我们就动身。"

这一次，男孩没有争辩。

*

第二天太阳还没升起，他们便离开了。

瓦格纳惊讶地发现，白天小巷里的生活似乎跟他之前和飞妃一起来时没有太多不同。老年人忙着他们的营生，在小屋门口闲谈，或拿他们那可怜的大米配给和自家种的蔬菜相互交换，以便勉强度日。最重要的是，没有日本人来到这个偏僻区域的迹象——不管怎么说，现在还没有。

瓦格纳领头走下石头阶梯，他神经紧绷，小心翼翼。下到街面上以后他转向北，认为最佳的路线是直接奔向安全区。尽管也有强奸和屠杀，但施佩贝尔是德国人这一事实便意味着一线希望，尤其是有了瓦格纳看到的罗曼·勃兰特的文件之后。也许施佩贝尔能有什么方法帮助他们二人回到那个小岛，然后瓦格纳从那儿再设法逃离。他们沿着城墙根走着，瓦格纳感到口中发干，祈祷不要在下一个拐角迎头碰上日本巡逻队或是检查站。

这条狭窄的路通往后宰门，这是一个穿过东城墙的小门，门外树林中有两个小钓鱼塘，从这儿折向左可以到市中心区北边，那儿就是安全区了。当他们经过后宰门村时,一个女人用凄厉的喊声呼唤他们……

"救救我们!啊,小陆,救救我们!"

他们转身看发生了什么事,陆屈原本能地要跑向女人所在的方向。

瓦格纳伸手拦住他。

"我们不能……"

"她需要我们的帮助!"

这是个长相不错、六十岁左右的女人,灰白的长发用一把精致的梳子固定住。上身裸露,衣服垂挂在腰间,随着她的奔跑垂下的双乳向两边摇摆。

"求求你,救救我们!"

陆屈原跑向她,边说话边帮她把扯破了的外套拉上来遮住胸脯,维护体面。

"唐大妈!怎么了?"

"是日本兵!"她抽泣着,"他们抓住了我的女儿,还有孙女!求你救救她们!"

瓦格纳的神经本已绷得紧紧的,现在感觉心一下子沉了下去。麻烦到底还是找上门来了。这件事不可能善了。

"听我说,屈原,我们得离开这里!我们做不了什么的。"

陆屈原鄙夷地看了瓦格纳一眼。

"这就是你们外国人说的人道主义?看看这个可怜的女人!你会转过身跑掉?让她听天由命?传说中了不起的美国英雄品质怎么啦?"他转身对那女人说,"别害怕,唐大妈。我会帮你的,带我过去!"

女人哭得停不下来,依然衣衫不整,但仍尽可能快地跑回巷子去,陆屈原跑在她身边。

瓦格纳心里一片冰凉,但别无选择,只能跟上。

当他们跑到小屋时，一个约三十五岁的女人躺在一片血泊之中，嘴唇发紫，眼睛睁着，已经死去。她的衣服被扒开，胸口和腹部有十几个刺刀捅出的伤口。屋里有日本巡逻兵，共五个，外衣和裤子纽扣都解开了，正抓着死去女人的女儿。她只有十一二岁，被四个日本兵抓住四肢按在桌子上摆成个大字形，第五个站在这哭叫着的女孩双腿之间。

看到自己孩子的遭遇，唐大妈歇斯底里地喊叫起来。一个日本兵本来全神贯注在作乐上，听到叫声松开孩子的胳膊，正要扑向她的祖母，这时瓦格纳和陆屈原出现在门口。

"什么？怎么？"日本兵醉醺醺的话也说不清，瞪着瓦格纳。

其他人抬起头，都愣住了。

瓦格纳知道此刻他没有太多选择。住手！和你们这些家伙以为自己在干什么？都没有用。他得另想主意，并且要快。他掏出手枪，"啪"的一声亮出埃德·卡特之前给他的美国特工徽章，尽量让这看起来像那么回事。

"美国政府特工，我以强奸和谋杀罪逮捕你们！"他用日语说。

喝醉的士兵们目瞪口呆地望着他，好像是在梦中。

所有的人都像雕塑一样一动不动，此时任何人稍有动作，就会引起一场浴血混战。

就在这时，瓦格纳感到一支冰冷的手枪顶住了他的后颈窝。

"是——这——样——吗？"这是和中大尉嘲讽的声音，"嗯，还真是那么回事儿，你不觉得印象深刻吗，和田？这美国人说他是个'特工'！"

这时所有的日本人都爆发出尖刻、轻松的大笑。

"是啊是啊，大尉，确实印象深刻，美——国——特——工！"和田中尉应和着，语气中满是嘲讽，"可以改变一切！哈哈哈！"

"你说得对，和田！改变了游戏呢。"

"一个游戏改变者，弟兄们！"和中朝其他日本人喊道。

"新游戏就是……剪头发！"和中嘲笑着将手枪从瓦格纳的手上夺了过去，"走啊，弟兄们，出去找个好一点的游乐场。"

"剪头发！"士兵们喊着，放开哭泣的小女孩，由她跑向奶奶的怀抱。他们扣上制服扣子，拿起步枪。

瓦格纳和陆屈原被滴着血的刺刀顶着腰推到巷子里，回到大街上。几个中国老人停下脚步看着，像往常一样，他们的好奇心压倒了恐惧。

士兵们都知道该怎样做。陆屈原被推到马路中间，和中大尉围着他踱步。

"这中国佬有一头漂亮的头发，是不是，成之？"

"是的，大尉，说得没错，"和田成之说，"很好的一脑袋……头发。"

笑声响起。

"但我不知道，"和中说，"我觉得有点太长了。你说呢？"

"哦，是的，长官，绝对是太长了，"和田赞同，说着拔出他的刀，得意扬扬地期待着，"不合东京的时尚！"

这番俏皮话又引发了士兵们邪恶的笑声。

"我以为日本人是文明人。你们难道毫不在乎自己国家的声誉吗？"瓦格纳在做最后的努力。

"听这美国人说的，"和中用手指指着瓦格纳的鼻子嘘道，"就是这些人杀光了当地居民，抢了他们的土地！他还大谈文明！"

和中朝瓦格纳的脸上啐了过去。

瓦格纳没有避让，毫不畏缩地瞪着他。

"我来给你看看什么是文明，美国人。和田中尉，我想，稍微削掉点。"

"遵命,长官。"

士兵们绷紧了神经,幸灾乐祸地享受着这个时刻。

陆屈原一动不动地站着,他知道但不相信这就是结束,他的脸上刻着放弃、恐惧、痛苦、懊悔,以及对日本人的仇恨。

嚓!

迅雷不及掩耳之势,和田的刀以令人目眩的速度飞过。在那一瞬间,头颅像足球一样飞了起来,瓦格纳看见了灰白色的脊柱环,四周是红色的肌肉,就像屠夫案板上的一样,动脉里的血喷洒出来,他的裤子上也沾了几滴,男孩的身体扑倒在地。

"你们这群混蛋!"他用英语大喊,但日本人似乎听懂了。

和中盯着瓦格纳,就像猫盯着受伤的老鼠,他还没完。

"加油,成之!干得好!"他假笑着,"不过你忘了件事儿。"

"忘了啥,大尉?"和田微笑着在死去男孩的蓝色棉外套上擦拭着刀。

"是啊!他最后的心愿!难道你不知道被判死刑的人至少有权最后抽一支烟吗?这是最文明的事啦!"他瞥了一眼瓦格纳。

"当然,说得有理,大尉!"

和田解开制服口袋,掏出一包香烟,抽出其中一支。他朝一个士兵点了下头,士兵揪着头颅的头发把它拎起来搁到窗台上。和田仔细地把烟塞进陆屈原抿着的灰色嘴唇里,接着掏出打火机,给烟点上火。

"哈哈哈!摄影师在哪里?"和中哈哈大笑。

"魔鬼!"瓦格纳再也不能忍耐,他抡起右拳,对准和中的脑袋狠狠地捶了过去。这是他所记得的最后一件事……

※

日本当局在全城贴满布告,要求所有留在城里的居民必须进行登记,否则一律枪毙。登记中心设立在国立大学的仿明式行政楼里，那儿是安全区的中心。施佩贝尔为了缓和紧张的气氛，特地在院子里竖起了一棵圣诞树。

雪花飘落在惊恐的人们身上。他们排成四列，步履沉重地走向入口处的那群日本兵，在那儿男人和女人被分开，分别送到不同的大厅接受宪兵队军官的审查：

"名字？年龄？职业？婚姻状况？"

幸运的人会被转到几个老年中国男性登记员那里，在那里签署"和平生活证书"，然后换得一张日文的身份卡片。

但在男性那里，第一步是进行"医疗检查"，凡是额头上有浅痕，表明有可能戴过钢盔的，或者肩膀上有印痕，可能是扛过枪的，就都得进入"劳工"组。母亲、妻子苦苦求情，毫无用处，日本警卫把她们踢到一边，然后把她们的男人拖走。

在女性那边，宪兵队外还加上了羽田大尉和小罗，他们受命重操旧业，组建和管理一所新的只对军官开放的慰安所，就放在大华酒店。

此前日本当局决定，由于"道德准则"是维护被占领城市南京的和平与稳定的必要条件，因此所有的成年女性必须由父亲或丈夫做担保人，进行登记。凡没有男性至亲的女性都被认作妓女，送去慰安所。

当小罗看到小华花舞蹈团的年轻女孩从女生宿舍走出来时，简直不敢相信自己的眼睛。这些可爱的年轻舞者，拥有完美的身材和亮丽的皮肤，富有光泽的长发垂至细腰间，对于慰安所来说是意外获得的宝藏。而且令小罗高兴的是，这些女孩都不能提供担保人。她们来自全国各地，自幼因美貌和才华入选舞蹈团，她们满怀感激的家长把她们送来住在宿舍里，由没有血缘关系的女教师监护。

"你们都在做些什么？"施佩贝尔质问道，他一听到消息便匆匆赶到现场，看见惊恐害怕的女孩们哭着被拉上一辆日本军车。他拉住一个女孩的手,想把她从车上拉下来,但一个骑兵拦住了他。

"请接受我的道歉,施佩贝尔君,"羽田说,"我们也是奉命行事,请理解。"

"这些女人得跟我们走!"戴着大礼帽的小罗咆哮着,他完全无视施佩贝尔胳膊上戴的安全区委员会袖标,"看看她们,穿得那样光鲜,这些不是普通女孩。没有丈夫,没有父亲……一帮婊子!还跳他妈的什么舞!来这里给政府的老大服务的。现在,新政府,新老大,呵呵!"

在这种情况下,就连施佩贝尔也没有别的办法,只能放弃。每个生命都是宝贵的。唉,她们只是十几个人,他总算挽救了成千上万条生命吧。

*

次日一早,小罗就和他的三个手下一同前往下关码头,那儿有一条海军登陆队的小艇在等着他们。 穿黑色制服的船员驾驶小艇逆流向南,进入夹在东岸与一个长岛之间的一段弓形水道。他们经过一个被炸毁的炮舰码头,旁边还有沉没的舰壳,现在通道只有几百米宽了,他们关了引擎,把艇后拖带着的一条小船拉过来,那四个"好汉"爬上去,划向泥岸边。

小罗以阿亮棚屋为出发点,考虑到这段江水的流速,对那条平底船靠岸的地方做了个大略的估计。四个人分散开,一人负责一块地方,在江岸上寻找最近有没有人活动的痕迹。

"小罗!这边!"

痕迹很明显——地上有两组脚印,一大一小,通向河岸。大的脚印又折了回来,泥地上留下了小船被拖至草丛又拖进江中的痕迹。

"呵呵,"小罗冷笑了一声。这么说美国人已经走了,但和他一起的那人,很显然是个女孩,还在这里。两人中抓到一个,不错啦。如果美国人在城里,他们迟早会找到他。这个女孩就是个诱饵……在扔进狼群中之前。

天空开始飘雪,他们顺着泥地上的脚印走上堤坝,然后走上横穿小岛的那条小路。

那茅草屋算得上做了伪装,但还不够。小罗和他的人手持尖刀踮起脚尖悄悄靠近摇摇晃晃的后门,隐约能听到屋子里低低的谈话声……

※

飞妃的手就像她的脚一样是象牙色,精致娇小,手指和脚趾都长得漂亮极了。自从他们相识以来,飞妃有好几次把自己的手平放在瓦格纳的手上,那手看上去就像铁锹头,然后总会笑着说:"看看你那双手!至少是我的四倍大!"

哈哈哈!

她现在正把她的手抵住他的,他想把它握在自己手心中……不过好像有个什么尖尖的东西,像火烧一样弄痛了他。

"哎哟!怎么……"

一只老鼠咬住瓦格纳伸出去的手不肯放,直到他睁开眼睛试图用力拍击它时才跑开,他的动作很迟钝,老鼠比他快多了,毫不费力地躲过了他无效的拍打,摇摇摆摆地回到了墙角的裂缝里,嘴里还嚼着刚才从瓦格纳小手指尖上咬下的一块皮肉。

他的脸颊压在冰冷潮湿的石头上。他试着移动他的头,想看看自己究竟在什么鬼地方……

"哎哟!狗娘养的!"

他们不知怎的把他的头钉在了地上……至少他觉得是这样。他伸手去摸。该死的,脑袋下面是个靠垫吗?不,那是他脑袋的一部分,是一个充满液体的鼓包,摸起来简直有枕头那么大。

"见鬼,瓦格纳!"他大声对自己说,"你可不能这样活下去。"

"怎么你还活着？"有个中国人开了口。

哦，这么说他不是一个人。瓦格纳艰难地翻过身来。他的身体机能还没有恢复，他自己知道。他的眼光从黏糊糊的石头墙壁向上扫到黏糊糊的石头屋顶，再向下到生锈的铁栅栏的那一边，最后落到一张被打得血肉模糊的脸上，那是一个衣衫褴褛的中年男人。

"你好，"男人说，"我姓胡。"

"我叫瓦格纳。"他发现自己的舌头也不怎么能动，像是黏在上颌上。实际上，墙壁上黏糊糊的东西看起来很好吃似的。

"我在这里多久了？"

"两天了。"

"什么？天哪！我们到底是在哪里呢？"

"三山街，警察总部的地牢里。"

"警察？"瓦格纳轻轻地说，警察队不是在南京沦陷之前就解散了吗？

"我应该说是日本的军事警察——宪兵队。"

"啊！"瓦格纳心想，这就合理了，"嗯，我知道自己为什么到了这里。你呢？"

"我是……我以前是发电厂的首席工程师。"

"真的吗？"瓦格纳说，他的舌头逐渐变得自如了，"那么你肯定认识约阿希姆·施佩贝尔了。"

"施佩贝尔先生是我的老板——直到防线被攻克。那以后军队便接管了电厂，当然中国工程师都必须留在岗位上。"

"毫无疑问。"

"所以当日本人围捕战俘时，我们所有的人就都被捕了。"

"但你们不是军事人员啊？那不是电力公司吗？"

"你说得对。但他们一口咬定我们是军人，把所有的工程师都枪杀了，所有的人，除了我。"

"什么？简直是……天哪！"瓦格纳说话还不利索，"为什么除了你？"他问，他待人接物的机敏还没有恢复。

"得有人告诉他们如何保持电厂运转。应该说，让电厂运转起来——在起大火那晚他们把电厂炸了。"

"我看到了，"瓦格纳说，"不过等等……他们因为认为你们这些人都是军人所以杀了你们。为什么不把你们关到战俘营里？"

"没有战俘营，根本就没有战俘。"

"没有战俘？"

瓦格纳想起了老袁，想起了长江中、莫愁湖里、城墙脚下的那些尸体。

"该死！"他说，"那么现在怎么样了？"

"我会怎么样吗？"胡工程师说，"谁知道呢。也许会被拉去枪毙……也许会被推到砍头比赛中去。"

"砍头比赛？"

"是的，他们不时地这么干一次，就像一种运动。"

换做平常瓦格纳会说"你在开玩笑吧！"但是他的记忆开始恢复了，陆屈原被杀的那一幕深深地刻进了他的大脑。

他们陷入了沉默。

外面某处有道门被打开了。

"美国人！"两个看守中有一个喊道。

瓦格纳抱歉地瞧了一眼胡工程师。

"应该是找我了。"他说。

"起来！"

"啊……啊……你们几位不介意帮我一把吧？"

钥匙叮当作响，牢笼门打开了，一阵大皮靴踏地的声音朝瓦格纳而来。日本人的军靴没那么大，也没那么沉，不过他们的脚步快而不正。无论如何，瓦格纳努力站了起来，被拳打脚踢着走出牢房，踏上地牢走道。

❋

他们把他拖上几层台阶,来到主楼大厅里。约阿希姆·施佩贝尔和高井中佐等在那里。

施佩贝尔的表情难以捉摸,他什么也没说。

"瓦格纳君,"高井说,"我对你非常失望。你的被捕是因为在一个你本不应该出现的地方试图攻击我的一位军官,而且卷入了一件与你无关的事务。"

"是吗?"瓦格纳冷笑,他现在已完全不能忍受日本人,并且无法维持表面上的礼貌,"我要说那些反人类的罪行例如强奸与凶杀和大家都有关。还有那些'信赖日本军队将保护你们的食品供应和安全'的狗屁话都哪去了,长官?"

高井没有立刻回答,他估量着这个似乎忘记了或者不在乎自己所处危险境地的美国人。正是外国人那种近乎愚蠢的傲慢。

"瓦格纳君,"他说,刻意在施佩贝尔面前表现出日本人超常的文明和理智,"给平民带来痛苦不是日本皇军的政策。你会发现我们正不遗余力地保障这个城市人民的供应。正如你已经看到的,我们恢复了供电。我们允许施佩贝尔君的委员会使用城市的大米储备以供应难民。所有的守法公民都获得了登记证件,这将确保他们继续享受安全。当然,在漫长艰苦的战役之后,我们的士兵都精疲力竭了,有些人没能表现出良好的自我控制能力。你之前遇到的那些人当然会受到纪律处罚。"

"哦,是吧。那么我在汉西门外看到的尸体又是怎么一回事?我猜那就是你所谓的国际法吧,嗯?"

高井不是一个能轻易使之失控的人,但这会儿也很难压住心中的挫败感了。

"听着,这不是一场关于军事政策的辩论,"他厉声说道,"现在轮到我问点问题了,比如说你为什么会说日语?"

"在美国有大量日本人,"瓦格纳回敬道,"我有几个日本同学。"

"对，他们就应该待在那里。有太多的日本叛徒从你的国家跑回来，脑子里尽是什么民主和颠覆。还有你带枪做什么？难道你不知道这是战争行为，你会因此被枪毙？"

"听着，长官，在这个城市用不着什么战争行为就会被枪毙。不是日本人这一条就足够了——要不我们出去走一圈看看，怎么样？"

"你真要考验我的耐心是不是，瓦格纳？哼，我拒绝玩你的游戏。相反，我要拿你作典型——证明日本占领军当局按国际法办事。施佩贝尔君要求让你安全返回，既然德国政府是日本的朋友，我们就答应他的请求。你将被带回国际安全区，那是你应该待的地方，以外国游客的身份登记。你可以继续当你的安全区委员，协助施佩贝尔君……"

然后高井卸下伪装，露出其蒙面太君的真相，眼露凶光，加上一句："不过我警告你——如果你在安全区以外再次被捕，我不保证你的安全。"

✽

"谢谢你保我出来。"当梅赛德斯车沿着中山路行驶时，瓦格纳用德语对施佩贝尔说。

"韦弗先生告诉我出了什么事，"施佩贝尔说，"我是指你和那个女孩的事，她很幸运。当舞蹈团的女孩们去登记的时候他们把她们都抓走了。就是这里，慰安所。"当车经过大华酒店的时候，他沉重地补充道："这真是一个丑闻，瓦格纳，但是我们能怎么办呢？安全区里有近二十万人。他们需要我们的保护，而我们只有与日本人保持像样关系时才能做到这一点。"

瓦格纳厌恶地摇摇头，"还有，你知道他们是如何处置所有那些俘虏的吗？"他说。

"是的，我知道了。"

他们转弯上了汉西路，朱伟可小心翼翼地开车，避免碾到路边被雪掩盖的尸体。

"就看看这个！"瓦格纳说。

"杀一儆百，"施佩贝尔阴郁地说，"杀鸡给猴看，永远别背对他们。也别跑，否则背上就要挨枪子。他们说为了维持公共秩序这是必要的。"

"我看到了张贴的海报。哪里是头呢？"

"只有上帝才知道，瓦格纳。不过会有结束的一天，一切都会过去的，我们必须要有耐心。"

他们向北转弯驶向上海路，曾经安静的街道上现在挤满了难民。道路两旁搭满了棚屋、帐篷和蔬菜摊子，朱伟可不得不以步行速度穿梭于人群之中。他们继续沿着汉口路行驶到国立大学，这里似乎已经成了安全区的中心。

韦弗和莱诺等候在这里，他们热情地招呼着瓦格纳。

"我不得不搬进安全区，"莱诺说，"英国公使馆遭到中国匪徒的洗劫，他们拿走了可以拿走的一切，还杀了我的服务人员。"

"威妮弗雷德夫人在哪儿？"瓦格纳说。

"不知道，安徽的某个地方吧。"

"安徽？真的吗？"

"是的。她说委员会已将这边的各项事务控制住了，而别的地方需要她，某件紧急的教会工作吧——不是很清楚。我们劝阻过她，提醒她可能会有危险，但她似乎很有把握。她说她会回来的……"

"那么你办到了？"当韦弗和瓦格纳握手时问道，"把她弄出去了？"

"是的！"瓦格纳说。

"那你为什么回来呢？"

"哈！我为什么回来？是件最该死的事。我回来是想救她的家人，乔尔。"

"后来呢？"

"他们死了。"

"我很遗憾，伙计。"

"是啊，我也是。"

瓦格纳看着韦弗。应该把茗姬的事告诉他吗？让他不再为她的命运担忧？还是用她的背叛在他的伤口上撒盐？还有施佩贝尔，应该让他知道勃兰特的事吗？

不。有的时候还是不要知道更好。有些事情还是不说最好。

"施佩贝尔先生，"他说，"你以前的工厂主管胡先生，现在在警察局的地牢里。也许你能救他出来。"

"我会尽我所能的。"

"还有一件事，我想请你帮个忙……"

第四章 赎罪

天黑以后，安全区安静下来面对又一个紧张的夜晚，这时施佩贝尔将梅赛德斯车的钥匙交给了瓦格纳。

这绝非一件小事。在这座城市里汽车和燃料都像黄金一样，因为自撤离以来，绝大部分车辆已经消失。不仅如此，这辆飘着纳粹旗帜的豪华大轿车在平民眼中已成了权威的象征，甚至日本人都对它礼让三分。

不过瓦格纳曾用自己的无线电和翻译技能为安全区委员会做出了自己的贡献，施佩贝尔觉得欠了美国人一份人情。瓦格纳甘冒生命危险去救那个女孩，甚至在毫无胜算的情况下去救她的家人，就这一点便体现了年轻人这份感情的深度。现在女孩需要回到南京登记，以确保其安全，而瓦格纳是唯一能够做到这一点的人。不过高井和宪兵队都禁止他离开安全区，如果没有这辆车保护他进出城市的话，他很可能会被当场击毙。

施佩贝尔也许并不情愿，但也没有舍不得，他同意了瓦格纳的请求。

瓦格纳沿上海路行驶，然后右转，通过汉西门出了城，哨兵没找什么麻烦。他沿着江边道慢慢行驶，直到那石堆标记出现在车前灯下，然后他把车驶下道路，尽可能远地向水边开，在车还没有陷进泥地前停了下来。然后他走到那几块大石头旁找到那条小船，将它拖过雪花覆盖的泥地，第三次下到江中。

"这就要成习惯了，"他边用手划船边对自己说，冰冷刺骨的江水让他牙齿打着颤，"是时候给这鸟不生蛋的沙嘴开通轮渡服务了吧。"

他的位置靠近小岛北端，水流正把他向那个方向推去。他在离岛最北端不远的地方上了岸，还得摸黑走很长一段路才能到达通向茅屋的小路。地上铺上了刚落下的雪，当他来到小路的交会点时，惊讶地发现地上有大片凌乱的脚印，好像飞妃和周家夫妇在江边和茅草屋之间来回走动过一样。

可他们的生活一直是安静少动的,为什么会这样做呢?

他前方的雪地里有件什么东西在月光下闪亮。他走过去,弯腰把它捡了起来,他的呼吸一下子屏住了。

这是那枚飞妃有时别在头发上的镶钻蝴蝶发卡。

他的心跳加速,嘴唇发干,他几步冲进小屋,眼前只见满地散落着杂物、碎家具片、一只蒸笼,还有撕碎的衣服。

"飞妃?"他喊道,"老周?"

门板从铰链上挂了下来,他跨进黑乎乎的小屋,脚碰到了老周的尸体。他的头向后仰成一个不自然的角度,喉咙上一条张开的口子,流出的血在月光下成了黑色,那颗独牙在他咧开的嘴中闪着亮光。

"飞妃?"他拼命地呼喊。

"飞妃!"

他掏出打火机点燃。借着火苗的亮光,他看见老周的妻子弯腰倒在地上,双手还握着刺进她肚子里的那把刀的柄。

"飞妃!"

他跑出门去了小屋,那里头稻草撒了满地,收发报机也不见了。

"飞妃!"

他沿着小路跑回江边,发疯似地搜寻江岸、大江,心中的怒火压也压不住。上帝求求你给点线索,一条船……

"飞妃!飞妃!飞妃!"

他像是失去了理智,沿着江岸朝一个方向跑上一阵,又转身换个方向再跑,他气喘吁吁,满头大汗,在心中嘶吼……

"不!"

他脸朝下跌倒在雪地里,用拳头砸着泥地,他的头脑不再运转,只感到震惊、悲痛、愤怒和无能为力。

"不……不……不!"

就这样过了好一会儿,他感到筋疲力尽,隐隐的一丝理性告诉他得回到屋子里去,不然会被冻死的。

瓦格纳晕乎乎的,身体从里到外都凉透了。他跌跌撞撞地回到小屋,跨过老周夫妇的尸体,倒在床上,滑进一种奇怪的、备受折磨的、半醒半睡的状态。他梦到了大江,那条小船……他淹没在冰冷刺骨的水里……无法呼吸……拼命喘气……

然后她出现了,微笑着,向他伸出手来,他听到了她的声音,摸到了她的手,这时他想着,感谢上帝!这只是一个梦!

然后他醒了过来,眼前是寒冷的黑夜,空气里飘着血腥味。他再次明白过来噩梦未醒,她已经不在了。他打着冷战又睡了过去,几分钟后又醒了过来,不断循环重复……

江水……淹没……她的脸庞……她的声音……冰冷、痛苦的现实,不可接受的事实。

"不!"

※

他最后一定是睡得沉了一点儿,因为他睁开眼睛时已经是白天了。

他首先得面对这冷冰冰、让人恸哭心碎的现实:她不在了,老周夫妇都死了。

他用双手摩擦着脸。

"你是个什么东西,瓦格纳?"他苦涩地问自己,"还自称为战士?该死的你到底是个什么样的人?甚至不能保护自己所爱的姑娘?"

他想用拳头砸墙,可它们太脆弱了。

"别他妈的自己可怜自己了!打算怎么解决这事,你这笨蛋?"

他挣扎着从床上爬了起来。

"看看这两个人,就是被你害死的。要是你没来过这里,他们就不会死。好歹表示一点尊重吧!"

他伸手到老周腋下抱起他,拖着向屋后走,同时尽量不让他的头摇摆,他要在这里掘个坟墓。他再回到屋里去搬老周妻子的尸体,当他弯腰去抱她时,发现倒在她身旁的凳子杉木面上有一些血指印。

他扶起凳子,发现这些棕红色的印迹并不是胡乱画出的形状。是字……两个汉字,是老周妻子自己的血,很可能是她在咽气前拼尽最后一丝力气写下的——妓院。

※

瓦格纳埋葬了两具尸体。这让他出汗的活儿似乎也让他情绪平复,忙碌中他清晰的思路又恢复了。

飞妃虽然不见了,但至少没像老周夫妇一样留下血淋淋的尸体。不管杀他们的人是谁,这些人留下了飞妃的命。多亏老周的妻子,他现在知道了原因。

所以飞妃还活着!这让他感觉轻松了些……只是略略轻松了些。

她在慰安所里会被强奸再强奸,直到死于梅毒——这比死还要悲惨。或者在她被糟蹋后他们厌倦了她,某个醉酒的混蛋会杀了她,要是她没有自尽在先的话。

他无能为力的悲伤渐渐转变成了一种冰冷的愤怒。不管这些人是谁,他要找到他们,让他们付出代价。不管她在哪里,他要去救她回来,不成功毋宁死!

但怎么做?他甚至连靠近大华酒店都难。高井的警告明确无误——如果在安全区以外看到他,不会再给他第二次机会。如果他死了,还怎么救她?

就算他设法去了那儿,他怎么救她出来?他知道那酒店里挤满了日本人。他得单枪匹马闯进闯出。他甚至都没有一支枪,该死!

他甚至都没有……

一支枪。

等等……

他知道谁有枪。

✳

飞妃被绑在慰安宫新医疗套房的妇科检查桌上,赤身裸体,双腿上举。她一声不吭,感到害怕和绝望,她脸色惨白,牙关紧咬,紧紧地握着拳头,对在她裸露身体旁转来转去的男人充满恐惧和憎恨,在心里对他们大声尖叫。

"好极了!"石川少佐宣布,当他将头从她的两腿间收回时,赞叹地出了长长的一口气,"小罗,你这一次超常发挥。这是我们迄今为止收集到的最优秀的样本!看看这颗小小的粉钻——从来没有被人碰过!我们获得的不仅是一件出色的资产,而且还是一个处女!"

他的手不由自主地去解裤子纽扣。

"也许我应该做更彻底的检查……"他鼓起勇气说。

"呵呵呵!你说得对,老大!不过最好等一等,得跟羽田大尉谈一谈。也许先把她给某个大老板,还不知道……"

小罗确实知道的是,他可以从这个女孩身上弄一笔大钱。问题是怎么才能使利益最大化?而且最重要的是,该怎样交易才能让那笔钱的大头进自己的口袋!这需要更多时间,更多的盘算。

石川咽下了自己的失望。

"是的,也许你是对的,"他说,"很好,那我把她交给你。"

"别担心,老板。我给她好房间,料理一切,呵呵。交给我吧。"

石川走后,小罗威吓地瞪着飞妃。他把他的光头靠近飞妃,过分地近,他口中喷出混杂着香烟、大蒜以及宿醉臭味的气息,对着她的耳朵低低地说:"觉得自己很可爱,呃,婊子?觉得你那小玩意儿很特别？那我告诉你吧。你对我来说屁都不是。你已经是块死肉了，你还能喘气全靠你两腿之间那玩意儿。所以自己庆幸一下吧。这件事儿对你来说可以很容易，也可以很难。我要你做啥你就做啥，那就一切都好。你可以打扮得漂漂亮亮的，吃好的，穿好的。每天被操，表现好一点、骚一点、辣一点，好过得很。你也可以给我找麻烦，等我动手时你就分不清你的前门后道了，都一样，就像鸭子。并且这会是你被扔进莫愁湖之前所能记得的最后一件事，我希望我把话说透了。"

他松开绑带的搭扣。

"现在穿上衣服。今晚是你的大日子，你要去见个大人物，骑白马的王子！呵呵呵……"

※

哈里·瓦格纳回到飞机坠毁处附近的羊圈，扒开当作饲料的芦苇草，找出他藏在这里的制服和公文包。回到老周的小屋后，他把制服挂在钉子上，把公文包里的东西全倒在小床上。他将那份绝密文件、鲁格尔手枪和装罗密欧朱丽叶牌雪茄的金属盒放在一边。

有一本德意志帝国护照。他翻了开来，罗曼·勃兰特的照片瞪着他，他的光头像一枚鸡蛋，添上了某个慕尼黑酒吧保镖的五官。

"罗曼·勃兰特，蓝色眼睛，金发，身高一米九，体重一百一十公斤。"瓦格纳读道。比自己稍高一些，重一些，不过相差不是太多。

"出生日期1902年11月17日。"

好，这么说他大几岁，但不足以在外表上造成明显区别。不管怎么说，这场该死的战争已经让瓦格纳感觉老多了。

"职业——记者。"哦，对！不过瓦格纳还没见过哪本护照上写着"职业——间谍"！而士兵通常都带身份识别牌而非护照。

好的,似乎一切皆已就绪……不过这公文包似乎还有些分量。瓦格纳把手伸进公文包摸了摸包身和包底部。底上似乎有些不平。瓦格纳看了看缝线——完整的。但勃兰特是干秘密工作的,尽管瓦格纳只是个无线电专家,但这也足以让他知道像勃兰特这样的秘密工作者还是有几招的。

勃兰特死的时候穿的是他的军礼服,腰带上别着一把黑色礼仪佩剑。瓦格纳伸手拿过它,将刀拔出鞘。剑身大约一英尺长,上面用哥特体刻有"Alles für Deutschland"[1]几个德语词。他用锋利的刀尖挑开皮包底部的一处接缝,直到足够伸进手指。里面有些扁圆块样的东西。他把刀刃插进去将接缝完全挑开。露出一截帆布带,他拽住那带子一扯,一串十枚面值一百的德国金马克硬币,从暗袋中滑出。

"该死!"瓦格纳叫出了声,"一千马克……"

他心里算了算。金马克和美元的汇率是四比一。两百五十美元!那就是钱——他半年的工资——在战区,没有什么贵过黄金了,远比人命值钱。

好啦,万事俱备。

他需要的东西都有了。

❋

日本人来之前,"帅理发"一直是一家不起眼的理发剃须店,只是散布在南京市中心周围许多理发店中的一家。现在,这家店被一个精明的亲日企业家改名"目黑理发店",为转入占领态势的日本军人营造家的感觉,因而开始兴旺起来。军官们来这里打发他们不执勤的时间——军刀夹在两腿间,躺在皮扶手椅上闲聊,喝啤酒或清酒,等着轮到自己享受奢华的热毛巾修面或者推个平头。

---

[1] Alles für Deutschland:一切为了德国。

当梅赛德斯奔驰轿车在理发店门口停下时,店里的老板和常客都以为是国际安全区的约阿希姆·施佩贝尔——事实上的市长来了,这本身就是一种很好的认可。但从驾驶座上下来的,是一个谁也不认识的德国军官,这引起了人们强烈的好奇心。

新来的这人身材高大,嘴角间叼着雪茄,大摇大摆地走了进来,人们向他投来谨慎而恭敬的目光。他们都知道德国是日本的新朋友,两国在对世界霸权的追求上志趣相投。

"你们好!"这德国人用日语热情地招呼聚拢过来的人们。

"你好!"人们开心地齐声回应,"哈哈哈,德国君会说日语!"

"我的名字叫罗曼·勃兰特,"瓦格纳向大家自我介绍说,这时一杯清酒出现在他的面前,"我是你们的新军事联络员,德国政府派我来建立我们两军之间的友谊与合作。干杯!"

"干杯!"

这些日本军官的脸都不怎么习惯微笑,但现在都容光焕发,像歌舞伎町里的霓虹灯一样。对他们那压抑的日常生活而言,这确实是一个很受欢迎的变化,因为战斗虽然已经结束,可他们却仍然身在他乡,每天还得在这破烂、无趣的环境里面对那些讨厌的野蛮人。这个快活的白种巨人,更高大更强壮,而且显然不缺智慧,触动了他们心中的交感神经。这是一个他们都可以钦佩,甚至羡慕的外国人。

理发椅空了,这位"德国冲锋队大队长"坐了上去。

"是的,"当理发师用锋利的剃刀刮过他的头皮时,他嘟囔着,"我们元首对日本在中国闪电般的胜利印象深刻。Buritsu Kurigu[1]!干杯!"

"干杯!哈哈!我相信我们两军可以向彼此学到很多东西。

---

[1] Buritsu Kurigu:德语闪电战的日语发音,干杯!

尤其是日本的战斗精神。你们怎么说来着？武士道精神？哈哈哈。我们的军队也需要点这样的东西。有了武士道武装起来的党卫军战士，我们将很快拿下欧洲，对不对？哈哈哈！干杯！"

"干杯！"

"欢迎你，勃兰特君，"一个与勃兰特军衔平级的关东军少佐军官说，他的名字叫石川，"如果有我们能为你做的事情，请尽管提出来。"

"冲锋队大队长勃兰特"在回答之前，慢慢地品了一口清酒。

"嗯，是啊，是有一件事，先生们，来这里的旅行真让人筋疲力尽，而且说句实话，从离开上海开始，我就没有见到一个能入眼的年轻女士。"

这番话对于日本人来说犹如音乐。又一轮清酒上了桌。

"所以请告诉我，先生们！作为一名军官，这附近哪里能找到高质量的休息和消遣？"

"哈哈哈，你算是找对地方了，勃兰特君，而且你来得正是时候，"石川骄傲地说，"干了你的清酒，我陪你去这城里最好的娱乐场所——慰安宫！"

"慰安宫？""冲锋队大队长"高声说，"这听起来像是……像是为皇帝准备的地方！哈哈哈！干杯！"

"干杯！干杯！"

✽

"您的车可以就停在这儿，勃兰特君，"当梅赛德斯奔驰车来到大华酒店富丽堂皇的正面时，石川对他说，"警卫会替您照看的。"

当两位军官走过门卫时，他们好奇地看了一眼这外国人，相互交换了下眼神。他以前来过吗？这些外国人怎么都长一个样！

石川领头穿过洁净的大厅走向宽阔的大理石楼梯。他们拾级而上，经过二楼，瓦格纳在日军占领后的第二天早晨曾在这里见过一个年轻的贵族少佐,来到三楼后他们左拐进入一个舞厅,里面有酒吧和舞台。桌上都铺着红色的布,天花板上挂着用电灯照亮的灯笼。服务员们忙前忙后递送饮料和食物。在舞台的一边,一支小型中国乐队正在演奏。看上去像是不曾有过战争、轰炸、包围、大火,一切都毫无改变。几个日本军官坐在桌前,喝酒、抽烟、大笑。不过夜还不深,一些桌子还是空着的。哈里·瓦格纳环顾四周,看有没有熟悉的面孔,一张也没有,这让他舒了一口气。

石川将他的客人带到一张桌子前,那里坐着两个人。一个是日军大尉,另一个,从他穿的正装来看可能是个外交官,但那张脸却一点儿也不像。

"勃兰特君,请允许我向你介绍羽田大尉。羽田大尉,这是冲锋队大队长勃兰特君,新来的德国联络官。"

羽田从座位上站起来,给这个军衔较高的德国军官一个正式的鞠躬。

"很高兴认识您!"

"我也是!"

"勃兰特"也回鞠了一躬。石川没有介绍旁边的"外交官"。

他们坐了下来,有人端来了清酒。

"羽田大尉是我们今晚的主人,勃兰特君。"

"是的,冲锋队大队长,"和气的羽田说,"能够管理这里,为军官们提供舒适是我的荣幸。正如人们常说的,战争即地狱。"他加了日本式的撇嘴,表明这是个玩笑。

"哈哈哈!""冲锋队大队长"放声大笑着点燃雪茄,"而要在地狱里生活,你必须成为恶魔,对不对?哈哈哈,干杯!"

"干杯!"

他们干了杯。

"您来的时间实在是太棒了,冲锋队大队长君,"羽田说,

"今晚我们有一项特别娱乐活动。"

"娱乐活动？"

"是的。我们，呃，接管了中国国家舞蹈团的管理，我想你会发现这都是些非常迷人的年轻女士。她们今晚将为我们跳舞。"

在浓浓的蓝色雪茄烟雾里"冲锋队大队长"眯起了双眼。

"国家舞蹈团？"他重复道，他的男低音中除了适度的兴趣外没有更多的表示。

"对，不过我们用日本风格进行，"羽田身旁穿燕尾服的男人用带中国口音的日语插了进来。

"这是罗先生，"羽田介绍道，"我们的……娱乐活动协调员。"

"冲锋队大队长"微微点了点头。不管这中国人和日本人的关系有多亲密，在这里出现都不值得认真尊重。

"是的老大！"小罗龇牙咧嘴地笑着，"表演结束后你可以操她们，呵呵！"他比了个手势，右手食指插进左手拳心中。

瓦格纳已经开始痛恨这个讨厌的小个儿癞蛤蟆，忍不住想瞪他一眼，不过他迅速控制住自己，还挤出了一丝微笑。

"是那样吗？哈哈哈！多少钱？"

"有十日元的，还有二十日元的。"这中国佬一个顿都不带，张嘴就答。

"十日元！""冲锋队大队长"大声说，"在上海这只是一顿还像样的午餐的价格，花二十日元也不过可以吃顿较好的晚餐。非常公道，哈哈哈！"

"您瞧！"小罗说，"非常便宜！非常好！等您见到姑娘就知道了！"

入口处传来了一阵喧哗，其中一个声音瓦格纳立刻听了出来，这让他寒到了骨头里。

和中！"

瓦格纳往下坐了坐，免得太突出，视线从那中国佬的肩膀上盯着门口，这家伙头上那顶可笑的高帽子正好做他的掩护。

和中和那个年轻的贵族少佐一起笑着，后者现在整洁干净了，不过还是一眼就能认出。两人哈哈大笑着，已经等不及去喝一杯了。瓦格纳想起来这年轻少佐是浦和王子，他走进舞厅，直奔酒吧。和中则走向另一边，去了男厕所。

瓦格纳等了几秒钟，然后站起身。

"太客气啦，先生们。不好意思，我失陪一下，哈哈！"

他走出舞厅，穿过楼梯平台来到男厕所。他站在门口听了听里面的动静——没有人说话的声音，只有一个人在小便。他走了进去，正对着门是一个呕吐池，然后得右转。屋子的右边有五间小隔间，左边有两个洗手池。再往后是一扇大窗户，小隔间往后是小便槽，被隔间的隔板遮住了。瓦格纳能听到声音，但看不见和中。

他继续走，经过最后一个隔间，这时和中正在扣裤子纽扣，准备离开小便槽。和中看见了那黑制服，好奇地瞪大眼睛，抬头看那张脸……

"是你！"他嘶声说道。

和中闪电般将右手伸向左边挎着的武士刀，但是这一次是瓦格纳出其不意。他向左闪避，右臂像翅膀一样快速而有力地由后击向和中的腹部。"一切为了德国"佩剑的刀身直插到刀柄，穿透和中的太阳穴，从胸廓下向上刺入心脏，直抵脊椎。武士刀只拔出一半，和中的手依然紧握着刀柄，眼中仇恨的火焰渐渐黯淡，最后成了毫无生机的凝视。

瓦格纳急促地呼吸，冒出一身汗，很快扫视一眼厕所。该怎么处理尸体？小隔间都是蹲式，便坑开在地板上，而且中国厕所的隔间门都很短，从上面或下面都很容易看到里面。如果把尸体扔在这里，很快就会被人发现。他走向窗户，看到窗外五十英尺下面是一条小巷，那里有垃圾箱，应该是酒店工作人员的入口。他打开窗户，拎起和中的尸体，一百多磅呢，先把他的肩膀放上窗台，然后抓住他的靴子向上抬，让他头冲下扔了下去。"砰"的一声那尸体落了地，武士刀哐啷一声落在尸身旁。

有人听到吗？引起注意了吗？瓦格纳看着。下面没有动静。

接着他听到脚步声，有些不稳，进了厕所。瓦格纳用左手打开离自己最近的水池里的水龙头，右手悄悄地迅速把窗户关上。

"晚上好！"他客气地说，但那日本军官冲到呕吐池去清空自己的胃，什么也顾不上了。

瓦格纳回到楼梯口，尽快走了下去，出了大厅。他钻进梅赛德斯，发动引擎，驱车向前，他右转再右转来到酒店后面的小巷里。这条巷子原本一天二十四个小时都是熙熙攘攘的，此时却是一片冷清，成了除酒店工作人员外中国人的禁区。瓦格纳把车倒到和中的尸体旁，把他扔进后备箱，武士刀扔到他身旁，锁上后备箱，接着他绕过一个街区，又将车停在了原来的位置上。

他急忙爬上楼梯来到三楼，在这儿他放慢脚步，努力镇静下来，并用袖子擦去脸上在如此寒冷的天气里依然冒出的汗珠。

✳

高井中佐提前致电德国公使馆，要求紧急会见约阿希姆·施佩贝尔。他由一名来自宪兵队特高课的少佐陪同，来到公使馆。那少佐将一只棕色手提箱放在施佩贝尔的办公桌上，打开箱子搭扣，露出箱子里的谍用无线电装置以及美国军用密码手册。

"你以前见过这个吗？"少佐用中文说。

"这是什么？"施佩贝尔问，显然一头雾水，"无线电装置？当然没有。我为什么会见过这个？那本手册上面不是写着'美国军用密码'吗？德意志帝国不与美国人合作。"

"我们有理由相信，它属于你的一位委员会成员——美国人瓦格纳，我们认为他可能是一名间谍。正如你所知，他曾在安全区外因携带手枪并试图攻击日本皇军人员而被捕。我们怀疑他向美国政府提供军事情报。我们需要尽快审问他。请立刻带我们去见他。"

施佩贝尔眼睛看着前方，脸上没有任何表情，眼镜片上的反光隐藏了他的眼睛。

"这有点难办。"他说。

现在距他把梅赛德斯奔驰车借给瓦格纳已将近二十四个小时，这美国人未按时回来，至少已迟了半天。施佩贝尔不仅担心那辆汽车，同时还担忧着瓦格纳是否出了什么事。

他的大脑飞速运转，盘算着。

日本人既然来这里查问他的下落，那么这意味着他们并没有抓到或杀害他。因此唯一明显的解释是他已经和那个女孩一起逃出去了。

施佩贝尔感到自己受了欺骗。他迫切需要那辆车，如果瓦格纳逃跑了，那就意味着他带走了车。施佩贝尔感到生气和伤心，但是他天性中没有报复心。说到底，汽车只是一件东西——一件有用、重要、非常贵重的东西。但是它仍然只是一件东西，不是不可替代的——不像一条人命……也许是两条，年轻人的生命。

"他不在这里。"施佩贝尔说。

"不在这里？那他在哪里？"

"我相信他已经离开这座城市了。出狱后，他担心在这里生命有危险。他告诉我他决定……逃走。"

"逃走？"高井重复道，心中升起一种对自己能拥有让人恐惧力量的满足，但让一个美国间谍在他手中溜走的挫败感又冲淡了他的心情，更不用说瓦格纳要"逃走"这个想法带给他的惊讶了。

"逃到哪里？怎么逃？走的哪条路？"

施佩贝尔的脸和高井的一样神秘莫测。

"我想是从江上走的吧。他说他设法弄到了一条船……"

※

当那"德国冲锋队大队长"回到座位时,桌边除了石川、羽田和小罗以外,浦和王子少佐也来了,他抬起头盯着这个陌生人。

"王子浦和少佐,"石川说,"请允许我介绍我们的朋友冲锋队大队长勃兰特君,新来的德国联络官。"

但浦和并没有起身致鞠躬礼。相反,他用傲慢、尖锐的目光盯着这位"冲锋队大队长"。

"新来的德国联络官?有意思,"他说,"我是联队副官,但我可是头一回听说这事。"

他用一种"非日本"的直率看着这"德国人"。瓦格纳得打破这个僵局。

"是啊,我今天刚从上海来到这里。事实上,我打算明天去贵军司令部呈交证明文件的——如果我过了今晚还是囫囵一块的话!哈哈哈!"

"哈哈哈!"石川和羽田也急着打破僵局,借着这个笑话大笑起来。

但浦和不买账。

"你知道吗,我有一种感觉……我们以前见过吗?"

浦和的记忆接近唤醒的边缘了,瓦格纳开始感到一丝寒意。

"嗯……"他沉吟着,似乎在深深的、认真的思考:"或许在上海?"

"不对,"浦和说,"我没去过上海。你有没有带着什么身份证明?"

其他军官这会儿感到不安,在座位上坐不住了。这有点儿像是审讯了,军官们来这里是为了找乐子,这也太大煞风景。

瓦格纳伸手从制服的内袋里掏出护照。浦和是个王子，他所受的教育足以懂德语吗，特别是写着"Beruf"[1]的那一行？

瓦格纳递过护照，然后随意地将手放在背后鲁格尔手枪皮套上。

浦和打开护照。面孔……嗯，至少这光头是对的，但五官似乎和照片里的有些不同——鼻子和嘴唇大一点厚一点，额头低一点。这是他吗？会不会是他在摆姿势拍这张照片时，故意让自己显得更强悍一些？浦和看看那些文字。当然是德语，不过他只认得数字。身高、体重还有出生年月看起来都对。

气氛有点尴尬了。见鬼呢，这些外国人怎么看都一个样。他递回了护照。

"小心不为过。"浦和微微一笑，放过此事。

"哈哈哈！""冲锋队大队长"大笑，"不胜钦佩！我们德国人称之为Ordnung——秩序。我们两个民族拥有相同的价值观，这就是我们的合作将为轴心国取得最终胜利的原因。先生们，我请诸位和我一起干一杯庆功酒。服务员！"

服务员点头哈腰地跑了过来。瓦格纳拿出一枚金币。

小罗的眼睛瞪大了，目光紧紧地盯着金币，自然而然地记住了他掏出金币的那个口袋，手枪皮套旁边的那个——不怕一万就怕万一，什么都有可能发生！

"一百马克金币！"瓦格纳宣布道，"你们是怎么兑换的？"

"一对一，"羽田建议道，"黄金标准！"

小罗的下巴都要掉下来了。羽田为什么就是想不到提取一点利润呢？小罗本可以拿一半的。

"很好，那就是一百日元了！""冲锋队大队长"喊道，"给每个人都上最好的清酒。"

---

[1] Beruf：记者。

看到这个外国人没有丝毫犹豫就递过了那个金币，小罗的心思飞速旋转起来。如果掏出那个金币的地方还有更多金币的话，今晚的收益会比他所希望得更好。

酒精开始发挥预期的效果了，军官们随意地交谈，笑声和干杯的喊声越来越响，越来越多。很快所有的桌子都坐满了，灯光暗了下去。

表演时间到了！

乐音响起，试图演奏京剧曲调，但那声音粗糙，荒腔走板，毫无调性。瓦格纳想起了那个中秋节，恍若隔世。

然而，那群姑娘跌跌撞撞走上舞台，丢失了她们以前的影子。一夜之间她们变成了女人，皮肤已没了光彩，乌黑的头发也迅速失去了光泽。

没有演出服，没有摇曳的翅膀，没有柔软、飘动的羽毛，只有简单宽松的裙袍，那设计就是为了易于脱下，肩上别着标牌，写着十日元或者二十日元，在瓦格纳看来，这大约取决于她们面孔的匀称和胸部的大小。

她们似乎失去了灵魂，已成了行尸走肉。她们被拖到人间，梦想破碎，成为凡人。她们优雅的艺术被扭曲，几乎成了马戏团里的动物，她们女性的身体成了那些急于索取初夜权的日本军官们的玩具。

瓦格纳的眼睛搜寻到了一位特别的舞者——更高一点，更优雅一点，舞姿依然翩翩，尚未失去控制。她在领舞。奇怪的是，她的标牌上没有数字。

然后，一瞬间她的目光穿过拥挤的观众遇上了他的。

❈

飞妃差点当场愣住。

是他吗？可能是他吗？

不可能！那只是幻觉，她告诉自己。你累了，你太着急了。

这是一厢情愿，一场白日梦。

她又看了一眼。他的头发没了，那身军服没见过。他怎么会坐在那里，周围都是些龇牙咧嘴、醉醺醺的日本军官，这完全不合逻辑。

但是她太熟悉并深爱着那张面孔。尽管她经历了精神创伤和困惑，但有些东西已进入内心深处，如此根深蒂固，难以轻易抹去，哪怕是恐惧和痛苦。

就是他！他救她来了！

她的英雄！

飞妃的心深深地感动了，一股幸福和希望之情油然而生，这种情感她原以为永远也体会不到了。

他倚在椅子上，看起来镇定而英俊，食指放在唇前神秘地笑着。这个手势可以是表示对表演真诚的赞赏，但她知道那是给她的暗示。好像在说：不要做任何反应，接着跳，等着。

她有露出什么破绽吗？

她抬起脚，加倍努力地跳着，给其他女孩注入活力，给她们以力量，让她们在离开舞台前感觉好一些。

※

"冲锋队大队长"站了起来，身子微微摇摆，嘴里叼着雪茄，就像一个在色情表演场上喝醉了的外国人常做的那样，拼命鼓掌，大声喝彩。

"好啊！好啊！真了不起！羽田大尉，为这些精选极品祝贺你！绝对迷人。罗先生，我是不是听你说过这些女孩可以——呃——和客人见面？"

"当然了，老板！"小罗喜笑颜开。

"那我们需要谈一谈！恕我告退，先生们，有点紧急事务要处理！你们懂的——急事急办！德国秩序，是吧？哈哈哈！"

"哈哈哈！"

舞厅里的军官从桌边起身，向楼梯口走去，准备上楼去安置姑娘们的那一层。瓦格纳得快点行动。

"听我说，罗先生，""冲锋队大队长"胳膊搭在小罗的肩膀上对他说，"只有最好的才算好，你明白我的意思吗？"

"当然，老板，当然，呵呵呵！只有最好的才给德国朋友。来吧，给你二十日元的女孩，非常好，非常可爱，大奶头，骚得很！呵呵呵。"

"那个高个儿的怎么样，没有数字的那个？我想要那个！"

"哦，老板，对不起，那个特别。处女，非常特别，得留给大将军。不过二十日元的多的是——来啊，我带你去看……"

他们一边手臂挽着手臂上楼一边讨价还价。

"听着，罗先生。你是个非常聪明的人，我看得出来。你和我都算见过些世面，对吗？"

"当然，老板，当然……"小罗知道这话的意思，他喜欢这样。

"那好，喏，咱们都知道那句话，有钱能使……"

"鬼推磨，对吗，老板？"

"瞧啊！我说过你很聪明！一个女孩一个价，这就是个……"

"多少钱的问题！"小罗帮他把话说完。

他们来到六楼楼梯口。

"一枚金币怎么样？给特别的女孩特别的价格！"德国少校含含糊糊地说。

小罗舔了舔嘴唇，像鲨鱼在品尝水中的血。事情正朝正确的方向发展。

"一枚金币？一百日元？哦，真不好意思老板。我想帮你，可你要知道，这样的女孩可找不到。处女哦！来吧，我给你看真正不错的姑娘，年轻姑娘……"

"别急，别急。我知道你真会做生意。好吧，不说废话了。

两枚金币！哈？怎么样？"

"老板，你知道的，我想给你最好的姑娘，合适的价钱……但是跟你说实话吧，这个女孩真的、真的很特别。找不到像她一样的，说真的。又可爱，又漂亮，还是处女，在这个世界上没有了。没关系，别的姑娘多着 ！来吧，我带你去……"

"冲锋队大队长"带着酒意看着他，眼神里混杂着钦佩和失望。

"啊！我认识你，小罗……"

这话吓了这中国佬一跳，不过他认为这是个口误，没往心里去。

"……你是个狡猾的人，这是你的本性！一个滑头！好吧，不废话了，不兜圈子了。三枚金币。三百日元！没人会为个姑娘出这个价的，哪怕在东京也没有！"

"冲锋队大队长"说得对。在上海三百日元可以买一辆车了，现在为了一晚风流快活花这么多钱，这绝对是一笔横财！只要德国人肯付。

"哦，老板，你是来真的了呢！永远没法跟德国大老板说不，但我得先看到钱——你懂的。呵呵呵……"

德国人叼着雪茄，咧嘴笑得很灿烂。

"没问题，老兄！"他拍拍制服口袋，从那沉重的撞击声中小罗能听出里面装满了金币。德国少校准备当场解开衣袋扣子，不过小罗生怕这时羽田或石川冒了出来，发现了将要过手的这笔钱。

"好的，好的，没问题。来吧，我带你去她的房间——这边走。"

小罗打开六楼走廊尽头一个房间的门。这是一间装饰俗气的闺房，红色的灯罩，墙上挂着色情图片。床头柜上摆着毛巾、小球、珠子、铁链、手铐和阳具模型。飞妃倚着床上的靠垫，还穿着那件袍服，肩上的标牌空着。

当他们走进门时，瓦格纳在小罗的身后赶紧对她使了个眼色。等着！别动，他用眼睛说。

飞妃躺着没动，她咬住嘴唇，克制住跳起来向他跑去的冲动。

"看看她吧，老板。真正特别的女孩，呵呵呵，第一次！又小又紧，没有病！物超所值。如果没有问题的话，就是三枚金币啦。"

"我来拿给你……见鬼，我喝多了点！"

"冲锋队大队长"有点摇摇晃晃的，他的手从鼓鼓的口袋里仔细地一个一个地掏出金币，摆在梳妆台上。小罗像着了迷的鹰，看着他的每一个动作。

"一枚…… 两枚……"

他刚要把最后一枚放上去，那金币从指间滑落，在他的长筒靴上弹了一下，滚进梳妆台底下。

"没问题老板！"小罗说。刚才金币掉落时他差点就接住了，这时他掀掉那顶高顶帽，跪下来去摸金币。

转瞬间瓦格纳将鲁格尔手枪拔出皮套，右手握住四英寸长的枪管，食指扣住扳机护圈，长长的金属手枪柄朝前，加上里面的八枚铅弹，在他的手中就像一把两磅重的锤头。

"好了，拿到了，没问题……"小罗气喘吁吁地说。

瓦格纳低头看着那光秃秃的头顶。他可以看见头骨片的接缝，幼儿头颅长成后留下的接缝。他将鲁格尔手枪枪柄用力砸下去，眼见得巨大的力量使头骨接缝处凹陷了进去，一声闷响在屋里回荡，那头颅上出现一个一英寸深的坑，皮下迅速出血，使那儿出现一块乌青。

小罗靠着梳妆台瘫倒下去，两眼圆睁，眼神散开，生气全无，耳朵和鼻孔里涌出血来。瓦格纳抡起胳膊又给了他一下，只为出一口恶气。但显然这家伙已经死了，再来一下只会让他的脑袋像鸡蛋一样裂开，变得一团糟。

飞妃从床上跳起来，扑到他的怀里，无法克制住那震惊、痛苦和幸福的泪水。

"亲爱的，"瓦格纳喘着气说，"谁也不能把你从我身边夺走。"

"哈里！对不起。"

"对不起？为什么对不起？来吧，我的爱人，我们必须离开这里。穿上鞋，穿上外套。镇定，冷静，我们能做到的。准备好了吗？"

瓦格纳将重得出奇的小罗拖到床边，掀开毯子，将那尸体弄到床垫上，再盖上毯子。

"做个好梦，老兄。"

他拉起飞妃的手，把门打开一道缝，悄悄看了看走廊。没人走动，不过可以听到透过房间和楼板传出来的哭声、尖叫、呻吟、碰撞和拍打声。他领着她走了出去，沿着过道快步走向楼梯口。

他们正要下楼，对面走来一个军官。那是羽田，看样子在找那个中国佬。

他抬起头，"勃兰特君！"他惊讶地说。

瓦格纳停下脚步，等待着。

"哦，勃兰特君，"羽田有点不解，"你找到了姑娘，明白了。"

"是的，""冲锋队大队长"笑道，"她还可爱极了，大尉！"

"的确，"羽田说，"那个……我可以问下你要去哪里吗，勃兰特君？"

"哦，我要带她去跳舞，大尉！她是个舞者，我也是！哈哈哈！"

"那个……是吗，明白了。不过不巧的是，这里不允许这样做，勃兰特君。"

德国人拿出一支雪茄并点燃它——用的是一支美国打火机,羽田这次注意到了。他想也许是他到上海后买的。

"什么?跳舞啊!"德国人哼道,"好啦好啦,大尉,生活中没有点乐趣那怎么行啊?"

"确实,是啊,"羽田随和地笑了,"不,我的意思是把姑娘带出酒店——实际上哪怕是带出房间,都是不允许的。"

"啊!"德国军官在蓝色的雪茄烟雾里缓缓点了点头,弹了弹自己的鼻翼,"我明白你的意思了。"

他小心地瞥了那女孩一眼,好像不想让女孩听到他要说的话,然后亲热地用一只胳膊搂住大尉的肩膀,在他耳边呼出雪茄和清酒的气息。

"听着,大尉,"他用低哑、不怀好意的声音悄悄对羽田说,"我真的不想这样,因为你看起来像是个完全正派的人,但是……"

瓦格纳的左前臂从羽田的下巴下顶住他的喉咙,右手从左手手腕上探过去捧住他的后脑勺向前扳,瓦格纳的左臂如石头般坚硬,两只手臂使出全力,加强了左前臂的杠杆力量,形成了一个绞刑台。羽田的呼吸瞬间被切断,因此无法喊叫,随着他身体拼命的挣扎,向大脑输送的宝贵的氧气开始减少。他的左手毫无意义地乱抓瓦格纳的左臂二头肌,右肘拼尽全力敲击瓦格纳绷紧的腹部太阳神经丛,右脚后跟朝瓦格纳的小腿乱踢。

但是他面对的是美国海军陆战队上尉哈里·瓦格纳——哈罗德·鲁道夫·瓦格纳,体重二百二十磅的橄榄球队前锋,为了心爱的女孩在殊死搏斗。而他的对手是来自东京体重仅一百五十磅的大学经济学教授,对自己所做的事原本就不具信念。这场较量从一开始就不对等。

飞妃眼看着那日本军官的脸色由红变青到几乎成了黑色,随着生命的消逝,那疯狂的挣扎也渐渐变得无力,她既不敢相信,又感到一种恐怖的魔力。在那一刻,她感到眼前这个一脸凶残表情的光头男人成了陌生人,他站在那儿,那具尸体仍然死死夹在他的怀抱中……那她曾暗恋和向往过的怀抱。在那一瞬间,似乎哈里·瓦格纳不再是她记忆中那个可爱、深情、体贴、敏感的人,他变成某个完全不同的人——个穿黑色制服的凶残巨人。

瓦格纳把羽田架到角落,让他靠着墙,头向前垂下,看起来像个醉鬼。这是一个狂欢之夜,那尸体应该不会很快被人发现。

他再次牵着飞妃的手,一起快速奔下楼。现在是午夜时分,大厅里只有中国服务员和几个军官,或打瞌睡或喝醉了。

那德国军官搂着她,在她耳边轻声说笑着,似乎无忧无虑,将自己笼罩在一团雪茄烟雾中,大摇大摆地护送着那姑娘来到梅赛德斯奔驰车旁,为她打开后座车门,自己爬上驾驶座,发动引擎。哨兵嫉妒得眼睛发绿,看着他驾车离开大华酒店,驶上中山路,朝中华门的方向开去。

※

几分钟后,在花了漫长的一天搜寻美国间谍无果之后,蒙面太君有点庆幸地将丰田公务车驶入停车位,关掉马达,疲倦地爬上楼回到他的套房里。

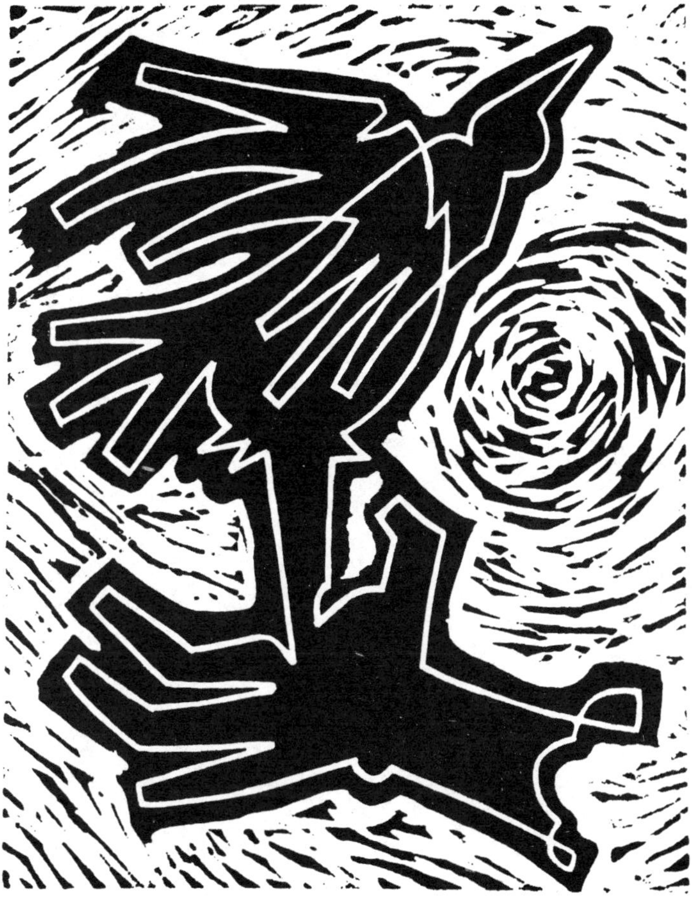

尾声 黄山1938

当梅赛德斯驶入潮湿的夜幕中后，哈里·瓦格纳将油门踩到底，一直不松，加长引擎罩下八汽缸大发动机平稳地轰鸣着。他们只有一条路可走，那就是向南进入邻省安徽。但日本人在南边的战线已延伸到了何处呢？有没有侦察队、岗哨、路障呢？在那对又大又圆的前灯射出的光柱下，道路空空荡荡，凌晨一两点钟时分，除了偶尔出现的老鼠或黄鼠狼之类小动物外，什么也没有。

飞妃身心都已极度疲惫，身边的瓦格纳和轿车弹簧平稳的晃动都使她感到安心，她蜷缩在后座上沉沉睡去。瓦格纳觉得来到了一个安全的地方，便放缓速度在路边停了下来。

这是一段荒凉的道路，两侧都是稻田。他打开后备箱，把和中的尸体拖出来头冲下扔下路堤，让它落进水中。接着他拿起武士刀检查了一下。刀身用的是最好的钢，锋利无比，刀柄头是纯银的，刀把用黑绸裹扎；光滑的黑色刀鞘上刻着一条龙。这是把极品，在老上海那个任何能想象得到的东西都可以买卖的市场上，也许值好几百日元。

瓦格纳将它扔在尸体旁边。

*

太阳终于在皖南乡间升起。农民们起床出门，像往常一样地跟着水牛身后走向田间。

飞妃揉了揉眼睛，看着车窗外他们经过的贫穷村庄，光着身子的孩子们和猪、狗、鸡一起在泥土里翻刨、争抢食物。

"看看这儿的贫穷，"她说，"去江心洲以前我一直以为我们家很穷。我以前从没去过城墙以外的地方。我以为人人都能用上电和自来水。"

瓦格纳想起了乔尔·韦弗，想起他对不平等的抨击。

"是的，南京相当特殊，"他说，"像个实验，看新的中国会是什么样子。"

"就是有钱人家养的动物比普通人吃得还要好？"她叹了口气，"那真是很特殊，不过并不是人们希望的那样。"

瓦格纳一直注意观察燃油表。梅赛德斯的油箱是四十五加仑，但每一加仑汽油只能勉强跑十英里。而他从施佩贝尔那里把车借来时，油箱并不满。当他们到达徽州时，汽车已经开始冒烟了，而这儿距离黄山还有二十英里。

瓦格纳转头向城区开去。城里应该能够找到汽油吧。他得找到地方，并且付得出别人要的东西。但当车子转过一个街角，他的胃紧缩起来，倒抽了一口凉气。

一个日本人的检查站堵在入城的要道口，距他刚转过来的十字路口还不到五十米。哨兵已经看到了他！此时试图转弯逃走那是自寻死路。

这个城镇和南京、上海正好处于一个等边三角形的三个端点上，该城位于最南端，南京在正北，上海在东北，各相距约二百英里。徽州到上海这条轴线的中点是杭州。埼玉第十联队正是在这附近登陆，然后向西北直接开往南京。与此同时，千叶第九联队被派遣转向西南找路前往长江。大江由此向北流过安徽。他们的目的在于切断进入南京的航道。但他们只走到了这里，他们的进军速度被一片高峻的花岗岩山脉以及出没其中的中国武装迟滞了。

"飞妃！"

"怎么啦？"

"锁上车门，快！"

她睡眼惺忪，按他说的做了。

瓦格纳驶向检查站，拿出高级军官的派头，傲慢地望着窗外，似乎是在等栏杆立即升起。

哨兵站在那里，犹犹豫豫地回头看了一眼哨所，一名中士坐在那里喝茶抽烟。他掐灭香烟，拿起步枪，摇摇摆摆地走过来。

瓦格纳立刻明白有麻烦了。这中士身材粗壮，典型干粗活的，一脸横肉，胡子拉碴，无知蠢笨，整张脸上都写着愚昧和仇外。无疑他因这一意外很不高兴，显然他是一个一不高兴就要给人找麻烦的家伙。他竖起大拇指指指路边一块空地。瓦格纳按他所指的方向将车开了过去，熄火，然后坐着没动。

中士走到车前，围着车走了一圈，看见了纳粹的标志。他透过后车窗看到飞妃，眼中露出不怀好意的笑，那种高兴的样子不是瓦格纳能忍受的。他示意瓦格纳下车，瓦格纳照做了，并随手锁上了门。

"车钥匙给我！"中士粗蛮地咆哮道。

"干什么？"瓦格纳说。

"什么叫'干什么'？我要检查这辆车！"

"休想，你算什么！"瓦格纳说。

"你死定了，"听到辱骂后中士圆睁双眼大声咆哮起来，他抡起步枪想要用枪托砸瓦格纳，但瓦格纳一步蹿到他身后，左手截住枪托猛一推让那中士身体失去了平衡，与此同时他的右手抓住枪管，在中士身后握住步枪两端，用枪身卡住中士的喉咙向后猛拉。中士拼命想要把步枪推开，但瓦格纳用膝盖顶住他的后背，用步枪的弹仓压住他的气管。那两名哨兵，挺着上了刺刀的步枪想冲过来，但瓦格纳将中士转到身前当作挡箭牌。

"让他们去找你们的上级来，中士，否则你死定了！"他咬着牙齿命令道，"快说！"

"去找大尉。"中士牙关紧咬，嘶哑着嗓子说。步枪压在他的气管上弄得他几乎就要窒息了。

一个士兵飞跑而去，很快就带回来一名看起来精明能干的年轻大尉。他戴一副圆框眼镜，瘦小，整洁，衣冠楚楚——瓦格纳心想，原先是个学校老师或低级经理吧。感谢上帝，这个人至少会明白点事理吧。

"这里出什么事了？"大尉问。

"早上好，大尉，"瓦格纳客气地说着，一脚将中士踢到面前的泥地里。"我先为自己对你的中士行为粗鲁解释一下，关于我们两个伟大国家之间新的同盟关系显然他没有得到通知。请允许我介绍自己：罗曼·勃兰特，德军少校。"

他潇洒地亮出了护照。

"您来这里有何公务呢，少校？"

瓦格纳朝四下看了看。

"这是一个高等级机密，大尉，"他说，"如果我们能一起喝杯茶的话，我会解释清楚的。"

瓦格纳一直提防着中士那充满仇恨的目光，他将飞妃接下车，一同跟着大尉来到他的"办公室"——十字路口一个被征用的杂货店，很快摆上来几杯当地名茶。

大尉研究了那份德国"最高机密"文件，他花了点时间表示重视，做出一副他能看懂德语的架势。他受过教育——事实上，他的职业是保险计算员——也许能懂一些英语，但德语已超出了他的能力范围。他弄明白了的是，这是一份纳粹德国军事文件，上面提到了"日本"，这也许是一份机密文件。就这些了吧？

瓦格纳耐心地为他翻译……帝国安全总部……中止与国民政府合作……与日本人结成新的轴心。

"谢谢你，少校。"

"大队长。"瓦格纳纠正道，为了让大尉知道谁是老大。

"对不起，大队长……不过我还是不太清楚您来这儿有何公干。"

"啊哈！"瓦格纳说着把手指放在鼻尖上，"这是一个更大的机密！不过，既然我们在这场战争中已经成为盟国，那我就告诉你吧。你听说过洪亚平吗？"

"洪亚平？"

他当然不会知道。对于日本军官来说，所有的中国人都是匪徒，距严肃政治远着呢。一个情报部门以外的人怎么可能知道中国政坛上的人物？

"听说过……"他说。

"很好！"瓦格纳说，"那么你一定知道很快会成立一个由日本人控制的傀儡政府。洪亚平是我们放在上海的人，很快他将会被宣布成为新成立的亲日政府领袖！"

"明白了，"大尉说，"那确实是好消息。不过这还是没有解释为什么……"

"耐心点，大尉，"瓦格纳说着点燃了一支雪茄，这似乎让他纳粹军官的身份更加可信了，"前面那些山里的人不是委员长的人，他们属于一个军阀，另一个土匪吧。"他压低了声音，"我来是为了把他拉到我们这边来。"他眨眨眼睛，拍了拍上衣口袋，抓出一把金币给大尉看。

"啊！"大尉说，还是没太弄清楚，"那么这个姑娘呢？"他瞥了一眼飞妃，注意到她袍服肩膀上的空白标记。那是妓女服装，这不会弄错，"给你路上做伴的？"

"表面上是这样，"瓦格纳说，他的声音放得更低，勉强能听清，"不过她是他们的人，可以说是我的通行证吧。那个军阀是她叔叔。她能把我带到他那里去。剩下的事就是钱的问题啦。等我回来时，这条路就将畅通无阻，你们将带着我的祝福直捣长江。"

瓦格纳从雪茄烟圈中向他微笑着，他的说法无可辩驳。

这套东西很复杂，这军官已经完全被他唬住了。

"很好，大队长，作为日本朋友——我允许你继续你的使命。"

"明智，大尉！"他拉起飞妃的胳膊，起身要走，"对了，还有一件事……"

瓦格纳拿出一枚金币放在桌子上。

"我想你能帮我弄到点汽油吧?"

※

栏杆升了起来,瓦格纳冲那满腔怨气的中士吼了最后一声,带着油箱里的二十加仑汽油,开车穿城而过。

一个小时后路上又出现了一个检查站,这一次把守关卡的是穿棕色制服的中国军人,帽子上有小红星。瓦格纳决定待在车里,让飞妃去交涉。

哨兵们围着她,七嘴八舌、大喊大叫地问她问题——换言之,典型的中国式谈话吧——偶尔当谁一下子没听懂她的话时,她会冲着他尖叫。终于,他们对她所说的满意了,抬头向她身后的车和瓦格纳指指点点。

有一件事瓦格纳确信无疑,他推断:如果日本人对新联盟一无所知,这些人也不会知道。一如既往,他们的枪都是毛瑟枪,就他们而言,德国依然是他们的主要援助人。

过了似乎很久,她才招手示意他出来。

"我们得爬上这座山,哈里,"她说,"车留在这儿,不会有问题的。"

※

一队士兵和脚夫,加上一群由学生和农民组成的新兵,还穿着蓝色棉袍呢,组成一支队伍开始登山。他们沿着山间石径向上攀爬,小路越来越窄,最后成了在花岗岩壁上凿出的阶梯。险峻的峰壑间横着摇晃的竹桥,绝壁上凸起的小石脊上贴着微型神龛,岩石缝中长着虬曲的小松树。

登上两千英尺之后,他们越过了雪线。瓦格纳和飞妃手牵着手攀爬,气喘吁吁,满头大汗,不时停下来,吃几口挑夫给他们的生菜。

瓦格纳的长腿一次登两到三级石阶,飞妃跟在他身旁像山羊一样跳着走,他们渐渐将大部队甩到身后。转过一个急弯,瓦格纳停住脚步,伸出手。

"小心,"他紧张地说,"等等……"

"怎么了,哈里?"

"前面……雪地上好像有血。"

她调皮地把他向边上一推,像是要把他推下万丈深渊,但紧接着拉住他的手像是救他似的把他拉到自己身边——近得足以再给他一个融雪之吻。

"哈里!你太可爱了。过来啊……"

她拉着他的手来到有"血滴"的地方,这时瓦格纳才慢慢看清这是些一簇簇五瓣的小花,颜色鲜红鲜红的。

"这是梅花。有一首有名的咏梅词写道:

驿外断桥边,寂寞开无主。

已是黄昏独自愁,更著风和雨。

无意苦争春,一任群芳妒。

零落成泥碾作尘,只有香如故。"

瓦格纳的记忆闪回到在飞妃家品茶的那一幕。飞妃的家庭并不富裕,但他们肯定不缺文化,这让他自惭形秽。

"这不会又是陆游吧?"

"你怎么知道的?"她大为吃惊,就和那天在防空洞里一样。

"我想他一定是你的曾曾祖父。"

"他生活在900年前,那应该有几个'曾'了?"

她跪下,抄起一捧落在雪中的梅花。雪在她的掌心很快融化了,水面上浮着那些娇嫩的花朵。

"梅花是四君子之一,是寒冬之花。梅花开放意味着酷寒就要过去,春天即将到来。梅花在一年中最寒冷的日子里开花,代表着力量。它告诉我们即使在最困难的条件下,生命依然可能绽放。"

"零落成泥碾作尘,只有香如故?"

"对。香如故,花再开,不管天气有多么严酷。"

※

他们爬了一个小时又一个小时,不久瓦格纳感到他的大腿肌肉火辣辣地酸痛。飞妃倒像是有了新动力,边走边开心地聊着。

"我们之后再去哪里呢,哈里?"

"哦,我也不知道。我想,我们可以回美国……"

"美国有很多中国女孩吗?"

"当然了,到处都有很多中国女孩。"他笑着说,"不过,嘿,你会喜欢夏威夷的。"

"我会吗?那地方是什么样的呢?"

"温暖,碧绿,有美丽的蓝色海洋……"

"那是另一个国家吗?"

"不,那里也是美国。"

"哦……别的有中国人的地方呢?"

"哦,有啊,香港……新加坡……甚至菲律宾。有许多中国人在菲律宾。"

就这样他们边爬边谈边梦想着,漫长的一天很快过去了。他们到达高达五千英尺的顶峰时天已经黑了。地上积着很厚的雪,他们身上的热量很快便消散了,爬山时出的汗结成了冰。山顶上有几层台地,没有树木生长。有几座房子,用灰色的花岗岩石块建成,多数狭长而低矮,有小小的窗子和厚厚的木门。

妇女被领向一个地方宿营,男人在另一边。

"飞妃,你没问题吧?"

"没问题,哈里。别担心,我们现在安全了!我们明天早上见。"

飞妃又给了他一个吻,像是暖暖的碎冰,当他在一座石山寺的角落中蜷缩在大衣下时,这个温暖的吻伴他度过了长夜。

当天夜里有个通讯员来到妇女们住的狭长房子，悄悄告诉飞妃有人请她去一下中心会议室。飞妃裹着借来的羔羊皮袍子跟着通讯员来到这山顶建筑群中心的寺庙大殿，殿门口有一对石狮子。屋檐边饰有精美的红木雕花板，因年代久远而变黑了，高挑的檐角刺入飞雪的夜空。这让她想起那个吴国风格的亭子，瓦格纳在那里第一次吻了她的脚，不过这座建筑要大得多。在进入柱廊前领飞妃来的那人便离开了，让她独自进入大殿。

他坐在大殿中央的一张太师椅上，全身笼罩在一盏小油灯的光亮中。他身旁的诵经台上铺着一张手稿，旁边放着笔和墨，而他双手叠放在膝盖上，闭目沉思着。

"他们告诉我说你在这里，"队长说，他仍然闭着眼睛，"欢迎你，孩子。请坐吧。"

飞妃仍然因自由而极度兴奋，因幸福而如痴如狂，因攀登而精疲力竭，看着这昏暗灯光下的身影犹如面对菩萨，在他面前坐下时她有一种身处梦中的感觉。

"说到我？"

"是的，是你。"

"为什么？"

"你认为我认识不了这里所有的人吗？"

"但是我只是个普普通通的女孩！"

"不，陆飞妃。"

"是我！"她惊讶得屏住了呼吸，"但……"

"你的父亲是陆儒元。"

"对，但你怎么……"

"我认识他。"

"你认识我父亲？"

"是的。他为人民牺牲了自己。"

"为人民？他是个医生，他不过是愿意帮助别人。"

"他是一位爱国者。他本来可以很富有,但他选择了为穷人服务。他早就可以离开南京了,但他拒绝丢下他的人民。他为他的信仰献出了生命。"

"是的,"她悲痛地说,"因为一本书?这我怎么也不明白。"

队长睁开眼睛看着她。

"孩子,那本书不仅仅是纸上的文字。那本书代表着信仰,对祖国的信仰,对人民的信仰。你父亲的死是因为他拒绝放弃信仰。"

他拍了拍手,从大殿黑暗的后堂悄悄走出来几个勤务员,端来茶盘、茶杯和水。

队长迅速高效地进行着程式。

"乌龙入宫……"他吟诵道,"春风拂面……行云流水……再注清泉……龙凤呈祥。为我们的国家祈祷吧,陆飞妃!"

他把茶杯递给她,眯着眼睛看着她嗅香,浅啜,品饮,再啜。

"乃父真传,我看得出来。"他微笑着说。

提到她的父亲让丧亲之痛再度袭来。飞妃强烈地感觉到只有将父亲带回人间,哪怕一会儿,才能缓解那种痛苦。

"求您再和我说说他的事。"

队长看着她,抿了一口茶。

"那是1921年,那时候你还小。"

"那一年我五岁。"

"国家分裂。一些特别顾问从海外来到上海,教我们如何为劳工争取自由,结束那拖累了我们几千年的压迫和不平等。你父亲被选为南京的代表,我被武汉人民选为代表。

"在上海时我们始终冒着生命的危险,但我们设法避开了秘密警察,完成了使命。我们发誓要将自己的生命奉献给人民。你父亲回到南京后,将你送进那所学校,这样他便可以全身心投入工作，并使你远离危险。那时死神随时可能降临，正如现在一样，我们所有的人都随时可能死去。让人伤心的是，死神最后还是找到了他。而我们仍然活着，继续进行这场战斗。"

"我们"这个词在飞妃的心中回响。父亲一直是她的英雄，慈爱、智慧，尽管有点疏远。如今她才痛心地意识到自己对父亲的了解是那么的少。

队长又续上了茶。

"我听说你是和一个外国人一起来的。一个德国人吗？还是个美国人？"

这话使她觉得自己愚蠢、糊涂、不忠诚、不光彩。

"他……他是美国人。那件德国制服帮我们逃出了日本人的手掌。"

"明白了。德国人也好美国人也罢，很遗憾，这儿都不欢迎。法西斯和帝国主义都是人民的敌人。"

"我……是，我明白了。"

"不过我们欢迎你，在这里你是安全的——至少现在。只等我们强大到能向日本人发起反击，到那时我们所有的人都将战斗，直到将他们赶出我们的土地，将国家还给人民。那么……你有什么打算呢？"

她扪心自问。这么大的世界！但说到底，该去哪里呢？

❋

哈里·瓦格纳正在酣梦中，一只手摇醒了他。

"早上好，哈里。"

这是个女人的声音，他刚要伸手去拥抱她，但先睁开了眼睛，这下彻底清醒了。

"威妮弗雷德夫人？"

他坐起来，觉得自己还在梦中。可眼前确实是威妮弗雷德夫人，不过身上穿着制服——那是什么？俄国上校？

"真的是你吗?"

"是的,哈里,是我。来吧,我带你去看个奇景。"

瓦格纳披上大衣,跟着夫人,准确来说应该是上校,走出房间来到雪地里。

她领他来到一个突出的山岩边,下面是一片平坦、灰色的云彩,刚开始抹上一丝粉红。

"他们称它为云海,"她说,"看哪!"

在她手指的方向,金色的太阳刚在云海上露出一点边。天空中刹那间从那金色的光球辐射出一系列同心圆环,好像圣光,外围是红色,中心泛蓝。

"天哪!"瓦格纳说。

"真美极了,"威妮弗雷德夫人说,"他们管这种光叫'佛光'。在很多人看来,它证明天堂真的存在,哈里。在那边有些美好的东西,在某个地方。"

她深吸了一口气。

"你一定在猜我在这里做什么呢。我来给你解释一下吧。这里的人正在努力建设一个新国家,创造一个更好的未来。"

瓦格纳点了点头,他的思绪闪回到牛顿少校身上"对那些赤党留一点儿心"。

"会那么简单吗?"

"不会,你是对的。事情从来就不会那么简单。在南京建立一所医院并不简单,但是我们做到了。让大学对女生开放也不简单,但是我们也做到了。有志者事竟成,有生命的地方就有希望。

"听我说,瓦格纳,正如我以前告诉过你的,我出身贫寒,我知道那是一种什么滋味。这些人都是正派的好人,但几千年来他们一直被人利用、遭受虐待、受着压迫。如今他们有机会建立一个新社会,消除几千年来始终缠着他们让他们受穷挨饿的不平等和腐败。当然会有错误,会有痛苦,但这和过去几周里我们在南京街头所见到的事情相比,不会更糟吧。"

威妮弗雷德夫人的这些话听起来像是来自那本导致飞妃父亲丧命的手册。

"威妮弗雷德夫人,"瓦格纳说,"我想问一下……你怎么会穿一身俄国制服的?"

"那真有趣!你怎么穿着德国的制服?"她笑着说。

"这个?是啊……"

他们都笑了起来。

"别担心,"她说,"我也许有点理想主义,但没有党派意识。在剑桥读书时,有些人用社会主义取代了基督教——我知道,有点讽刺,除了我之外,这些人大部分来自特权精英阶层。也许他们是从自己贪婪的父辈那里明白了资本主义和法西斯主义将会毁掉这个世界,而且,我在狄更斯描绘的那个世界长大,我是从另一个角度看到这一点的。应该有一个更好的办法。当共产国际思想进入学生宿舍公用休息室时,他们没用多久就说服了巴不得被说服的我们,国际革命是唯一的解决办法。勇敢的人去了西班牙,很多人牺牲在那里,但我不想去挖战壕或向机关枪阵地冲锋——这对女人来说太难了。我能做的最好的贡献是赢取人心,改变思想。因此我来了这里,取道莫斯科。你是美国特工,按理说我应该告发你的,但在我的家乡,我们都是卢德派和自由派新教徒,我们并不盲目追随党的路线。在这场战争中我也许会是一个苏维埃上校,但骨子里我还是薇妮·克洛德,来自约克郡的贫穷女孩,而且这永远不会改变,所以我会让你自由地离开这里——只有一个条件。"

"什么条件?"

"把飞妃留在这里,让她跟我在一起。"

"你不可以!"

"听着,哈里,我昨晚和她谈了半宿,她把一切都告诉我了。我知道你们彼此相爱。我知道你为她做了什么,也知道她对你的感情,她会跟你走遍天涯的。

"但是你难道不明白?尽管她爱你,但她也爱她的国家,她有权成为其中的一分子。她有权过正常的生活,有一个丈夫,一个家庭。恐怕我得说,那意味着一个中国男孩。她不能嫁个美国人,哈里。这会使她成为一个怪物,一个叛徒。她现在就需要融合进来,而不是接着奔走。"

威妮弗雷德夫人叹了口气。

"听着,我懂,真的懂。你是个年轻人。有梦想是自然的。战争就是地狱。你应该享受你那一份幸福。但是我要问你,如果你成了飞妃完成其使命的障碍,你还会幸福吗?真爱是无私的。相信我,孩子!你会有其他梦想的。"

威妮弗雷德夫人停了下来,看着瓦格纳身后。飞妃身穿羊羔皮外套,头上也戴了一顶有颗小红星的帽子,正沿着花岗岩石板朝他们走来。

"看看谁来了!一颗中国小星星!我想我不应该插在你们两人中间啦,我去弄点早餐。嗯,哈里,能够再次和你谈话真的很高兴!"

她微笑着离开了,飞妃在她刚才坐的地方坐了下来。

云海已变成了纯白色。太阳像一颗金黄的球,挂在清澈的蓝天中。

哈里·瓦格纳看着飞妃,因遭受蹂躏与痛苦在她脸上留下的痕迹似乎一夜之间便消失了。她的皮肤又恢复了光彩,头发变得润泽,眼睛亮晶晶的。

"真美啊!"她说。

他点点头,眼睛贪婪地看着她,努力把看到的一切装进他的记忆中。他心里已经知道剩下的时间不多了。

"亲爱的，"他说，"我一直在想……"

"是的，我也一样！"她热泪盈眶地说，"哈里，这太难了。我真的爱你，真的。尽管你是个外国人，我应该早点嫁给你的！"

他笑了笑，掩饰自己的痛苦。

"但那样做太……太自私了！"她说，"我的父亲和弟弟都死于他们的信仰。我又怎么能只考虑自己的幸福呢？我怎么面对我自己？我们中国人受到的教育是不要只想着自己。我会恨我自己，恨上一辈子的。如果我连自己都恨的话，又怎么能享受纯粹的爱呢？"

她看着他，黑玉般的眼睛里满溢着细小的宝石颗粒。

"作为一个中国女孩，我有责任照顾好我的父亲。我没有做到……"

"你那会儿实际上做不了什么。"

"我知道……我知道。但现在我可以做点事了。他们都不在了，但我不可以忘了他们。"

她看着天空，思索着。

"我父亲是个非常传统的人。草药、文学、茶……他爱这个国家。如果他还在世的话，决不会同意我们在一起的，这我们俩都知道。"

她擦了擦泪水。

瓦格纳再次笑了，依然是那种凄苦的微笑。

"哈！是，确实是这样。"

"你知道，昨天我们谈到可以去哪儿时，我忽然意识到，"她说，"今后我们无论生活在哪里都不会快乐的。我是个中国女孩，是我们国家的一分子。经过了过去的一切，看见了发生在南京的这一切——杀戮，残暴，我知道我必须去战斗。为一个崭新的、更好的国家，一个更好的未来而战斗。哦，哈里！你能理解吗？"

"当然……当然。你是对的,"他说,"如果去了芝加哥你也不会开心的,而我也十分清楚只要这场战争继续,我就无法待在这里。我理解你对你的父亲和国家怀有的感情,我为你感到骄傲。我希望你过上你想要的生活,我希望你有机会帮助你的国家建设未来。你的幸福就是我的幸福,从我第一次见到你开始就是……"

他抱住她,最后一次把她拥在自己胸前。

"飞妃,亲爱的,"他抚摸着她的脸颊说,"我从没想到我会有这样的感受。在遇到你之前,我曾听说过爱情,我觉得我知道那是怎么一回事儿……但我从没想到会在谁身上获得在你这儿得到的感受。你优秀极了,漂亮、有才华、勇敢、聪明。我知道无论生活把我带到哪里,我再也找不到第二个像你一样的女孩了。"

这比瓦格纳料想到的还要难。当初他回到小岛却发现她不见了,在那噩梦般的瞬间他感到喘不过气来,像是要溺毙一样,这种感觉此刻就已经再次出现。他的胸口上像是箍上了水桶箍般的钢圈。永远忠诚,他在心中不断念叨这句话,免得自己因自怜而崩溃。

他在奋力挣扎。

"但你猜怎么着?"他轻松地说,"这样的话我们就永远没有机会厌倦彼此。永远不会像我认识的大部分夫妻那样,吵嘴打架、互相扔盘子。"

他看着云海,紧紧拥着她。

"亲爱的,你会一直在我的心里,你会永远像现在一样可爱。"

"是的,哈里,我的爱人,我永远不会忘记你。我永远不会忘记你为我所做的一切——为我以及我的家人。你永远是我的英雄。"

就这样，他们沐浴着金色的阳光，在云海之上、粉红碧蓝的光晕之中吻了最后一次。

❉

当瓦格纳来到山脚下时，太阳已经落山。他爬进梅赛德斯奔驰车，发动起那直列八缸引擎。日本人在北边和东边，他可走的只有一个方向——西南，更深地走向中国的心脏。

他点燃一支雪茄……

"德国冲锋队大队长罗曼·勃兰特"加大油门，朝着夕阳呼啸而去，驶向未知的目的地，驶向不定的未来。在他的身后，金色的"佛光"渐渐黯淡下去……

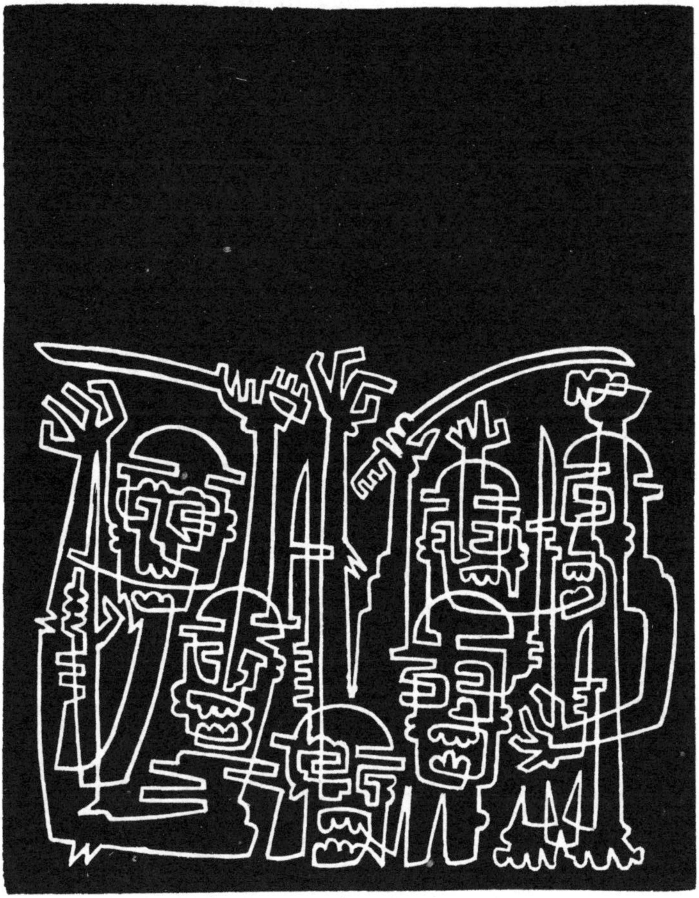

致谢

我十分感激南京大屠杀纪念馆馆长张建军先生,他在百忙之中抽出时间,接待我与为这本书共同努力工作的人,聆听我们的故事,花时间阅读这本小说。随后给予我们宝贵的支持,帮助我们把这样一个重要的历史事件向世界传播。

言语难以道尽我对黄飞渡先生、马路先生以及南京青梦家教育投资有限公司的感激之情,首先他们聘请我来到中国作为他们的雅思教育顾问,然后热情地支持我的文学创作,还要感谢江苏凤凰文艺出版社以及本书的编辑,通过他们的努力使得我的作品顺利出版。

罗奈尔得·帕罗德斯是一位来自委内瑞拉才华横溢的艺术家,他为纪念南京大屠杀八十周年创作了一系列独特的艺术作品。我非常感激罗奈尔得·帕罗德斯为本书所创作的插画。

我想对南京大学陈海教授表达我的谢意,他修改并完善了本书的中文翻译,他的专业度和局外人的视角,对于中国读者有着重要意义。

最后,同时也是最重要的,感谢我可爱的老师和翻译——沈越,她无私地为这本书付出了宝贵的时间和辛勤的翻译工作。她激发了我的创作灵感并且带领我了解这个神秘的国度。

2017.10

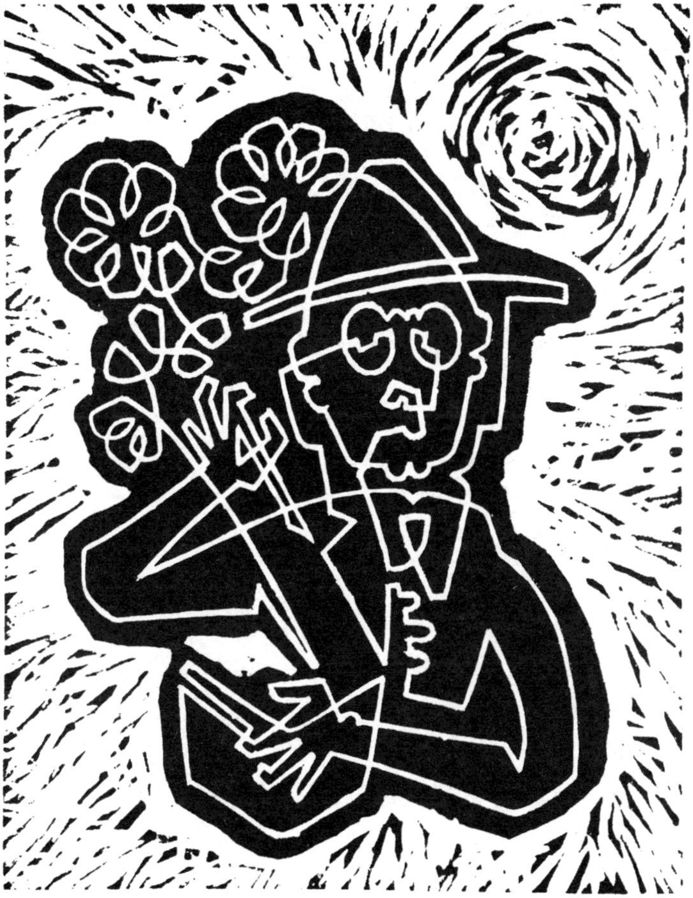

图书在版编目（CIP）数据

雪中血：南京，1937/(英)大卫·戴维斯(David Micheal Davies)著；沈越，陈海译. —南京：江苏凤凰文艺出版社，2018.1
ISBN 978-7-5594-1198-3

Ⅰ.①雪… Ⅱ.①大… ②沈… ③陈… Ⅲ.①长篇小说－英国－现代 Ⅳ.①I561.45

中国版本图书馆CIP数据核字（2017）第246426号

书　　　名	雪中血：南京，1937
作　　　者	（英）大卫·戴维斯
译　　　者	沈　越　陈　海
插　　　图	（委内瑞拉）罗奈尔得·帕罗德斯
责任编辑	袁　媛　姚　丽
书籍设计	周伟伟
出版发行	江苏凤凰文艺出版社
出版社地址	南京市中央路165号，邮编：210009
出版社网址	http://www.jswenyi.com
印　　　刷	苏州越洋印刷有限公司
开　　　本	889×1194毫米　1/32
印　　　张	10
字　　　数	300千字
版　　　次	2018年1月第1版　2018年1月第1次印刷
标准书号	ISBN 978-7-5594-1198-3
定　　　价	58.00元

（江苏文艺版图书凡印刷、装订错误可随时向承印厂调换）